KLEINE GESCHICHTE GROSSER LEXIKA

KLEINE GESCHICHTE GROSSER LEXIKA

BERTELSMANN
LEXIKON VERLAG

Karikaturen: Jules Stauber
Schutzumschlag: HTG-Werbung, Tegtmeier + Grube KG, Bielefeld
Gesamtherstellung: Mohndruck Graphische Betriebe GmbH, Gütersloh
Printed in Germany.
ISBN 3-570-01115-1

Inhalt

Vorwort

Enzyklopädische Werke gab es schon in der vorchristlichen Antike. Mindestens so alt ist wohl auch der Wunsch des Menschen, die jeweilige Summe des Wissens einer Epoche gesammelt und systematisch geordnet festzuhalten und anderen mitzuteilen. So wurde und ist jedes enzyklopädische oder lexikalische Werk ein ebenso ausdrucksvolles wie bezeichnendes Denkmal einer bestimmten Zeit in der Geschichte des menschlichen Denkens und Handelns.
Der uns heute bekannte Typ des (Konversations-)Lexikons wurde in Deutschland geprägt, ging von hier aus in alle Kulturnationen und hat eine kaum noch überschaubare Zahl national geprägter allgemeiner Lexika entstehen lassen. In keinem Verhältnis zur Entwicklung dieses so besonderen Buchtyps aber stehen bisher Versuche, das Informationsmedium Lexikon auch in seinem Werden und Wandel zu betrachten. Sieht man von Bibliographien, Selbst- und Einzeldarstellungen einzelner Werke, sehr verstreuten Zeitschriftenartikeln und wissenschaftlichen Arbeiten ab, so gab es im deutschen Sprachraum seit der 1934 erschienenen »Geschichte des Konversationslexikons« von E. H. Lehmann keine umfassende neuere Behandlung dieses Themenkreises. Diese durch den Wandel der Welt gerade in den letzten Jahrzehnten noch spürbarer gewordene Lücke möchte die vorlie-

gende »Kleine Geschichte Großer Lexika« zu füllen versuchen, wobei sich der Verlag der Problematik und Lückenhaftigkeit eines solchen Unternehmens voll bewußt und für jeden verbessernden Hinweis dankbar ist.
Die 1972 erschienene 1. Auflage dieses Werkes hat Werner Lenz, Verlagsdirektor im Bertelsmann Lexikon Verlag, geschrieben und zusammengestellt. 1974 und 1980 brachte Werner Lenz aktualisierte und überarbeitete Neuauflagen heraus. Der Verlag gedenkt in Dankbarkeit des 1986 verstorbenen Autors.
Die hier vorgelegte Neuausgabe wurde vom Verlag überarbeitet und in großen Teilen neu gefaßt.
Dank für die dabei erfahrene Unterstützung gebührt zahlreichen Einzelpersonen, Verlagen im In- und Ausland und sonstigen Institutionen, die bei der Beschaffung der notwendigen Informationen und Unterlagen mit Rat und Tat behilflich waren und unmöglich alle hier genannt werden können.

Begegnungen mit Lexika

Das Lexikon im Leben und Urteil berühmter und weniger berühmter Leute durch die Jahrhunderte

Denis Diderot (*1713, †1784), einer der führenden Köpfe der französischen Aufklärung und geistigen Väter der »Encyclopédie«, hat behauptet, daß es Leute gäbe, die seine Enzyklopädie vom Anfang bis zum Ende mit Verstand gelesen hätten.

Johann Georg Sulzer (*1720, †1779) war einer der wenigen Männer des 18. Jahrhunderts, die die nationale und kulturelle Bedeutung eines Lexikons schon zu ihrer Zeit erkannten. Von diesem schweizerischen Gelehrten stammt die Äußerung: »Man kann den Wert eines Wörterbuchs nicht genug schätzen. Ein solches Werk ist ein Schatz, an welchem einer ganzen Nation sehr viel gelegen ist. Es erfordert aber die vereinigte Arbeit verschiedener großer Männer, denen es weder an philosophischer Scharfsinnigkeit und Wissenschaft, noch an großer Belesenheit, noch an Einsicht in alle Arten der Wissenschaft und Künste fehlt.«

Georg Christoph Lichtenberg (*1742, †1799), der besonders durch seine vielen geistvollen Aphorismen bekannte Göttinger Gelehrte, bezeichnete die Lexika seiner Zeit als »eine ganze Milchstraße von Einfällen«, worin sicher eine gewisse Bewunderung für diesen Buchtyp zum Ausdruck kam.

Johann Wolfgang von Goethe (*1749, †1832) war ein eifriger Lexikonbenutzer. Wie wir wissen, schätzte er besonders die in seinem Weimarer Arbeitszimmer stehende, 1824 erschienene 6. Auflage des »Brockhaus«, besaß aber auch »Hübners Lexikon« u.v.a. Nachschlagewerke. Kritik übte er an dem Begriff Konversationslexikon und verspottete diese Bezeichnung in den »Zahmen Xenien« (V/1827) mit den Worten:

»Conversationslexikon heißt's mit Recht
Weil, wenn die Conversation ist schlecht,
Jedermann
Zur Conversation es nutzen kann.«

In der Zeitschrift »Über Kunst und Alterthum« schrieb Goethe den Satz »Gescheite Leute sind immer das beste Konversationslexikon«.

Im Lustspiel »Die Vögel« läßt er Treufreund, der bekanntlich Goethe selbst sein soll, sagen: »Hier sind die großen Lexica, die großen Krambuden der Literatur, wo jeder einzelne sein Bedürfnis pfennigweise nach dem Alphabet abholen kann.«

Johann Peter Eckermann verzeichnet eine Äußerung Goethes vom 21.12.1831: »Wenn man weiter nichts vom Leben hätte, als was unsere Biographen und Lexikonschreiber von uns sagen, so wäre es ein schlechtes Metier und überhaupt nicht der Mühe wert.« An anderer Stelle berichtet Eckermann, daß den großen Dichter das Nachschlagen (im »Brockhaus«) »teils befriedigte, teils zu weiterem Forschen veranlaßte« und »Ich zweifelte, konnte es aber nicht mit Gewißheit sagen, nahm daher das Konversationslexikon und las…«.

Antoine de Rivarol (*1753, †1801), der als Danteübersetzer bekannte französische Schriftsteller, meinte: »Die Lexika sind Friedhöfe verstaubter Wörter, die eines großen Autors harren, der sie in ihrem vollen Glanze auferstehen läßt.«

Karl Friedrich Zelter (*1758, †1832) hat sich bekanntlich als Autodidakt vom Maurergesellen zum Leiter der Berliner Singakademie emporgearbeitet. Der Freund Goethes und Lehrer von Mendelssohn, Meyerbeer u. a. ist Gegenstand einer Anekdote, die es wert ist, hier in die Erinnerung zurückgeholt zu werden. Der ein wenig eitle Zelter hatte sich überreden lassen, ein Lexikon zu subskribieren, in dem er sich bei Erscheinen des letzten Bandes zu finden erwartete. Was fand er an der betreffenden Stelle: »Zelter, mittelalterlicher Ausdruck für Pferd mit Paßgang.«

Friedrich von Schiller (*1759, †1805) hat ebenso wie Goethe sicher manchen Hinweis den zu seiner Zeit greifbaren Lexika entnommen. So wissen wir, daß er entscheidende Anregungen zu einer seiner volkstümlichsten Schöpfungen, dem am 30.9.1799 vollendeten und im Jahrgang 1800 des Cottaschen Musenalmanachs erstmals veröffentlichten »Lied von der Glocke«, einem Lexikon verdankte. Im Sommer 1797 schrieb er an Goethe (Brief vom 7.7.), daß er jetzt wieder an sein Glockengießerlied gegangen sei, und fügte hinzu, daß er in Krünitzens Enzyklopädie (gemeint war die seit 1773 von Joh. G. Krünitz herausgegebene »Ökonomisch-technologische Encyklopädie« in 242 Bdn.) einen Artikel über den Glockenguß gefunden habe, von dem er sehr viel profitiere. Dort fand er auch den Hinweis auf eine Glocke im Münster der Stadt Schaffhausen mit der lateinischen Umschrift »Vivos voco, mortuos plango, fulgura frango« (»Ich rufe die Lebenden, ich beklage die Toten, ich breche die Blitze«), die Schiller so stark anregte, daß sie zum Motto dieser Dichtung wurde.

E.Th.A. Hoffmann (*1776, †1822) verdanken wir den Begriff eines wandelnden oder lebendigen Konversationslexikons, den er in seiner 1819 erschienenen Erzählung »Die Brautwahl« dem Geheimen Kanzleisekretär Tusmann, einem gelehrten Pedanten, angehängt hat: »Tusmann war mit einem ungeheuren Gedächtnisvermögen begabt. Er pflegte alles, was ihm beim Lesen eines Buches auffiel, zu zeichnen und dann das Gelesene wieder zu durchlaufen, welches er nun nie wieder vergaß. Daher kam es, daß Tusmann ein Polyhistor, ein lebendiges Konversationslexikon wurde, das man aufschlug, wenn es auf irgend eine historische oder wissenschaftliche Notiz ankam.« – Laut »Büchmann« soll diese Bezeichnung abgeleitet sein aus der »Vita Porphyrii« von Eunapius (*345 n.Chr.), der darin von Longinus, dem Lehrer des Porphyrius (213–273 n.Chr.), sagte, daß er in jener Zeit »eine lebende Bibliothek und ein wandelndes Museum« gewesen sei.

Ludwig Börne (*1786, †1837), der als leidenschaftlicher Agitator für geistige und soziale Freiheit bekanntgewordene Publizist, fand eine Neuauflage des Brockhaus allzu obrigkeitsfromm. In einem polemischen Brief aus Paris vom 13.1.1831 hieß es: »Ist es nicht entsetzlich, daß es in Deutschland Gelehrte gibt, die Geist, Herz und Ehre bogenweise einem Buchhändler verkaufen; daß das nützlichste und ausgebreitetste Buch in Deutschland, welches so vieles Gute gestiftet hat und noch ferner hätte bewirken können, die Farbe der Lüge angenommen, und daß es von der schnöden Gewinnsucht eines Krämers abhängen soll, was er das Volk lehren oder ihm verschweigen soll?«

Arthur Schopenhauer (*1788, †1860) gehörte zu den Gelehrten, die auf das Lexikon mit einer gewissen Verachtung herabschauten. Als er mit Brockhaus über die Herausgabe seines Hauptwerks »Die Welt als Wille und Vorstellung« verhandelte, schrieb er: »Sie haben mich nicht zu behandeln wie Ihre Konversations-Lexikons-Autoren und ähnliche schlechte Skribler, mit denen ich gar nichts gemein habe als den zufälligen Gebrauch von Tinte und Feder.«

Helmuth Graf von Moltke (*1800, †1891), der berühmte preußische Generalfeldmarschall, gehörte zum Kreis der prominenten Benutzer des Piererschen Universal-Lexikons in seiner 1840–46 erschienenen 2. Auflage, deren 34 Bände noch heute im Arbeits- und Sterbezimmer des von seinen Biographen wiederholt als universal gebildet charakterisierten Offiziers stehen.

Fritz Reuter (*1810, †1874), der bekannte niederdeutsche Schriftsteller, berichtete, daß den Häftlingen die Benutzung des Brockhausschen Konversations-Lexikons »wegen revolutionärer Artikel« verboten gewesen sei.

Franz Liszt (*1811, †1886), der berühmte Komponist und Klaviervirtuose, hatte zum Lexikon eine Beziehung ganz be-

sonderer Art. Wie uns von Biographen berichtet wird, las er während seiner stundenlangen täglichen Fingerübungen die verschiedensten Bücher, die er sich zu diesem Zweck während des Übens auf das Notenpult stellte. Ludwig Kusche schrieb dazu (»F. Liszt – Porträt eines Übermenschen«, München 1961): »Selbst alle Arten von Lexika studiert er mit demselben Heißhunger und der Aufmeksamkeit, als wären es spannende Romane.«

Gustav Freytag (*1816, †1895) wußte als Journalist die Unentbehrlichkeit und Nützlichkeit des Lexikons wohl zu schätzen. Die Art der Benutzung als »Konversations«-Lexikon schildert er sehr humorvoll in seiner »Verlorenen Handschrift«, als er von einer Frau Oberamtmann Rollmaus erzählt, die wegen ihrer Gelehrsamkeit überall bewundert und beinahe gefürchtet ist. Als sie mit dem Helden des Romans, dem Professor Felix Werner, und seinem Freunde, dem Doktor Fritz Hahn, bekannt gemacht wird und erfährt, daß letzterer Indisch treibe, kramt sie sogleich ihre Weisheit mit den Worten aus: »Das ist eine seltene Sprache. Sie tragen ja wohl Federbüschel und ihre Kleidung ist mangelhaft, und die Beinkleider, wenn man das erwähnen darf, hängen herunter wie bei manchen Tauben, welche auch lange Federn an den Beinen haben.« Dann, als die Rede zufällig auf die Zigeuner kommt, offenbart sie in ähnlicher Weise ihre erstaunlichen Kenntnisse. Schließlich wird sie aber durch die Kinder des Hauses in Verlegenheit gebracht, die es ausplaudern, daß sie ihr Wissen einem alten Konversationslexikon verdankt.
Und an einer anderen Stelle des Romans erzählt der Dichter: »Wenn die Frau Oberamtmann Rollmaus uns des Sonntags besucht, so setzt sie sich auf dem Sofa zurecht und greift mit einem Gespräch den Vater an. Der Vater mag sich winden wie er will, um ihr zu entgehen, sie weiß ihn festzuhalten, über Engländer und Tscherkessen, über Kometen und die Dichter. Aber die Kinder sind dahintergekommen, daß sie

ein Lexikon für Konversation hat, daraus nimmt sie alles. Und wenn sich in einem Lande etwas ereignet, oder die Zeitung von etwas Lärm macht, so liest sie im Lexikon darüber nach ...«

Theodor Fontane (*1819, †1898) gehörte nicht zu den Verächtern, sondern den Freunden und Verteidigern des Lexikons und seiner Funktion. In seiner Autobiographie berichtet er u. a. davon, daß seine Mutter seinem Vater gelegentlich vorwarf, »er habe alles bloß aus dem Konversationslexikon«, worauf dieser regelmäßig geantwortet habe: »Es ist ganz gleich, wo man's herhat«, eine Ansicht, der Fontane sich anschließen wollte. Besonders für die Vorbereitung von Vorträgen benutzte Fontane gerne und häufig das Lexikon und empfahl diese Methode auch anderen, so 1887 in einem Brief an Georg Friedländer: »Das Conversationslexikon reicht für derartige Vorträge und Aufsätze nie ganz aus, aber es ist unschätzbar in der Übersicht, in der Material-Gruppierung, die es gibt.« In seinem als Lebensfazit gemeinten Gedicht »Summa summarum« verwies Fontane wohl nicht ohne Stolz dann auch auf »Artikel im Brockhaus und Meyer«, womit offensichtlich die ihn betreffenden Stichworte gemeint waren.

F.M. Dostojewskij (*1821, †1881) bekennt in seinem Roman »Der Idiot«, daß er die Biographie der als Mätresse Ludwigs XV. bekannt gewordenen Gräfin Dubarry zum erstenmal in seinem Leben im Lexikon gelesen habe.

Heinrich von Treitschke (*1834, †1896) war offenbar kein Freund der Lexika. Der als Verfechter der Politik Preußens ebenso wie als Gegner des Marxismus berühmt gewordene Historiker war es nämlich, der für das Konversationslexikon seiner Zeit die abwertende Bezeichnung als »massenhafte Eselsbrücken-Literatur« prägte.

Mark Twain (*1835, †1910) wurde bekannt für seine humoristischen Satiren. Als er einmal nach seiner Ansicht über den Wert der Bücher gefragt wurde, äußerte er sich wie folgt auch über das Lexikon: »Der Wert eines Buches richtet sich vor allem nach bestimmten Eigenschaften. In Leder gebundene Bücher können beispielsweise beim Abziehen von Rasierklingen unbezahlbare Dienste leisten. Dünne Broschüren eigenen sich vortrefflich dazu, wackelnden Tischchen das Gleichgewicht wiederzugeben. Ein Lexikon ist hervorragend geeignet, einen Einbrecher gefechtsunfähig zu machen, und ein Atlas kann als Ersatz für zerbrochene Fensterscheiben Verwendung finden!«

Alfred Dove (*1844, †1916) ist als Meister des historischen Essays bekannt geworden. Er äußerte sich über die Vergänglichkeit lexikalischen Ruhms. »Es gehört zum Wesen der Konversation, daß für sie nur das Neueste Wert besitzt. Aus jeder folgenden Auflage eines richtigen Konversationslexikons muß deshalb das Gestrige verschwinden, um dem Heutigen Platz zu machen. Die Toten dieser Literaturgattung gehören zur allerschnellsten Reiterei», schrieb Dove gegen Ende des 19. Jahrhunderts. Heute sucht man ihn in der Tat vergeblich in Lexika.

August Strindberg (*1849, †1912) hat vielleicht seine eigene Meinung zum Ausdruck bringen wollen, wenn man im »Roten Zimmer« liest: »Johan lernte das Konversationslexikon schätzen, dieses Ersatz des so unzuverlässigen überbürdeten Gedächtnisses.«

Werner Sombart (*1863, †1941), der berühmte Nationalökonom, muß auch ein eifriger Benutzer des Lexikons gewesen sein. So berichtet sein Sohn Nicolaus in einem 1984 erschienenen Aufsatz über folgenden Ratschlag seines Vaters: »Wenn du was nicht weiß, schlag im Meyer nach, da findest du alles, zumindest den Hinweis auf das Buch, in dem alles steht«, und bekennt von sich selbst, daß das aus der väterlichen Bibliothek übernommene Meyersche Konversationslexikon in der Ausgabe von 1906 nun auch in seinem Arbeitszimmer steht und kaum ein Tag vergeht, an dem er das wilhelminische Kompendium bürgerlicher Bildung nicht benutzen würde.

Adolf Loos (*1870, †1933), dieser vielleicht früheste moderne Architekt, hat mit ausgesprochener Vorliebe in den zu seiner Zeit greifbaren Konversationslexika gelesen, wie uns Sigismund von Radecki in seinen 1948 erschienenen Aufsätzen »Das müssen Sie lesen!« berichtet. Der Vorkämpfer moderner Sachlichkeit sah im Lexikon genau die Welt ohne Schnörkel, die er schon damals kommen sah.

Wladimir I. Lenin (*1870, †1924) schätzte Nachschlagewerke sehr, benutzte sie auch häufig und soll gesagt haben: »Das Lexikon gehört in die Hand jeder Magd«. Dieses Zitat ist zwar aus seinen Schriften nicht zu belegen, war aber so zu lesen im russischen Pavillon der internationalen Kölner Presse-Ausstellung im Jahre 1928.

Christian Morgenstern (*1871, †1914), der Schöpfer der »Galgenlieder«, hat sich dabei auch mit dem Lexikon eingelassen. »Es steht noch nicht im Meyer, und auch im Brockhaus nicht«, heißt es in seinem Gedicht über das von ihm erfundene Nasobem; nun, inzwischen steht es drin und ist sozusagen »lexikonwürdig« geworden. In den Galgenliedern stehen auch Verse, die man als Huldigung an den knappen Lexikonstil auffassen kann:

»Meistes ist in sechs bis acht
Wörtern völlig abgemacht,
und in ebensoviel Sätzen
läßt sich Bandwurmweisheit schwätzen.«

Hugo von Hofmannsthal (*1874, †1929) verdanken wir die folgende Feststellung: »In reifen Jahren ist es ein großer Genuß, in einem enzyklopädischen Nachschlagewerk zu lesen, man wirft tausend Brücken zwischen den im Lexikon gesammelten Tatsachen, dem eigenen Wissen und den eigenen Einfällen; eine solche Lektüre wirkt überaus anregend und macht produktiv.«

Edgar Wallace (*1875, †1932) gebührt vielleicht das Verdienst, das Lexikon in den Kriminalroman eingeführt zu haben. Jedenfalls läßt er den Inspektor Arnold in »Die Bande des Schreckens« sagen: »Schon als Junge habe ich das Konversationslexikon zweimal durchgelesen. Ich weiß alles. Es war mir als Polizisten sehr nützlich.«

Walter von Molo (*1880, †1958) erzählt in seinem Buch »Als ich die bunte Mütze trug«: »Noch einen anderen Anziehungspunkt hatte unser Couleurcafé – Brockhaus' Konversationslexikon, von dem doch das Lied singt: Ach, wie ist es gut und schön, hat man einen Lexikön.«

Paul Fechter (*1880, †1958) schrieb für das 1950 erschienene »Fünfminuten-Lexikon« den einleitenden Essay über »Segen und Fluch des Lexikons« und schließt mit folgenden Ausführungen: »Wir haben alle nach Fontanes hübschem Wort nur eine Art Panoptikumbildung: das Lexikon – und das ist sein bester Segen – ist die häusliche Form des Panoptikums. In ihm findet der Mensch von heute die Helden und Seeräuber, die Heiligen und Dichter, die er ahnend und tastend sucht und braucht, um von ihnen aus vielleicht, jetzt ohne Lexikon, auf den bis dahin noch nicht gefundenen Weg zu sich selber zu stoßen.«

Joachim Ringelnatz (*1883, †1934) soll nicht mit dem Lexikon in Berührung gekommen sein? Er ist es, und sicher nicht nur in der Art, die er in seinem Gedicht »Der Bücherfreund« schildert:

»........Morgens zwölfmal nur
Nüchtern zwanzig Brockhausbände heben -
Hei! Das gibt den Muskeln die Latur.«

Theodor Heuss (*1884, †1963), der erste Präsident der Bundesrepublik Deutschland, war ebenfalls ein regelmäßiger

Lexikon-Benutzer, so um sich bei der Vorbereitung seiner Reden der Daten usw. zu versichern, wie wir aus seinem Briefwechsel wissen.

Kurt Hiller (*1885, †1972) hat sich auch mit der Frage nach der »Verantwortung, Lexika zu machen« befaßt: »Welche Einflüsse und Ausstrahlungen gehen von einem Konversations-Lexikon auf die Zeitgenossen aus? Wieweit und in welchen Richtungen formen die Nachschlagewerke das Weltbild ihrer Benutzer? Wäre die Beantwortung dieser Fragen auch nur annähernd exakt möglich, so erhielten wir damit sehr erstaunliche Einblicke in die Wirkungswege unserer Lexika, Enzyklopädien usw. Zahlreiche geistige Äußerungen in Vergangenheit und Gegenwart werden mit Hilfe dieser Nachschlagewerke ausgebaut, vervollständigt oder sogar fundiert. Früher waren die Enzyklopädien mit ihrer systematischen Stoffordnung mehr Bildungs-Lesebücher, als es die heutigen Lexika mit ihrer alphabetischen Gliederung sein können. Aber diese Nachschlagewerke werden im allgemeinen nicht zitiert. Kein Autor gibt an, wie viele und welche Kenntnisse er aus einer Enzyklopädie oder aus einem Lexikon geschöpft hat. Noch mehr als die Nachschlagewerke im Hintergrund des sonst an Eitelkeiten und Geltungssucht nicht armen literarischen Lebens stehen, bleiben die bis zu 1 000 Mitarbeiter eines großen Lexikons in der Anonymität. Die Verantwortung für Richtigkeit, Aktualität, Stoffabgrenzung und Ausgewogenheit des Lexikons gegenüber der Öffentlichkeit und den Benutzern trägt allein der Verleger.«

Ernst Robert Curtius (*1886, †1956), der als Philologe ebenso berühmt wurde wie als Verfechter einer unverwässerten humanistischen Bildung, hat stets auch das Konversations-Lexikon als verläßliches Auskunftsmittel bei der Ausarbeitung seiner Schriften herangezogen, wie wir aus seinem Büchertagebuch wissen.

Francis Yeats-Brown (*1886, †1944), einem englischen Schriftsteller, verdanken wir die folgenden Bonmots: »Es ist ein wunderbares Gefühl, das Wissen-Müssen dem Lexikon überlassen zu können« und »Der Reiz eines Lexikons liegt darin, daß es alles wissen muß, ich aber nicht.«

Hans Freyer (*1887, 1969), der als Soziologe wie auch als Philosoph bekannte Professor, beschäftigte sich vor allem von der Wissenschaftsgeschichte her mit dem Phänomen Lexikon. In einem 1963 in Wiesbaden gehaltenen Vortrag über »Die Bedeutung der großen Nachschlagewerke in Geschichte und Gegenwart« stellte er zunächst fest, daß die Kunst eines modernen Nachschlagewerks darin besteht, den Stand der wissenschaftlichen Forschung in unsere Lebenswelt hineinzuleiten, und fuhr dann fort: »Ein großes modernes Nachschlagewerk gleicht einem Elektronengehirn, nämlich dem Speicherwerk eines solchen. Es ist ein Elektronengehirn, aber da müßte man sofort hinzufügen; es ist auch, Gott sei Dank, keines, sondern das genaue Gegenteil davon. Denn wenn man einem guten Konversationslexikon so kommen wollte wie einem solchen Apparat, wenn man ihm mit einer Lochkarte oder einer sonstwie verschlüsselten Programmierung käme, so würde es den Kopf schütteln und würde sagen: Verzeih, lieber Leser, aber dazu bin ich nicht da, sondern das ist und bleibt deine Sache. Ich will nicht eine Programmierung, sondern ich will dich selbst – dich als einen, der von sich aus Fragen stellt, der immer weiter fragt und dabei seine Fragestellung frei wechselt. Dazu, daß du von einer Frage zur anderen übergehen kannst, will ich dir gern behilflich sein. Dazu dient meine wohlüberlegte Stichwortauswahl, dazu dienen die Verweispfeile und die anderen Verzahnungen zwischen den Artikeln.«

Kurt Tucholsky (*1890, †1935) hatten es offenbar vor allem die Abbildungen im Lexikon angetan. Jedenfalls heißt es an einer Stelle im »Schloß Gripsholm«: »...Nordlicht – ja...Ich denke es mir wundervoll. Ich habe mal als Kind im Konversationslexikon eins gesehen – das war überhaupt eine Welt für sich, das Lexikon mit den kleinen Seidenpapierblättchen.«

Paul Eipper (*1891, †1964) bekennt sich gerne dazu, oft vom Nachschlagen im Lexikon zum Lesen gekommen zu sein: »So verführerisch ist der Griff nach diesen Bänden, daß ich mich zuweilen verliere, statt irgendein unklar gekanntes Wort nachzuschlagen, stundenlang darin lese, wie in einem spannenden Roman.«

Alberto Savinio (*1891, †1952), der unter diesem Pseudonym schreibende italienische Maler, Musiker und Literat, war so unzufrieden mit den Enzyklopädien, daß er sich schließlich für seinen persönlichen Gebrauch eine eigene schrieb, die 1983 auch in einer deutschen Ausgabe erschienene »Neue Enzyklopädie«, in der es u. a. heißt: »Unverständlich ist der Sinn einer heute verfaßten Enzyklopädie, außer als Sammlung praktischer Mitteilungen.« Weiter heißt es dort: »Enzyklopädie bedeutet eine aus allen Kenntnissen zusammengesetzte Wissenschaft. In diesem Sinne ist die Enzyklopädie eine Waffe, eine polemische Waffe.«

Sigismund von Radecki (*1891, †1970) betrachtet in seinen 1959 erschienenen Skizzen und Essays »Im Vorübergehen« auch das Lexikon. Er schreibt: »Das Konversationslexikon ist stilistisch der Typus des wahrhaft modernen Buches. Hier gibt es kein Arrangement mit dazugegebenen Senfsaucen, kein Garnieren mit Lesefrüchten und adjektivischem Beigemüse, keine Marzipankartoffeln und Falschen Hasen – sondern die Sache selbst, den Tatsachen-Extrakt, dargeboten in bündiger Gefechtssprache! Hier ist aller Schmockerei, Stimmungsmache und Innerlichkeit der Riegel vor den Mund geschoben durch die nüchterne Grundlage eines Werkes, das für Sonnenuntergänge keinen Raum hat, es sei denn, sie würden mit dem Chronometer gemessen.«

Eugen Roth (*1895, †1976), der unvergessene Erzähler und Humorist, läßt in seinem Gedicht »Das Hilfsbuch« nacherleben, was einem widerfährt, der sich in einem Lexikon festschmökert:

»Ein Mensch, nichts wissend von ›Mormone‹
Schaut deshalb nach im Lexikone
Und hätt es dort auch rasch gefunden -
Jedoch er weiß nach drei, vier Stunden
Von den Mormonen keine Silbe -
Dafür fast alles von der Milbe,
Von Mississippi, Moor und Maus:
Im ganzen »M« kennt er sich aus...«

und liefert damit ein ebenso amüsantes wie zutreffendes Beispiel dafür, wohin »Entdeckungsreisen« durch ein Lexikon führen können.

Ernest Hemingway (*1898, †1961) stehe als Beispiel für einen literarischen Nobelpreisträger, der sich nicht scheut, auch die Eigenart der lexikalischen Ausdrucksweise als dichterisches Sprachmittel zu verwenden. So beginnt sein »Schnee vom Kilimandscharo« mit einer lexikalisch formulierten Beschreibung des Berges.

Hanns Lilje (*1899, †1977) äußerte sich 1960 aus der Sicht des evangel. Theologen »Über den Umgang mit Büchern« und dabei auch kritisch über die irrige Auffassung, daß viel Wissen mit souveräner geistiger Beherrschung der Welt gleichbedeutend sei: »Dieser tiefere Irrtum, der dem falschen Hang nach Fachliteratur, der Überschätzung des Konversationslexikons, der falschen Bewertung des lexikalischen Wissens innewohnt, muß im Auge behalten werden, wenn man zum rechten Umgang mit den Büchern gelangen will.«

Martin Beheim-Schwarzbach (*1900, †1985) war ebenfalls ein leidenschaftlicher Lexikonbenutzer und vor allem auch Rezensent. In seinem Beitrag »Vom Glück des Lesens« schrieb er in der 1960 zum 125jährigen Jubiläum des Hauses Bertelsmann erschienenen Festschrift »Glück mit Büchern«:

»Nun also, hat man einmal den Genuß ausgekostet, der im Durchschmökern eines Lexikons liegt? Da liegen hohe Schätze begraben, und wer ein Lexikon hat, um es nur zum Nachschlagen zu benutzen, ist in Ali Babas Schatzhöhle gewesen, ohne es zu wissen. Das Schmökern im Lexikon gleicht einem Schlendern in einer Landschaft, wo einem auf Schritt und Tritt etwas Überraschendes und Fesselndes begegnet...«

Volkmar Muthesius (*1900, †1979) hat neben seiner Beschäftigung mit Wirtschafts-, Steuer-, und Finanzfragen auch Zeit gefunden, sich über das Büchermachen Gedanken zu machen. In seinem 1960 erschienenen Büchlein »Verlegerglück und Autorenruhm« greift er auch zum Lexikon. Über seine Suche nach einer Definition des Verlegers berichtet er: »Ziehen wir also zunächst einmal das Konversationslexikon zu Rate, und zwar ein altes, den Meyer von 1890 – die alten Lexika sind für solche Zwecke brauchbarer als die modernen, denn sie sind behäbiger, breiter, angenehmer zu lesen; es steht in ihnen zwar nichts über die Atomphysik und auch wenig über die Sozialpolitik, schon gar nichts über die Einkommens-Umverteilung und andere Modernitäten, von denen man damals noch gar nichts ahnte, aber dafür sind sie, die alten Lexika, in anderer Hinsicht viel interessanter...«

Jean-Paul Sartre (*1905, †1980), der Begründer des französ. Existenzialismus, wurde durch das Larousse-Lexikon seines Großvaters ähnlich verzaubert wie mancher Deutsche durch eine ältere Ausgabe des »Brockhaus« oder »Meyer«: »Der Larousse ersetzte mir alles. Ich nahm mir wahllos einen Band vom vorletzten Regal hinter dem Schreibtisch... ich legte den Band mühselig auf die Schreibunterlage meines Großvaters, öffnete ihn, ...jagte dort nach richtigen Schmetterlingen, die sich dort auf richtigen Blumen niedergelassen hatten. Menschen und Tiere waren dort, in Person: Die Abbildungen waren Körper, der Text war ihre Seele, ihre einzigartige Existenz; außerhalb der Zimmerwände traf man auf matte Entwürfe, die sich mehr oder weniger den Archetypen annäherten, ohne deren Vollkommenheit zu erreichen... Ich habe die Welt in den Büchern kennengelernt: dort war sie assimiliert, klassifiziert, etikettiert, durchdacht...«

Arthur Koestler (*1905, †1983) verschweigt in seinen autobiographischen Aufzeichnungen »Als Zeuge der Zeit« nicht, daß es auch für ihn Bildungslücken gab, die er dann durch Nachschlagen beseitigen wollte. So habe er einst »aus plötzlicher Neugier« den Namen Spartakus in Meyers Lexikon nachgeschlagen und daraus letztlich die Anregung gewonnen, den Roman »Die Gladiatoren« zu schreiben, denn »dieser lakonische Text ergriff so sehr Besitz in meiner Phantasie, daß...«

Herbert Günther (*1906, †1978), der Berliner Dichter und Schriftsteller, widmet in seinem 1957 erschienenen Buch »Drehbühne der Zeit« auch dem vielbesungenen »Romanischen Café« einige Betrachtungen. Was das mit dem Lexikon zu tun hat? Nun, wie noch erzählt wird, galt der dort vor dem Eingang zu den Toiletten aufgestellte und als sicher willkommene Nachschlagemöglichkeit für jedermann zugängliche »Große Brockhaus« als ein gewisser Anziehungspunkt für die Kudamm-Literaten und Journalisten. Günther möchte zwar bezweifeln, ob diese Tatsache entscheidend für die Bedeutung des »Romanischen Cafés« als Treffpunkt war, doch kann er die Tatsache selbst nur bestätigen.

Karl Holzamer (*1906), der wohl in erster Linie als Intendant des Zweiten Deutschen Fernsehens bekannt gewordene Philosophie-Professor, lernte als Mitarbeiter des »Großen Herder« auch die Probleme der Lexikonarbeit kennen. Als auf einem Frankfurter Verlegerabend im Herbst 1953 die Frage »Enthält das Alphabet die ganze Welt?« gestellt wurde, gab Prof. Holzamer folgende Antwort: »Die Kontinuität des Lebens, die Unkonzentriertheit, die der geistige Überfluß hervorruft, und der Gegensatz zwischen der Vielfalt der Welt und der Notwendigkeit, sie zu bewältigen, stellt an ein Lexikon heute die Forderung, eine Ordnung zu schaffen, an der der einzelne sich orientieren kann. In diesem Sinne hat ein

Lexikon eine wahrhafte Bildungsfunktion, denn Bildung bedeutet, ein geordnetes Verhältnis zu seiner Welt zu haben.«

William Saroyan (*1908, †1981), der amerikan. Dramatiker, hat das Lexikon sogar in den Mittelpunkt eines Schauspiels gestellt. In seinem 1949 veröffentlichten Dreiakter »Don't Go Away Mad« bildet ein überdimensionales Lexikon fast das einzige Requisit. Ein schwarzer Analphabet läßt uns erkennen, wie kostbar und wertvoll schon eine Seite aus dem Lexikon sein kann; es wird schießlich zum »holy dictionary, full of all the words in the world«.

Hans-Joachim Schoeps (*1909, †1980), der zuletzt in Erlangen tätig gewesene Geistesgeschichtler, hat 1959 in einer Schrift zur Zeitgeistforschung darauf hingewiesen, daß der Auflagenvergleich von Lexika ein hervorragendes Mittel sei, »die Gesinnung einer Epoche bzw. das Lebensgefühl einer Generation« zu erschließen. Eine vergleichende Lexikographie dieser Art könne geradezu eine geistesgeschichtliche Hilfswissenschaft sein und sei überhaupt noch nicht erschlossen worden.

Joachim Fernau (*1909, †1988), der Autor zahlreicher historischer Darstellungen, bekennt sich gerne dazu, bei der Erarbeitung der Themen offenbar nicht selten auch in Lexika nachgeschlagen zu haben. Entsprechende Hinweise finden sich z.B. in seinen Werken »Sprechen wir über Preußen« bei der Darstellung der Schlacht von Hohenfriedberg und in »Halleluja«, der Geschichte der USA, wobei er mehrfach die Behandlung der US-Präsidenten in Lexika in seine Darstellung einbezieht.

Max Frisch (*1911), der schweizerische Dramatiker, macht in seiner Farce »Die chinesische Mauer« eine direkte Anleihe beim Lexikon und läßt einen mit der Bildung unserer Zeit ausgestatteten Intellektuellen unmittelbar aus einem Lexikon zitieren, was ein bildungswilliger Zeitgenosse dort an Informationen finden würde.

Hilde Domin (*1912) bezeichnet die Lexika in ihren Erinnerungen (1974) als »Haustiere im ausschließlichsten Sinne« und meint: »Sie lassen sich aber nicht von jedem melken, obwohl die Euter so voll sind, sondern nur von dem, der ganz intim damit steht. Denn was soll einer, der nicht schon weiß, was drinsteht, mit einem Lexikon tun? Lexika sind nur für den, der sie eigentlich nicht mehr braucht. Der darf sie melken, den machen sie fett.«

Helmut Schelsky (*1912, †1984), der namhafte Soziologe, hielt 1966 einen Vortrag über »Das Lexikon – ein Instrument des modernen Bewußtseins«, in dem er äußerte: »Wissensmethodisch ist das Lexikon zweifellos eine Vorstufe des informationsspeichernden Computers, und es scheint mir mehr als ein Schlagwort zu sein, wenn man ein umfassendes Lexikon als die Denkmaschine des kleinen Mannes bezeichnen wollte. Ich würde es für richtig halten, daß heute gerade die Schulen den Schülern erlaubten, ja ihnen beibrächten, mit Lexika und Wörterbüchern zu arbeiten, wie sie es mit Rechenschiebern und Logorithmentafeln tun. Das Lexikon ist ein Instrument des modernen Bewußtseins; erst wenn man es instrumental benutzt, beutet man es in seinem vollen Wert aus.«

Georg Picht (*1913, †1982) löste 1964 die große öffentliche Diskussion über den Bildungsnotstand in Deutschland aus. Der für Fragen dieser Thematik berufene Pädagoge und Philosoph gehörte auch zu den Festrednern zum Erscheinen des »Großen Meyer« im März 1971. In seinem Vortrag über »Enzyklopädie und Bildung« bezeichnete er das Alphabet als »das primitivste Ordnungsschema« und sein Anwendungsprinzip im Lexikon als »eine mörderische Deformation des Wissens«. Er stellte fest: »Wer glaubt, was in einem Lexikon steht, hat noch nicht gelernt, es zu benutzen.«

Arno Schmidt (*1914, †1979) war ein besonders eifriger Benutzer von Lexika jeder Art. In einem Rundfunkgespräch erzählte er über die Vorarbeiten zu seinem Riesenroman »Zettels Traum«: »Ich habe ein ganzes Konversationslexikon von 1845 mit 34 Bänden – den alten Pierer, der übrigens ausgezeichnet ist – , habe ich Wort für Wort lesen müssen, um mein Gehirn in die Falten jener Zeit zu legen…«

Heinrich Böll (*1917, †1985) liefert uns ein weiteres Beispiel für das Vorkommen des Lexikons in der belletristischen Literatur. In seinem 1959 erschienenen Roman »Billard um halb zehn« wird in einem Lexikon nachgeschlagen, um der Wirklichkeit teilhaftig zu werden. Laut Böll beschreibt das Lexikon, »wie auf einem Ausweis die ausgewiesene Person beschrieben wird«, doch »die Sache selbst bleibt unvorstellbar und unwirklich«. Auch im 1971 erschienenen »Gruppenbild mit Dame« greift Böll zu einem Lexikon, um sich über verschiedene Begriffe zu informieren.

Wolfgang Paul (*1918) hat sich als Schriftsteller auch allgemein mit dem Phänomen Buch auseinandergesetzt. In seinen 1958 erschienenen Impressionen »Rund ums Buch« kommt er zu der Erkenntnis: »Lexika soll man erst bewundern, dann studieren, dann sich selbst bewundern, daß man nun weiß, was man bisher noch nicht wußte.« An anderer Stelle heißt es: »Wir wissen viel, deshalb wissen wir wenig. Wir brauchen Lexika, Nachschlagewerke, die es uns erlauben, aufgespeichertes Wissen fremder Gehirne nutzbar zu machen.«

Wolfgang Schwerbrock (*1919) hat sich als Rezensent wiederholt mit verschiedenen Lexika der 50er Jahre nach dem 2.

Weltkrieg beschäftigt. Hier einige seiner dabei gewonnenen allgemeinen Erkenntnisse: »Wohl kaum ein Zeitalter liefert an Hand seiner enzyklopädischen Literatur, seiner Variationsbreite ein derart aufschlußreiches Bild für die Nachwelt wie das unsere. Vor allem die zu kleineren Nachschlagewerken verarbeitete Masse des Wissensstoffes müßte späteren Generationen eine Fundgrube sozial- und kulturhistorischen Materials bedeuten. Wer in fünfzig Jahren wissen will, ob und warum dieses Zeitalter ein neues ist, was in den Geisteswissenschaften, in den Naturwissenschaften, in den gesellschaftlichen und politischen Bereichen an Epochemachendem geschah und wie es gesehen wurde, der greife zu all diesen – einst »Konversation«, heute pures Sachwissen vermittelnden – Klein- und Kleinstlexika, die nach 1945 erschienen sind. Denn auch dies ist ein sozialer Vorgang: Nicht mehr privilegierten Ständen, wie noch um die Jahrhundertwende, ist das Lexikon vorbehalten, sondern alle Schichten nehmen teil. Das Wissen wird in kleine aber deshalb nicht wertlose Münze umgewechselt, es führt kein Dasein mehr als Luxusgegenstand in Leder.«

Jürgen Eick (*1920) ist als Wirtschaftsjournalist über allgemeine Fragen des Bildungsmarktes auch auf die Frage nach der Bedeutung der Lexika in unserer Zeit gestoßen. »Es ist nicht ohne weiteres möglich, den Einfluß der Lexika auf das Weltbild des einzelnen wie auf die öffentliche Meinung zu messen. Aber man wird diesen Einfluß hoch einschätzen können.« – »Das Gefühl, mit einem guten Lexikon im Haus kann einem eigentlich nichts passieren, ist weit verbreitet, und es gibt wohl nur wenige Menschen, die diese intellektuelle Rückversicherung ablehnen. Das Bedürfnis, sich für den beruflichen Lebenskampf, der sich nicht nur mit Spezialkenntnissen bestreiten läßt, zu wappnen, dürfte unausgesprochen heute eines der wichtigsten Motive für den Kauf eines Lexikons sein, das zum Teil identisch ist mit dem

Wunsch, den Kindern auf ihre vielen Fragen präzise Auskunft geben zu können und sie so für den Kampf ums Dasein vorzubereiten.« – »Ein Konversationslexikon ist – wie eine Zeitung – noch einer der wenigen Punkte, wo die Fäden nicht auseinander-, sondern zusammenlaufen. Wahrlich waren daher Universal-Lexika nie notwendiger als heute, denn sie vermitteln einen Gesamtüberblick, der heute im Dschungel der Fach- und Spezialliteratur vollkommen verlorengeht.«

Thilo Koch (*1920) gehört auch zu den Journalisten, die nach dem Motto »Wissen auf Abruf« und »Hauptsache: Gewußt wo« gerne und regelmäßig den Umgang mit diversen Lexika pflegen. Als Benutzer der Lexikothek-Bände äußerte er sich wie folgt: »Auch der letzte Laie blättert so ein Buch mit wachsender Faszination durch, und indem er sich unterhalten fühlt, lernt er eine Menge. So wird Wissenschaft vom Parnaß der Eingeweihten heruntergeholt auf diese Erde, die uns trägt und die ohne einige Einsichten in das, was sie zusammenhält, für uns Menschen ganz unerträglich wäre.«

Thomas von Randow (*1921) hat nicht nur einen Namen als Wissenschaftsjournalist, sondern wagte sich 1968 in der Wochenzeitschrift »Die Zeit« auch an einen kritischen Warentest der seinerzeit lieferbaren fünf mittelgroßen allgemeinen Lexika. Gegen die Wiedergabe der Ergebnisse oder gar irgendeine Form vergleichender Werbung sträubt sich der Kugelschreiber, doch einige allgemeine Gedanken scheinen ebenso unverfänglich wie beachtenswert: »Ein Lexikon ist in erster Linie ein Gebrauchsgegenstand, seine Güte hängt also eng mit seiner Brauchbarkeit zusammen.« – »Das Vorurteil, ein Konversationslexikon müsse bleibenden Wert besitzen, hemmt gewiß die Informationsfreudigkeit.« – »Zu Unrecht und zweifellos zur Beunruhigung der Lexikographen gilt das Konversationslexikon gemeinhin als unfehlbarer Informant. Selbst wer dies nicht glaubt, ist überrascht, wie sehr die Auskünfte divergieren.« – »Bevor ich mich mit dem Vergleich der Nachschlagewerke beschäftigt hatte, war ich überzeugt davon, daß Lexikon-Verfasser weitgehend voneinander abschreiben. Das stimmt nicht – leider. So braucht man alle…«

Stanislaw Lem (*1921), der polnische »Science-fiction«-Autor, befaßt sich in seinen Zukunftsvisionen auch mit der Problematik der Laufendhaltung von Lexika durch ständige Aktualisierung. Er behauptet, daß Enzyklopädien schon im Augenblick des Erscheinens nur noch historischen Wert hätten. Da sich nun die von den Lexikon-Autoren benötigte Zeit nicht auf Null reduzieren läßt, erfindet er die »Delphiklopädie«, deren Stichworte nur noch Voraussagen für die Zukunft darstellen, und als deren Weiterentwicklung die in 24 (handlichen!) Magnetbändern angebotene »Extelopädie« mit Informationen über die Historie, die erst noch geschehen wird!

Gert A. Zischka (*1923) gab 1959 unter dem Titel »Index Lexicorum« eine Bibliographie der lexikalischen Nachschlagewerke heraus. Der Gegenstand seiner Arbeit wird wie folgt charakterisiert: »Das Lexikon ist das Buch unserer Zeit. Die präzise Formulierung des Textes, die rasche Auffindbarkeit und die Beschränkung auf den gesicherten Bestand des Wissens lassen uns vorerst zum Lexikon greifen, wenn wir uns informieren wollen.«

John Mortimer (*1923), der englische Dramatiker, ist auch in Deutschland bekannt geworden, besonders durch Hör- und Fernsehspiele. Titel und Gegenstand eines 1965 vom ZDF azsgestrahlten Fernsehspiels war »Das Konversationslexikon«. Sein Hauptdarsteller glaubt so fest an den bildenden und sittlichen Wert des Konversationslexikons, daß er allein aus diesen weltanschaulichen Gründen und nicht wegen des möglichen Gelderwerbs Vertreter eines Lexikon-Verlages in England wird.

Rudolf Augstein (*1923), der vor allem als Mitbegründer und Herausgeber des Nachrichtenmagazins »Der Spiegel« bekannte Publizist, hatte für den FDP-Parteitag in Hannover

1967 geplant, sich am Rednerpult auf einen Band des »Brockhaus« zu stellen, nachdem er sich einige Zeit vorher von Erich Mende den Vorwurf hatte anhören müssen, er solle erst einmal im Lexikon nachschlagen, was politischer Liberalismus bedeute, so berichtet Arnulf Baring in seinem 1982 erschienenen Buch »Machtwechsel«.

James Krüss (*1926), einer der bekanntesten und auch erfolgreichsten Jugendbuchautoren, begegnete dem Lexikon bereits als Kind und betrachtete mit viel Vergnügen die Abbildungen der bunten Fahnen aller Länder, die Autotypen, Uniformen und Volkstrachen. Auf der Basis dieser Jugenderlebnisse entstand sein 1983 erschienenes Werk »Meyers Buch vom Menschen und von seiner Erde«, ein »Schmökerlexikon« für jung und alt.

Otto Nüssler (*1927), der langjährige Geschäftsführer der »Gesellschaft für deutsche Sprache« in Wiesbaden, untersuchte im Rahmen eines höchst interessanten und lesenswerten Beitrages über »Das Lexikon im Lexikon« für die 1983 erschienene »Festschrift für H. J. Störig« die Behandlung bzw. Selbstdarstellung dieses Stichworts in den verschiedensten Nachschlagewerken. Er selbst versteht Lexikon »als jede geordnete Sammlung von Benennungen für materielle und/oder immaterielle Gegenstände« und kommt zu dem Ergebnis, daß das Stichwort Lexikon selbst schlecht wegkomme und es wohl an der Zeit sei, daß Nachschlagewerke über sich selbst bessere Auskünfte gäben.

Manfred Limmroth (*1928) bescherte allen Lexikonfreunden 1978 ein Buch über »Die Kunst, Wissen zu vermitteln« und hat dafür in alten Lexika geblättert. Hier nur zwei der dabei gewonnenen Erkenntnisse: »Ein Lexikon braucht der staatlicherseits als mündig erklärte Bürger täglich. Mündig heißt, dafür zu sorgen, daß aus eben diesem Mund auch etwas Gescheites herauskommt. Im Zweifel schlägt man nach.« – »Lexikonnachschlagen ist schon zuweilen ein bißchen Lustgewinn durch Denksport, vom Kraftsport ganz zu schweigen, wenn man seine Lexika in den obersten Reihen des Bücherregals aufzubewahren pflegt.«

Peter Meyer-Dohm (*1930), als Professor für Wirtschaftslehre an der Ruhr-Universität mitten in der Gegenwart stehend, schrieb in einem 1966 veröffentlichten Aufsatz über »Die Bedeutung moderner Lexika für die industrielle Bildungsgesellschaft«: »Das klassische Konversationslexikon war mit dem Anspruch in die Welt getreten, der Allgemeinheit einen Zugang zu jenem Wissen zu bieten, das für die gebildete Unterhaltung notwendig ist. Daraus haben sich dann unsere umfassenden Nachschlagewerke entwickelt, die, orientiert am zwingenden Grundsatz der Aktualität, eine optimale Information anstreben. Lexika sind ein privatwirtschaftlicher Beitrag zur Erweiterung der Bildungsmöglichkeiten unserer Gesellschaft; sie sind wertvolle Früchte der Kooperation vieler Fachleute und zugleich verlegerische Leistungen von hoher kultureller und bildungspolitischer Bedeutung.«

Andreas Okopenko (*1930) gebührt die Ehre, den ersten »Lexikon-Roman« geschaffen zu haben, nämlich das 1970 im Residenz-Verlag/Salzburg erschienene Buch »Lexikon einer sentimentalen Reise zum Exporteurtreffen in Druden«. Hier wird es dem Leser überlassen, aus alphabetisch angeordneten Lexikonartikeln sich selbst nach dem Baukastenprinzip einen Roman zusammenzubasteln.

Johannes Gross (*1932), der namhafte Publizist, kam in einem 1984 zum Start der Lexikothek-Jubiläumsausgabe gehaltenen Referat über den »Beitrag des Lexikons zur Ausbreitung des Bildungswesens in der Massengesellschaft« aus seinen vielfältigen persönlichen Erfahrungen im Umgang mit Nachschlagewerken zu folgenden Feststellungen: »Ich räume dem Lexikon weiterhin eine unentbehrliche Funktion ein in der Massengesellschaft unserer Tage und der kommenden Jahrzehnte. Der Bildschirmtext und andere Alternativen werden es schwer haben gegen dieses fabelhafte Instrument, das sich schon seit vielen Jahrhunderten zunehmend bewährt hat. Das Lexikon leistet etwas, was die Gesellschaft sonst an keiner anderen Stelle leistet. Es stellt etwas wie den Kernbestand des abendländischen Wissens zusammen und zur Verfügung und damit ein Urgestein, auf dem alles andere aufgebaut wird.«

Helmut Benze (*1941), zuständig für die Presse- und Öffentlichkeitsarbeit im Bibliographischen Institut, behandelte in der 1982 erschienenen »Anstiftung zum Lesen« auch die Nachschlagewerke und meinte dazu: »Lexika sind eine Art Versicherung gegen Wissenslücken«, eine Feststellung, der man wohl ohne Einschränkung nur zustimmen kann.

Otto Jägersberg (*1942), der als Autor von »Weihrauch und Pumpernickel« bekanntgewordene Schriftsteller, widmete einen ganzen Roman dem Alltag eines Lexikonverkäufers, denn nichts anderes behandelt das 1967 im Diogenes Verlag/ Zürich erschienene Buch »Nette Leute«.

Geschichte, Gegenwart und Zukunft der enzyklopädischen Lexikographie

Werner Ludewig

Im Gegensatz zur sprachlichen Lexikographie, die sich vor allem mit Wörterbüchern befaßt, widmet sich die enzyklopädische Lexikographie den Enzyklopädien, der Darstellung des Wissens in alphabetisch oder systematisch, also nach Sachgebieten, geordneter Form. Die Trennung ist auf den ersten Blick logisch, im einzelnen jedoch manchmal etwas künstlich, da jede Enzyklopädie bzw. jedes enzyklopädische Lexikon auch Stichwörter mit Wörterbuchcharakter enthält. Diese Erscheinung ist im französischen und spanischen Sprachraum mit Veröffentlichungen, die »enzyklopädisches Wörterbuch« *(dictionnaire encyclopédique)* heißen, noch ausgeprägter als im Deutschen, wo der »Sprach-Brockhaus« eine lange Tradition hat.

Was heißt Enzyklopädie?

Der Begriff Enzyklopädie stammt aus dem Griechischen. Seine Bestandteile *enkyklios* = »kreisförmig« und *paideia* = »Bildung« führen zu der allgemein üblichen Übersetzung »Bildungskreis«. Enkyklios bedeutet auch »im Kreislauf des Jahres immer wiederkehrend«, also »alltäglich«, »üblich«, »gewöhnlich«. »Alltagsbildung« wäre dann eine geeignete Übersetzung.

Georg Picht kam Anfang der 70er Jahre in einem geistreichen

Vortrag zu der Deutung: »Eine Enzyklopädie ist… ein Labyrinth, in dem nur solche Leser die verborgenen Schätze finden, die vorher schon wissen, was man suchen muß.« Picht leitet den Inhalt des Wortes Enzyklopädie aus dem Bildungsprogramm der sophistischen Schule ab (»die eines freien Mannes würdige Bildung bestand darin, daß er zwar über alles orientiert war, aber genug Geschmack und Stilgefühl besitzen sollte, um die Pedanterie des gründlichen und genauen Wissens zu vermeiden. Man sollte gerade so viel wissen, um sich über alles ein politisches Urteil bilden zu können und jedem Gegner in der Diskussion gewachsen zu sein.«). Aus der Trennung zwischen »Bildung«, Spezialwissenschaft und Philosophie folgt, Enzyklopädie ist die Alltagsbildung, die für die philosophische Erkenntnis nur den Vorhof bildet; sie ist profane »…Bildung, die auf das wahre Wissen bestenfalls vorbereitet«.
Erst die Neuzeit verstand dann unter Enzyklopädie »ein vollständiges System der Gesamtheit des menschlichen Wissens«. »… eine Information (sagt) nur dem etwas, der den Zusammenhang kennt, in den sie gehört. Es hilft nichts, die Summe aller verfügbaren Informationen in Folianten oder in Datenbanken zu speichern; man muß auch die Kunst vermitteln, sie zu benutzen.«
Der hier deutlich werdenden Skepsis gegenüber Datenbanken wie modernen Lexika versuchen heutige Lexikonverlage auf unterschiedliche Weise zu begegnen. Es sei hier nur auf die Teilung der *Encyclopaedia Britannica* in *Micro-* und *Macropaedia,* an die Einfügung enzyklopädischer Sonderbeiträge, die Zusammenhänge verdeutlichen, in neueren deutschen Großlexika und als konsequentesten Ansatz auf das System der *LEXIKOTHEK* hingewiesen.

Vom Altertum zur Aufklärung

Die Verfasser der uns bekannten Enzyklopädien der Antike und des Mittelalters (u.a. Marcus Terentius Varro im 1. Jahrhundert v. Chr., Plinius der Ältere im 1. nachchristlichen Jahrhundert, Cassiodor im 6. Jahrhundert, Hrabanus Maurus im 9. und Vinzenz von Beauvais im 13. Jahrhundert) strebten danach, das gesamte Wissen ihrer Zeit oder das Wissen über ein bestimmtes Sachgebiet zu sammeln, systematisch zu ordnen und dadurch dem Leser leichter zugänglich zu machen. Das gleiche wollten die ersten Urheber alphabetisch geordneter Lexika. Als erster unternahm im Jahr 1503 Domenico Nani Mirabelli mit seinem Werk *Polyantha nova* einen solchen Versuch. Fast alle diese Autoren bedienten sich der lateinischen Sprache.

Als erstes alphabetisch geordnetes Lexikon in einer lebenden Sprache erschien 1674 das *Grand Dictionnaire historique* des Louis Moréri. Mit diesem Werk beginnt die Geschichte der neuzeitlichen enzyklopädischen Lexikographie, wie sie in unserem Abschnitt »300 Jahre Lexikographie in Daten« nachgezeichnet ist. Hier sollen nur die wichtigsten Marksteine erwähnt werden, die charakteristische Wandlungen in Zielsetzung und Aufbau der Enzyklopädien deutlich machen.

In eindeutiger Distanz zu den Lehren der katholischen Kirche, wie sie Moréri vertreten hatte, folgte seinem Werk das *Dictionnaire historique et critique* des Pierre Bayle (1695–1697). Dieses Lexikon, das auch als »Bibel der Frühaufklärung« bezeichnet wurde, erschien 1741 bis 1744 in deutscher Übersetzung, herausgegeben von Johann Christoph Gottsched.

Das 18. Jahrhundert, das Jahrhundert der Aufklärung und der Enzyklopädie schlechthin, brachte in Deutschland als gewaltigstes Werk das von Johann Heinrich Zedler in Leipzig verlegte *Große vollständige Universal-Lexikon aller Wissenschaften und Künste* in 64 Bänden (1732–1750) mit 4 Nachtragsbänden (bis 1754) sowie als handliches und populäres einbändiges Nachschlagewerk Johannes Hübners *Reales Staats- und Zeitungs-Lexikon* (1704).

Wie Bayles Werk gehört die zweibändige *Cyclopaedia* des Briten Ephraim Chambers (1728) zu den Vorläufern der großen französischen Enzyklopädie *(Encyclopédie ou Dictionnaire Raisonné des Sciences, des Arts et des Métiers)*. Das von Denis Diderot angeregte und gemeinsam mit Jean le Rond d'Alembert 1751–1772 herausgegebene Werk sollte ursprünglich eine Übersetzung des Lexikons von Chambers sein. Es wurde dank des wissenschaftlichen und politischen Mutes des Hauptherausgebers, seines Durchsetzungs- und Durchhaltevermögens, aber auch dank der wissenschaftlichen und literarischen Qualität seiner Mitarbeiter zum bahnbrechenden Schlüsselwerk seiner Zeit, der Epoche der Aufklärung. Vom »Einleitungskapitel der Revolution« sprach später Robespierre. (Für den wirtschaftlichen Erfolg war das vom Verleger André le Breton mit Geschick angewandte Subskriptionsgeschäft entscheidend.)

Die Breite und Tiefe, mit der alle Wissensgebiete, neben den Wissenschaften und den »schönen Künsten« erstmals in diesem Umfang auch die Technik, dargestellt sind, unterschied die *Encyclopédie* von ihren Vorläufern, die politische Wirkungskraft von allen Nachfolgern, die sich bis heute meist eher als recht bescheidene Hilfsmittel geistigen Arbeitens darstellen denn als Zeugnisse politischen publizistischen Ehrgeizes.

Was die *Encyclopédie* darüber hinaus – ebenso wie Zedlers Lexikon und im 19. Jahrhundert noch die *Allgemeine Encyclopädie der Wissenschaften und Künste* von Samuel Ersch und Gottfried Gruber (von 1818 bis 1889 erschienen 167 Bände des unvollendet gebliebenen Werkes) – sein sollte, formulierte Diderot so: »Dieses Werk könnte einem Berufsgelehrten als Bibliothek dienen für alle Fächer, die er nicht selbst betreibt. Es wird die Elementarbücher ersetzen.« (Kein Wunder, daß besorgte Buchhändler immer wieder die Befürchtung laut werden ließen, daß Lexika die Absatzchancen anderer Werke mindern könnten.)

Voraussetzung für diese Zielsetzung großer Enzyklopädien,

ganze Bibliotheken ersetzen zu können, war der im 18. Jahrhundert erreichte Stand der Wissenschaft: Die Wissensmenge war schon zu groß für den durchschnittlichen Gelehrten, um sie ohne die helfende Aufbereitung des Lexikographen zu erfassen, sie schien aber noch nicht zu umfangreich für das Fassungsvermögen großer allgemeiner Lexika. Mindestens alle wesentlichen Aussagen fanden noch Platz.

Die Objektivität und die gebildeten Stände

Daß dies im 19. Jahrundert unmöglich wurde, zeigte der »Ersch-Gruber« – das Ziel, eine Bibliothek zu ersetzen, mußte aufgegeben werden. Gleichzeitig fiel die aufklärerische Zielsetzung der *Encyclopédie*. Der alle anderen vollendeten deutschen Lexika des 19. Jahrhunderts weit übersteigende Umfang der ersten Auflage von *Meyers Lexikon* (46 Bände, 1839 bis 1852) erklärt sich daraus, daß hier letztmals der Versuch gemacht wurde, über ein Lexikon politische Aufklärung zu verbreiten. Diese Zielsetzung war inspiriert von der geistigen und politischen Haltung des Verlegers Joseph Meyer im sog. Vormärz, der Zeit vor der Revolution von 1848. An die Stelle der Aufklärung, des Kampfes gegen kirchlichen Dogmatismus und feudalistisches Gesellschaftssystem, trat im 19. Jahrhundert als Zielsetzung die Objektivität.

Joseph Meyer hatte in seinem Vorwort geschrieben: »Der Aristokratie des Wissens ... ist eine populäre Encyklopädie ein Dorn im Auge, und sie wird unserem Beginnen nicht hold seyn. Intellectuelle Gleichheit liest sie auf unserem Panier, und in jedem Kämpfer für jene gewahrt sie einen Feind, der an ihrem Thron rüttelt, und ihr das Benifiz des Privilegiums zu entziehen trachtet.« »Je sème à tout vent« (Ich säe bei jedem Wind) schrieb dagegen Pierre Larousse in seinem *Grand Dictionnaire universel du XIXème siècle* (1866–1876) und meinte damit die als Objektivität proklamierte Anpassung und Unterordnung gegenüber den politischen Zeitströmungen.

Wenn Joseph Meyer von einer populären Enzyklopädie sprach, so deutet sich darin an, daß sich die Zielgruppe der Lexika geändert, erweitert hatte. Meyers »Aristokratie des Wissens« hatte möglichst »alles« wissen wollen. Das war unmöglich geworden. Gleichzeitig wollten immer mehr Menschen immer mehr wissen, mehr, als ihnen die populären Werke wie der einbändige »Hübner« bieten konnten. Neue Schichten interessierten sich für Wissenschaft, aus beruflichen Gründen, vor allem aber aus den Bedürfnissen des gesellschaftlichen Status. Unternehmer, Kaufleute, Lehrer, Journalisten, aber auch der Adel empfanden das Bedürfnis, nicht nur ein gründliches Wissen über Weniges, also ein Fach- oder Spezialwissen, sondern auch eine allgemeine Orientierung über möglichst Vieles stets parat zu haben. Für das letztere, das einen immer größeren Anteil am Wissen des einzelnen hatte und für das das Lexikon zur ständig sprudelnden Quelle wurde, hat ein gar nicht böswilliger Realist den Begriff »Ungefähr-Wissen« gebraucht.
Dies war das Wissen der »gebildeten Stände«, wie sie seit 1814 als Zielgruppe im Titel der Lexika von Friedrich Arnold *Brockhaus* und seit 1839 von Joseph *Meyer* auftauchen – keineswegs in der Lage, »alles« zu wissen, aber gebildet genug, um vielseitig interessiert zu sein, nicht jedoch genug gebildet, um alles zu verstehen und deshalb »verständliche« Darstellung fordernd: Wissensverdichtung, Vereinfachung, Weglassen, das wurden die Kennzeichen der neuen Wissensdarstellung in einem Lexikontyp, den man nun *Konversationslexikon* nannte.
Der Begriff orientiert sich an der »gepflegten Konversation« als Kennzeichen eines gehobenen gesellschaftlichen Lebensstils, wie er sich vom Adel her auf immer weitere Kreise des Bürgertums ausbreitete. Nicht zu fachlich sollte die Konversation sein, aber auch nicht zu oberflächlich – wer in diesem Stil mitreden konnte, »gehörte dazu«, mit Hilfe des Konversationslexikons. Wer die Rolle des Lexikons bei der Entwick-

lung der Kultur vom 19. Jahrhundert bis heute richtig verstehen will, darf aber nicht übersehen, daß der heute als veraltet geltende Begriff »Konversationslexikon« nur auf ein äußerliches Kennzeichen dieser Entwicklung Bezug nimmt. Es bildete sich eine Wechselwirkung zwischen dem Lexikon und den Bedingungen und Bedürfnissen des Industriezeitalters heraus: Die gesellschaftlichen Verhältnisse forderten die Teilnahme von immer mehr Menschen an modernen Entwicklungen in Wirtschaft, Politik, Kultur. Diese verlangten nach geistiger Zurüstung für ständig neue Aufgaben. Was sie, selbst wenn sie eine höhere Bildung genossen hatten – was noch keineswegs selbstverständlich war –, an Wissen mitbrachten, hielt diesen modernen Entwicklungen nicht stand. Das Lexikon war das optimale Mittel, Lücken zu schließen, wenn auch gewiß nicht das einzige. Vertieftes und verbreitertes Wissen aber regte den Einzelnen an, seine Ziele höher zu setzen, sich weiter zu entwickeln.
Diese Tendenz hat sich bis zur Gegenwart ständig weiter verstärkt angesichts der explosionsartig verlaufenden Wissensvermehrung und der sprunghaft weiter steigenden Wissensanforderungen an immer mehr Einzelne, denen berufliche Weiterbildung und Mobilität abverlangt werden. Doch mit diesen Feststellungen greifen wir der Entwicklung des Lexikons vor!

Was bietet ein Lexikon?
Als Kennzeichen der Wissensdarstellung im früher sogenannten Konversationslexikon hatten wir Wissensverdichtung und Auswahl sowie Allgemeinverständlichkeit hervorgehoben. Die Auswahl kann unter verschiedenen Aspekten erfolgen.
An erster Stelle steht die *Stichwortauswahl.* Sie ist zunächst vom Umfang eines Lexikons abhängig, bedeutet aber in jedem Fall einen rigorosen Eingriff in den verfügbaren Wissensstoff, selbst bei den umfangreichsten Nachschlagewer-

ken unserer Zeit. Einige Zahlen sollen das deutlich machen: Der 1960–1964 erschienene *Grand Larousse encyclopédique* enthält etwa 450 000 Stichwörter. Große US-amerikanische Enzyklopädien bieten zwar nur eine begrenzte Zahl umfangreicher Artikel, aber Registerbände mit rund 400 000 Stichwörtern. Die umfangreichsten deutschsprachigen Lexika unserer Zeit nennen 200 000 bis über 250 000 Stichwörter. Demgegenüber liegt die Zahl bekannter chemischer Verbindungen ebenso im Millionenbereich wie diejenige der Tierarten. Das Thieme-Beckersche Künstler-Lexikon enthält über 200 000 Biographien, große Atlanten – selbst auch schon zur Auswahl gezwungen – nennen mehr als 300 000 geographische Namen. Die wenigen Beispiele zeigen genügend: Jede Lexikonarbeit beginnt mit der Stichwortauswahl. Diese wird am besten deutlich, wenn man sich das gesamte mögliche Stichwortmaterial nach dem Grad der Wichtigkeit in konzentrischen Kreisen geordnet vorstellt. In einem einbändigen Lexikon kann man dann vielleicht die beiden inneren Kreise erfassen, in einem vierbändigen zwei oder drei weitere. Bei einem zehnbändigen Lexikon würde man bis zum sechsten oder achten Kreis vorstoßen, bei einem 25bändigen bis zum zehnten oder zwölften usw.

Neben die Stichwortauswahl tritt die *Informationsauswahl*. Vergleicht man die einzelnen Artikel zu bestimmten Stichwörtern (z.B. Personen, geographische Objekte) in umfangreichen älteren und modernen Lexika, so stellt man fest, daß die entsprechenden Artikel früher häufig sehr viel länger waren als heute. Das gilt auch für Personen oder Gegenstände, die an Interesse nicht verloren haben, für die aber heute angesichts des gewachsenen Gesamtwissens weniger Raum bleibt. Das zwingt, ebenso wie die Stichwortauswahl, den Lexikonredakteur häufig zum schmerzhaften Verzicht auf Informationen, die er gern bringen würde.

Ein selektives Moment enthält schließlich auch der *Lexikonstil*, wie er sich seit dem 19. Jahrhundert zunehmend herausgebildet hat. Er ist ein wesentliches Element der *Wissensverdichtung*, erhöht zwar nicht gerade die flüssige Lesbarkeit, leitet aber ebenso wie die Informationsauswahl innerhalb des Artikels den Auskunftssuchenden rasch auf den Kern der Sache hin. Bei der Betrachtung dieses Stils – man spricht auch von »Telegrammstil« -, der auf schmückende Adjektive, Wiederholungen und weitgehend auch auf Beispiele verzichtet, viele Abkürzungen nutzt und nur wichtige Fakten aneinanderreiht, werden wir wieder auf das Schlagwort »Objektivität« hingeleitet: es ist klar, daß unter den Bedingungen des »Lexikonstils« der Raum für die Wiedergabe von Meinungen fehlt – es sei denn, es handele sich um einen Gegenstand, der wirklich zwei völlig gegensätzliche Meinungen erlaubt: Dann muß der Raum vorhanden sein, beide zu bringen. In der Regel aber werden Verfasser oder Redakteure eines Lexikonartikels gezwungen sein, dem Benutzer nur gesicherte Tatsachen anzubieten.

In diesem Sinne äußerte sich zur »Objektivität« bereits 1824 Heinrich August Pierer im 1. Band seines 26bändigen *Enzyklopädischen Wörterbuchs der Wissenschaften, Künste und Gewerbe* (1824–1836), wobei er gleichzeitig Objektivität als Anpassung und Unterordnung gegenüber den politischen Zeitströmungen kennzeichnet, wie wir es oben getan haben: »... bei streitigen Lehrsätzen, zumal religiösen, philosophischen oder politischen, *unparteiliche* Darstellung derselben, entweder von verschiedenen Seiten aus oder auch in Nebeneinanderstellung zweier Bearbeitungen verschieden denkender Verfasser, unter sorgfältiger Vermeidung einer eigentlichen Oppositionsstellung gegen anerkannte und von oberen Staatsgewalten behauptete Grundsätze der Kirchen- und Staatsordnung ...« Dies ist nichts anderes als Larousse' »Ich säe bei jedem Wind«.

Pierer formulierte übrigens auch einen anderen Grundsatz so, wie er im Prinzip heute noch gilt: »Die ... zu Grunde liegende Idee ist: über jeden bemerkenswerten Gegenstand menschlichen Wissens eine kurze, jedoch für einen momentanen Bedarf möglichst befriedigende Nachweisung zu geben.«

Bereits im 19. Jahrhundert entwickelten sich auch die wichtigsten Prinzipien der formalen lexikographischen Gestaltung, die die nüchterne und sachliche, tatsächlich weitgehend wertungsfreie Information im typischen Lexikonstil strukturierte, auch wenn die Verdichtung noch nicht so weit fortgeschritten war, wie es heute der Fall ist. Zu den formalen Kennzeichen gehörten bereits: halbfette Hervorhebung des Stichworts; Angaben zur Aussprache, zur Etymologie, ggf. zur Grammatik, zum Wissenschafts- oder Sachgebiet; ggf. textliche Auszeichnungen zur Hervorhebung oder Untergliederung; Verwendung vieler Abkürzungen, darunter der Abkürzung des Stichworts durch seinen Anfangsbuchstaben im Text; Vorworte; Abkürzungsverzeichnisse; Verweissysteme; Literaturangaben, die weiterführen und ergänzen; Autoren- bzw. Mitarbeiterverzeichnis; Mehrspaltigkeit; lebende Kolumnentitel; Illustrationen, zunächst einfarbig, dann auch mehrfarbige Tafeln, Textabbildungen, Karten im Text, auch auf (oft farbigen) Tafeln; ggf. Register; Ergänzungsbände.

Kinder des 19. Jahrhunderts sind auch die mittleren und Kleinlexika, Werke, die meist zwei bis vier Bände umfaßten, also deutlich umfangreicher waren als die meisten heutigen Einbänder, die typische Produkte unseres Jahrhunderts sind, ob es sich um den *Kleinen Knaur, Meyers Blitzlexikon*, den *Volksbrockhaus*, das *Bertelsmann Volkslexikon* o.a. handelt. Der einzige Einbänder des 19. Jahrhunderts, der *Kleine Meyer*, zuerst 1871/72 erschienen, war immerhin so umfangreich, daß seine zwei Hälften getrennt gebunden wurden.

Echte Neuerungen der zweiten Hälfte des 20. Jahrhunderts sind die durchgehend farbige Illustration, das Taschenbuchlexikon, die Kombination des Lexikons mit systematisch gegliederten Themabänden, wie sie vor allem das Haus Bertelsmann pflegt (*Bertelsmann Lexikon-Bibliothek, LEXIKOTHEK*), und – mit sehr begrenztem Erfolg auf dem deutschsprachigen Markt – das Partwork-Lexikon.

Wie wird ein modernes Lexikon genutzt?
Welche Aufgabe hat das Lexikon, was wird von ihm erwartet? Erinnern wir uns an das Pierer-Zitat: »...über jeden bemerkenswerten Gegenstand ... eine kurze, jedoch für einen momentanen Bedarf möglichst befriedigende Nachweisung...« Der »momentane Bedarf« entsteht vor allem, wenn im Prozeß einer Informationsaufnahme (beim Lesen eines Buches, einer Zeitung, beim Hören und/oder Sehen einer Nachrichtensendung) ein Begriff oder ein Name unbekannt oder unzureichend bekannt ist, so daß die Gesamtinformation nicht oder nicht voll verstanden wird. Nach diesem Muster entstehen die meisten Nachschlagevorgänge.
Wenn das richtig ist, so ergeben sich folgende Konsequenzen, die vor allem für den Lexikonnutzer, aber auch für den Lexikonproduzenten wichtig sind: *Zunächst* ist nicht vorhersehbar, *wann* während der Informationsaufnahme das Nachschlagebedürfnis entsteht. Das Lexikon muß also stets dort verfügbar sein, wo gelesen oder gelernt wird, wo Informationen konsumiert werden.
Nicht vorhersehbar ist weiter, auf *welches* Stichwort sich das Nachschlagebedürfnis richtet. Das Lexikon muß deshalb möglichst viele Stichwörter enthalten.
Wenn das Nachschlagebedürfnis während einer Informationsaufnahme entsteht, so verlangt es sehr rasche Befriedigung, damit der Aufnahmeprozeß nicht oder möglichst wenig gestört wird, so daß der Kontext erhalten bleibt. Das Lexikon muß deshalb so gestaltet sein, daß die gesuchten Stichwörter nicht nur vorhanden, sondern auch schnell auffindbar und die enthaltenen Einzelinformationen rasch erschließbar sind. Daraus folgen klare Forderungen für die Artikelgestaltung: Kürze, gute Definition, deutliche Gliede-

rung, wichtigste Fakten, Verständlichkeit, wenn nötig sichere Bewertung.
Neben dieser Lexikonnutzung als Bestandteil eines Hauptinformationsprozesses, der von einem anderen Medium (Buch, Zeitung, Radio, TV o.a.) ausgeht, kann die Lexikonnutzung auch ein eigener, selbständiger Informationsvorgang sein. Ein solches Nachschlagen zielt häufig auf Übersichts- oder andere umfangreichere Artikel.
Hier stehen ebenfalls zunächst Definitionen, Daten und Fakten sowie ggf. Bewertungen im Vordergrund, häufig aber auch Gliederungsfragen, Klassifizierungen oder Periodisierungen und Unterteilungen. Ergänzende Hinweise auf Literatur, die weiterführt, spielen ebenso eine große Rolle wie Verweise, die Ergänzungen bieten oder Zusammenhänge verdeutlichen.
Als zusätzlicher Aspekt sei noch darauf hingewiesen, daß von einem Lexikon nicht nur die Schließung von Wissenslücken erwartet wird, sondern auch die Beseitigung von Unsicherheiten, die *Bestätigung* des vorhandenen, aber unsicheren eigenen Wissens. Aus beidem folgt, daß eine ungewöhnlich hohe *Zuverlässigkeit* vorausgesetzt wird, daß nicht nur Wissenschaftlichkeit oder Objektivität, sondern auch Autorität erwartet werden. Die Lexikoninformation wird für den Benutzer zur Auskunft »letzter Instanz«, die nicht mehr überprüft wird. Dies stellt an eine Lexikonredaktion ganz außergewöhnliche Anforderungen, die sie manchmal überfordern, denen sie aber angesichts des Gewichts der Enttäuschung, die durch Fehler verursacht wird, gerecht zu werden bestrebt sein muß.

Wie entsteht ein Lexikon?
Die Darstellung der Erwartungen, mit denen ein Benutzer an das Lexikon herangeht, leitet unmittelbar zu der Frage über, wie sich die Verlage bemühen, diesen Erwartungen gerecht zu werden, d.h. wie Lexika entstehen.

Am Anfang steht die Frage, ob sich das geplante Lexikon an eine klarer bestimmbare Zielgruppe wenden soll. Die Frage ist meist identisch mit der Frage nach dem Umfang des Lexikons und zielt heute zunächst vor allem auf die wirtschaftliche Leistungsfähigkeit, also die Kaufkraft der Zielgruppe. Da sich moderne Lexika praktisch an jeden wenden, unabhängig vom Alter – die Zielgruppe reicht von den Heranwachsenden bis zu den Senioren – und vom Geschlecht, vom Beruf und vom Bildungsstand, wird der Einzelne beim Kauf eines Lexikons in seiner Wahl vor allem von der Größe seines Geldbeutels geleitet. Natürlich spielt die Intensität geistiger Interessen, auch die – oft von Familientradition beeinflußte – Erfahrung im Umgang mit Nachschlagewerken, eine gewisse Rolle. Da aber der Grundsatz gilt: Encyclopedias are sold, not bought – Enzyklopädien werden verkauft, nicht gekauft -, ist es leicht, jedem potentiellen Interessenten klarzumachen, daß er ein möglichst leistungsfähiges Lexikon braucht, wenn er es nur bezahlen kann. Denn jeder, der heute offenen Auges durch unsere immer komplizierter werdende Welt geht, weiß oder versteht, daß sein Wissen niemals ausreicht.
Daß am Anfang der eigentlichen Arbeit dann Selektion steht, und zwar vor allem Stichwortauswahl, hatten wir schon dargestellt. Wie weit die Auswahl und die Verdichtung gehen muß, ergibt sich aus dem Umfang des Lexikons. Er bestimmt, welche Menge an Text und Illustration untergebracht werden kann. Im Rahmen der, meist in Zeilen ausgedrückten, Gesamtmenge an Text ist es nun eine konzeptionelle Entscheidung, ob man eine möglichst große Zahl an Stichwörtern mit durchschnittlich sehr geringer Artikellänge anstrebt oder sich für weniger, aber durchschnittlich längere Artikel entscheidet. Das erstgenannte Verfahren entspricht der deutschen und auch der französischen Lexikontradition, das letztere mehr der angloamerikanischen.
Der nächste Schritt besteht darin, die verfügbare Gesamt-

menge an Text bzw. die Gesamtzahl der Stichwörter auf die einzelnen großen Fachgebiete aufzuteilen. Dafür haben sich im Laufe der Zeit gewisse durchschnittliche Prozentsätze herausgebildet, die bei allen Lexika und in allen Sprachräumen sehr ähnlich sind. Schon geringe Abweichungen von den Durchschnittswerten führen dazu, daß einzelnen Lexika eine gewisse Betonung der Geisteswissenschaften (in Deutschland traditionell Brockhaus) bzw. der Naturwissenschaft und Technik (in Deutschland traditionell Meyer) zugeschrieben wird.

Zu den umfangreichsten Gebieten gehören meist die Geographie (mit Geologie, Geophysik, Völkerkunde etwa 15–18%), Geschichte (mit Politik 12–15%), Biologie (10–12%), Technik (8–10%), Literatur, Recht, Wirtschaft und Medizin.

Jürgen Mittelstraß hat diese Gewichtung in einem gedankenreichen Artikel mit dem Streben der Verlage nach weniger aktualitätsanfälligen Inhalten zu erklären versucht: »Hinzu kommt die in nahezu allen Enzyklopädien bemerkbare Tendenz zur Bevorzugung eines Wissens, das nicht so schnell veraltet. So machen sich Geographie und Geschichte, Botanik, Zoologie, überhaupt Naturkunde jeder Art breit (damit gleichzeitig auf die natürlichste Weise dem gegenüber diesen nicht nur größten, sondern auch prächtigsten Büchern geltend gemachten Konsumentenbedarf an bunten Bildern und Tafelwerken entsprechend), Biographisches wird großgeschrieben. Kurzum, Enzyklopädien setzen ihrer materialmäßigen Organisation nach keineswegs nur auf das vergängliche Neue, sondern in mindestens ebensolchem Maße auch auf das gesicherte Vergangene wie Ausdauernde, eine Eigenart wiederum, die sie mit jenem älteren enzyklopädischen Wissen teilen, für dessen Selbstbewußtsein der Fortschritt noch nicht existiert.«

Diese Darstellung überzeugt nicht voll. Das Lexikon-Institut Bertelsmann befragt regelmäßig Käufer u.a. danach, welche Fachgebiete ihnen im Lexikon besonders wichtig sind. Dabei

stehen stets Geschichte, Geographie, Biologie und Technik an der Spitze. Ihre Betonung entspricht ohne Zweifel vor allem dem – von Mittelstraß bei den Illustrationen eingeräumten – »Konsumentenbedarf«.
Und selbstverständlich sind die Redaktionen stets bemüht, mit großem organisatorischem Aufwand sowohl veraltetes und kaum gesuchtes Stichwortmaterial herauszufiltern wie neue Persönlichkeiten, die ins Licht der Öffentlichkeit treten, und neue Begriffe, die ständig auftauchen und Allgemeingut zu werden beginnen, zu suchen.
Zu diesem Zweck werden laufend Zeitungen und Zeitschriften gelesen, werden Rundfunk und Fernsehen beobachtet und Kongresse und Ausstellungen besucht. Bei der Suche nach neuem Stichwortgut muß der Blick auch bereits auf Begriffe und Personen gerichtet werden, die sich mit großer Wahrscheinlichkeit erst in den nächsten Jahren voll durchsetzen. Es muß auch nicht nur auf einzelne Erscheinungen und Ereignisse geachtet werden, sondern es müssen oft Verschiebungen berücksichtgt werden, die ganzen Fachgebieten neues und zusätzliches Gewicht verleihen. Das galt z.B. vor einigen Jahrzehnten für Psychologie und Soziologie, für Kernphysik und Kerntechnik, Politik und politische Geographie der Entwicklungsländer, außereuropäische Kulturen u.a., in jüngerer Zeit für Datenverarbeitung, Immunologie, Molekularbiologie, Gentechnologie u.a.

Information im Bild

Informationsträger ist im Lexikon neben dem Text bereits seit langem und in ständig zunehmendem, heute in vielen Sachgebieten durchaus gleichrangigem Maß die *Illustration*. Sie kommt in jeder denkbaren Form vor, als Foto, Karte, Zeichnung oder andere graphische Darstellung, in Farbe oder Schwarzweiß.
Zwar gab es noch im 20. Jahrhundert einige namhafte Lexika, deren Urheber glaubten, ganz ohne Abbildungen aus-

zukommen, doch gehört die visuelle Vorstellung einer Person oder eines Gegenstands heute ebenso zur Allgemeinbildung wie die textliche Beschreibung. Auch gibt es viele Gegenstände, die durch eine Illustration viel besser verständlich zu machen sind als durch das oft unvollkommene Wort. Neben den separaten Tafelbänden (meist mit Kupferstichen), wie sie etwa zur französischen *Encyclopédie* oder zur 1. Auflage von *Meyers Lexikon* herausgegeben wurden, waren Vorstufen der Bebilderung von Lexika die 1825–1827 bei Herder erschienene *Systematische Bilder-Gallerie zur Allgemeinen deutschen Real-Encyclopädie* und das 1837–1841 bei Brockhaus herausgekommene *Bilder-Conversations-Lexikon für das deutsche Volk*. Pierer bereicherte schon die 1840–1846 erschienene 2. Auflage seines Lexikons mit Tafeln. Brockhaus stattete dann erstmals die 13. Auflage (1882–1887) mit Tafeln aus, während die 1892–1895 veröffentlichte 14. Auflage auch im Text bebildert war. Allerdings gab es einzelne Textabbildungen bereits in den noch von Löbel bearbeiteten Teilen der 1. Auflage (ab 1796) von Brockhaus und auch in der 1. Auflage von Meyer (ab 1839). Eine durchgehend farbige Illustration setzte sich dann erst in den 70er Jahren des 20. Jahrhunderts in der deutschen Lexikographie allgemein durch.
Auch bei den Abbildungen stellt sich die Frage nach dem Wert der Quantität. Großlexika werben in der Gegenwart mit Abbildungszahlen von 20 000 bis über 40 000. Meist ist dabei das Format so klein (»Briefmarkengröße«), daß die Aussagekraft, der Informationswert (und darauf kommt es im Lexikon zuerst an!) fraglich wird. Die sich im Informationsgehalt ausdrückende Auswahl und Qualität und auch der Raumanteil sind für den Benutzer wertvoller als die Bildzahl, nicht zuletzt auch die Idee, die hinter der Bebilderung steht, wie es der schwedische Verleger Sven Lidmann (→ Focus) mit *Lexivision* oder die *LEXIKOTHEK* mit ihren Bild-Doppelseiten und Transparentdrucken praktizieren. Wie sich der Raumanteil in den letzten Jahrzehnten gestei-

gert hat, sei an einigen Bertelsmann-Lexika gezeigt: Im 4bändigen Lexikon der Jahre 1953–1955 betrug er 20%, im 7bändigen Lexikon (1966) 30% und im 10bändigen Lexikon der LEXIKOTHEK (1972–1974) 40%. Damit schien ein gewisser Sättigungsgrad erreicht, denn im 15bändigen Nachfolgewerk (1984/85) stieg der Anteil nicht weiter.

Kartographische Darstellungen in Form von geographischen, politischen und thematischen Landkarten sowie Stadtplänen gehören heute und seit längerem ebenso in ein Lexikon wie Fotos und Zeichnungen, ohne selbstverständlich einen Atlas ersetzen zu können oder zu wollen. Auch hier sind Qualität und Aussagekraft die entscheidenden Kriterien, wofür die Voraussetzungen am besten sind, wenn ein Lexikon-Verlag mit einem dem gleichen Verlagshaus angeschlossenen Kartographischen Institut eng zusammenarbeiten kann.

Die Zahl und Qualität der Illustrationen hängt nicht nur von den Informationszielen der Redaktion ab, sondern auch von den Möglichkeiten der Kalkulation. Die Gesamtzahl der Illustrationen wird – entsprechend dem Verfahren bei der Stichwortzahl – auf die einzelnen Fachgebiete verteilt. Dies geschieht allerdings nach einem anderen Schlüssel, denn es gibt Fachgebiete

- mit einem großen Anteil an Text *und* Bild (z. B. Geographie, Biologie)
- mit großem Text- und geringem Bildanteil (z. B. Literatur, Recht)
- mit geringem Text- und großem Bildanteil (z. B. Kunst).

Eine große Zukunftsperspektive für die Illustration komplizierter Sachverhalte hat ohne Zweifel auch für die Zwecke des Lexikons das bewegte Bild. Versuche für seinen Einsatz als Ergänzung zum gedruckten Lexikon befinden sich allerdings noch im Experimentalstadium und sind von Marktreife weit entfernt.

Aktualität im Lexikon
Aktualität gehört vielleicht zu den wichtigsten, auf jeden Fall zu den meistgenannten Forderungen an ein Lexikon. Gerade angesichts der immer wieder laut werdenden Meldungen zum Schlagwort »Wissensexplosion«, nach denen sich das »Wissen der Welt«, je nach Fachgebiet, alle drei, sechs oder zehn Jahre verdoppele, halten viele Laien und Journalisten (und vor allem Leute, die beides sind) Lexika für eine außerordentlich »vergängliche, verderbliche Ware«. Dieser Sachverhalt ist auch die Grundlage vieler schlechter Prognosen für die zukünftigen Aussichten des gedruckten Lexikons, da von manchen erwartet wird, daß es durch leichter aktualisierbare Datenbanken verdrängt werden wird. Diese Prognosen sind schon so alt wie die ersten Computer und die ältesten Datenbanken. Mittlerweile weiß jeder Kenner, daß Datenbanken zwar große Bedeutung für berufsbezogene Fachinformation erlangt haben und weiter gewinnen werden, daß sie aber den allgemeinen Lexika noch keinerlei Abbruch getan haben. Das hat unterschiedliche Gründe, auf die an anderer Stelle nochmals einzugehen ist. Entscheidend ist aber, daß die Bedeutung aktueller Information im Lexikon vielfach überschätzt wird. Es ist sicher richtig, wenn eingewandt wird: »Der Leser einer Morgenzeitung oder der Betrachter einer informierenden Fernsehsendung weiß oft mehr, als er als Subskribent einer Enzyklopädie erfahren kann«. Richtig – nur: Sucht er das, was ihm Zeitung oder TV bieten, im **Lexikon?** Wohl nur selten!
Die Lebensdauer einer Lexikongeneration, d.h. der Abstand zwischen dem Erscheinen zweier völlig neu bearbeiteter Ausgaben eines bestimmten Lexikons, beträgt etwa 10 bis maximal 15 Jahre. In dieser Zeit behelfen sich die Verlage traditionell meist mit Ergänzungsbänden, sie geben ergänzende Jahrbücher heraus, oder sie veranstalten durchschnittlich einmal im Jahr eine aktualisierte Neuauflage (wie es z.B. bei Bertelsmann oder der *Encyclopaedia Britannica* üblich ist).

Der Nachteil von Ergänzungsbänden besteht darin, daß der Benutzer stets an mehreren Stellen nachschlagen muß, wenn er sichergehen will, alle Aktualitäten gefunden zu haben. Bei aktualisierten Neuauflagen sind die Redaktionen an die Einhaltung des Gesamtumfangs und das Layout gebunden, d.h. eventuelle Einfügungen neuer Stichwörter oder Ergänzungen vorhandener müssen in unmittelbarer Nachbarschaft durch Kürzungen kompensiert werden.
Es hat sich nun gezeigt, daß durch Aktualisierungen in dem genannten Zeitraum von 10 bis 15 Jahren, wie sie z.B. durch Todesfälle, politische Veränderungen, neue Gesetzgebungen, wissenschaftliche Neuerungen, veränderte Bevölkerungs- und Wirtschaftszahlen, Preisverleihungen, neue Werke u.a. veranlaßt werden, nur 5 bis allenfalls 10% aller Artikel betroffen sind. Der Rest der Stichwörter bezieht sich auf »bleibende Werte«, auf Informationen, die bei Neuausgaben allenfalls moderner gestaltet, in der Aussage aber nicht verändert werden.
Es ist auch offensichtlich nicht etwa so, daß die aktualitätsanfälligen Stichwörter weit überdurchschnittlich oft nachgeschlagen werden. Das zeigt sich darin, daß z.B. Ergänzungsbände oder ergänzende Jahrbücher, wenn sie nicht bereits mit dem Grundwerk bestellt werden, keineswegs auch nur annähernd gleich hohe Auflagen erreichen wie das Lexikon selbst. (Diese Bände sind also sehr problematische Vertriebsobjekte.) Auch die Tatsache, daß Auskunftsdienste, die zum Lexikon angeboten werden (wie es besonders intensiv bei Bertelsmann geschieht), hauptsächlich nach ergänzenden und nur selten nach aktualisierenden Angaben gefragt werden, ist ein deutliches Indiz dafür.

Der LEXIKOTHEK-Auskunftsdienst

Selbstverständlich beantwortet jeder höfliche Lexikon-Verlag jeden höflichen Brief eines Kunden; wenn aber ein Verlag seine Kunden dazu intensiv ermuntert, wie es Bertelsmann gegenüber den Käufern seiner Lexika bereits seit 1955 – übrigens nach dem Vorbild US-amerikanischer Verlage – tut, so hat dies ein Bündel schwerwiegender Gründe. Dies gilt umso mehr, als sich der Verlag diese Einrichtung des Auskunftsdienstes jährlich einen erheblichen sechsstelligen Betrag kosten läßt.

Der Auskunftsdienst soll dem Käufer die Gewißheit geben, im Bedarfsfall aktuelle Informationen zu erhalten, da der Verlag auf die traditionell übliche Herausgabe von Ergänzungsbänden verzichtet. Weiter erhält der Käufer, wenn er es wünscht, zu einzelnen Stichwörtern ergänzende Informationen oder weitergehende Literaturhinweise, für die im Lexikon der Platz fehlt. Schließlich kann er auch Informationen über Namen oder Begriffe erhalten, die im Lexikon wegen Raummangel fehlen.

Die Beantwortung der Fragen erfolgt durch die Redaktion. In erheblichem Umfang werden auch externe Mitarbeiter (Autoren) herangezogen.

Der Auskunftsdienst ist für den Verlag nicht nur ein verkaufsförderndes Argument. Er stellt – neben Käuferbefragungen – auch ein Instrument dar, mit dem Benutzer in Kontakt zu kommen, seine Interessen, Bedürfnisse und Nutzungsgewohnheiten kennenzulernen.

Autoren und Redakteure

Obwohl also die Bedeutung der Aktualität für ein Lexikon stark zu relativieren ist, widmen ihr die Verlage doch große Aufmerksamkeit und erheblichen Aufwand, weil sie für viele Benutzer ein als selbstverständlich vorausgesetzter Bestandteil der Zuverlässigkeit ist. Sie ist der Grund dafür, daß die Arbeit an einem Lexikon für die Redaktion nie beendet ist. Das gilt bis zu einem gewissen Grad auch für die *Autoren.*

Auch traditionsreiche Lexikonverlage können sich, wie wir gezeigt haben, keineswegs nur auf die einmal erarbeitete

Substanz verlassen, werden sich aber gewöhnlich auf einen erprobten Stamm von Autoren stützen können, vor allem wenn es gilt, eine völlig überarbeitete Neuausgabe zu veranstalten. Teilweise werden aber auch immer wieder neue Autoren zu gewinnen sein.

Von den Redakteuren, die für ein bestimmtes Fachgebiet verantwortlich sind, den *Fachredakteuren*, wird nicht nur die wissenschaftliche Beherrschung ihres Gebiets erwartet. Sie müssen in der Lage sein, es sachgerecht zu gliedern, die notwendigen Stichwörter auszuwählen, geeignete Autoren zu finden, zu gewinnen, fachlich und lexikographisch anzuleiten und ihre Artikel wissenschaftlich zu prüfen und ggf. zu bearbeiten.

Die Autoren – in deutschen Lexika meist nicht so, sondern *Mitarbeiter* genannt, weil sie eigentlich und vor allem das Rohmaterial für Artikel liefern – müssen in erster Linie Spezialisten auf ihrem Fachgebiet sein. Möglichst sollten sie auch jenen ebenso knappen wie sachlich einwandfreien und vor allem dennoch allgemeinverständlichen Stil der Lexikonartikel schreiben können – ein Wunsch, den nicht jeder Wissenschaftler erfüllen kann. Zwar liefert der Verlag für den Stil und die formalen Besonderheiten der Lexikonartikel Richtlinien, doch scheint deren Lektüre nicht jedermanns Sache zu sein.

Meist sind diese Mitarbeiter Professoren, Dozenten oder Assistenten an Universitäten und Hochschulen oder ähnliche Experten auf Spezialgebieten. Auch Männer und Frauen der Praxis, die schreiben können, werden herangezogen. Allen gemeinsam muß sein, daß sie am Fortgang der Forschung unmittelbar teilhaben; wissenschaftliche Exaktheit und Sorgfalt werden vorausgesetzt, denn nur so können die Mitarbeiter die geistige Mitverantwortung am Endprodukt der Zusammenarbeit mit der Redaktion tragen.

Je nach personeller oder terminlicher Situation, der Größenordnung des geplanten Objekts und der fachlichen Kompe-

tenz wird ein Mitarbeiter ein ganzes Wissensgebiet, wie etwa die gesamte Botanik, übernehmen, ein anderer vielleicht nur ein kleines Spezialthema, wie etwa alles, was mit Blindenschrift zusammenhängt, bearbeiten.
Bei den großen deutschsprachigen Lexika geschieht diese Autorenschaft in der Regel weitgehend anonym. Dies äußert sich darin, daß die Artikel nicht den Namen des Verfassers tragen, da ja nur Rohmaterial geliefert wurde, das von der Redaktion nach einheitlichen Regeln weiterverarbeitet wurde. Die Autoren erscheinen dann nur in einer zusammenfassenden Mitarbeiterliste, ggf. mit Angabe ihres Fachgebiets. Die eigentliche inhaltliche Verantwortung geht bei diesem Verfahren auf die Redaktion über.
Im Ausland, vor allem im englischen Sprachraum, wird anders verfahren. Dort, besonders bei der *Encyclopaedia Britannica,* deren wissenschaftlicher Träger die University of Chicago ist, sind die Artikel oft signiert. Mitarbeiterlisten, mit denen die Enzyklopädien sich zieren (die Verzeichnisse in der neuesten Britannica füllen 220 Seiten), enthalten in der Regel Tausende von Namen, häufig aus aller Welt. Demgegenüber bescheiden sich deutsche Großlexika in der Regel mit maximal etwa 1 000 Mitarbeitern.
Innerhalb der Redaktion unterscheidet man die Aufgaben der *Fachredaktion* und der *Allgemeinredaktion.* Bei ersterer handelt es sich überwiegend um die weitgehend selbständige Betreuung eines Fachgebietes im allgemeinen Lexikon, bei letzterer um koordinierende und formalgestaltende Redaktionsarbeit ohne Bindung an ein bestimmtes Fachgebiet. Zum Teil sind die beiden Bereiche personell getrennt, zum Teil nehmen einzelne Redakteure Aufgaben aus beiden Bereichen wahr. Grundsätzlich gelten beide Aufgabenbereiche als gleichwertig; praktisch alle Redakteure haben sich durch ein wissenschaftliches Studium für ihre Tätigkeit qualifiziert. Die Zusammenarbeit ist so eng, daß von einer echten Teamwork gesprochen werden kann.

Die meisten redaktionellen Aufgaben sind bereits erwähnt worden. Hier sollten sie in ihrer Reihenfolge noch einmal kurz skizziert werden:
Am Anfang steht die Aufteilung der Text- und der Bildmenge auf die Tätigkeitsfelder der einzelnen Fachredakteure. Diese verteilen ihren Anteil auf die Teilgebiete ihres Faches bzw. ihrer Fächer (der Geograph legt z.B. fest, wie viele Textzeilen und Bilder auf Deutschland und wie viele auf die Fidschi-Inseln entfallen). Es folgt die Aufstellung der Stichwortlisten, die Gewinnung der externen Mitarbeiter (»Autoren«), die Auftragsvergabe durch Vertragsabschluß mit Angaben über Umfang und Termin, die Anleitung durch Überreichung von Arbeitsrichtlinien und ihre Erläuterung. Mit den Mitarbeitern werden ggf. auch noch Veränderungen der Stichwortliste und Fragen der Illustration diskutiert.
Im übrigen legt der Fachredakteur fest, welche Stichwörter wie (durch Foto, Zeichnung, Karte) illustriert werden. Er veranlaßt die Beschaffung der Fotos durch die Bildredaktion sowie der Zeichnungen und Karten durch die Graphische Abteilung. Bei den Fotos macht er nach Möglichkeit nähere Angaben zum Motiv, bei Zeichnungen und Karten liefert er ggf. die nötigen Vorlagen.
Von der Bildredaktion wird erwartet, daß sie für alle gewünschten Fotos die erforderlichen Quellen kennt (Archive, Museen, Fotografen) oder erkundet und die Veröffentlichungsrechte erwirbt. Dabei spielt die Fähigkeit der Bildredaktion, nicht nur die technische, sondern auch die informatorische Qualität zu beurteilen, eine große Rolle.
Die Graphische Abteilung vermittelt den Kontakt zu Graphikern bzw. Kartographen und kontrolliert die Qualität der von diesen erbrachten Leistung. Im späteren Verlauf der Arbeit ist die Erstellung des Layouts, d.h. die Gestaltung der einzelnen Seiten, die Hauptaufgabe. Dabei kommt es ebenso auf Ästhetik und Übersichtlichkeit an wie auf eine gute Zuordnung zusammengehöriger Texte und Bilder.

Nachdem die Mitarbeiter ihre Texte (hoffentlich pünktlich!) abgeliefert haben, werden diese von den Fachredakteuren geprüft, vor allem auf sachliche Richtigkeit. Anschließend werden sie von der Allgemeinredaktion bearbeitet. Diese hat nicht nur die Einhaltung der formalen Regeln (Schreibweise von Namen, Ausspracheheinweise, Etymologie, Abkürzungen u.a.) durchzusetzen. Die Allgemeinredakteure sind auch die ersten kritischen Leser (innere Folgerichtigkeit, Allgemeinverständlichkeit). Darüber hinaus haben sie evtl. vorhandene Artikel aus verschiedenen Fachgebieten zu demselben Stichwort einander zuzuordnen und aufeinander abzustimmen, die Verweise zu prüfen u.a.

Vom Bleisatz zur EDV

Früher, als Texte noch in Blei gesetzt wurden, mußten sie in alphabetischer Ordnung gesetzt werden, da je Band ca. 1,5 Tonnen Blei bewegt werden mußten. Nachträgliche Einfügungen und Umstellungen waren aus diesem Grund umständlich und deshalb teuer. Das ist seit der Einführung des Lichtsatzes nicht mehr der Fall, da die Alphabetisierung der Texte mit Hilfe einer Rechenanlage möglich ist. Trotzdem war nach dem bisher üblichen Herstellungsverfahren noch die Anfertigung mehrerer Fahnenstadien und deren Korrektur erforderlich, bevor das Layout erstellt und anschließend der Umbruch korrigiert werden konnte. So zog sich die technische Herstellung eines Bandes von dem Zeitpunkt, zu dem das Manuskript an die Setzerei gegeben werden konnte, bis zum Tag der Auslieferung über acht bis mehr als zwölf Monate hin – eine Zeit, in der noch zahlreiche Aktualisierungen erforderlich wurden, die nachträgliche Korrekturen nach sich zogen.

Zukünftig wird sich dieser Zeitraum durch einen verstärkten Einsatz der *elektronischen Datenverarbeitung (EDV)* verkürzen lassen. Der Einsatz der EDV hat bei Bertelsmann (und ähnlich bei manchen anderen Lexikonverlagen) bereits eine Geschichte von etwa 25 Jahren. Schon für das 1966 erschienene *Bertelsmann Lexikon in 7 Bänden* wurden, gestützt auf Lochkarten, sowohl eine Gesamtstichwortliste wie auch Stichwortlisten für die Tätigkeitsfelder der einzelnen Redakteure und für einzelne Fachgebiete erstellt. Die Gesamtstichwortliste war auch Grundlage der Verweisprüfung und der Alphabetisierung. Dabei mußte bereits das Problem der richtigen Reihenfolge von Homonymen (gleichlautende Stichwörter, z.B. – Vorname, Päpste, Heilige, Fürsten, Bürgerliche) gelöst werden. Die Ordnung des Manuskriptes selbst erfolgte damals noch von Hand. Beim 15bändigen *Bertelsmann Lexikon* der *Großen Bertelsmann LEXIKOTHEK* (1984/85) geschah dann der Satz nach Fachredakteursgebieten getrennt. Der einzelne Redakteur mußte also bei der Korrektur seine Artikel nicht mehr mühsam aus einer Gesamtfahne heraussuchen. Erst in einem späteren Stadium erfolgte dann die Alphabetisierung des gesamten Textes durch die EDV-Anlage. Darüber hinaus ist es durch ein besonderes Codiersystem möglich, aus der Gesamtmenge des Textes die Artikel einzelner Fachgebiete oder etwa alle Biographien herauszuziehen und diese separat zu nutzen. Die EDV gestattet – was für ein Lexikon besonders wichtig ist – eine exakte Verweisprüfung, das Auffinden besonders aktualitätsanfälliger Stichwörter u. dgl.

Auch das für das LEXIKOTHEK-Lexikon angewandte Verfahren war nur ein Zwischenstadium. Die Einführung eines *integrierten elektronischen Redaktionssystems* gestattet es der Redaktion, die Texte direkt auf einem elektronischen Träger zu speichern (also die Texteingabe durch die Setzerei einzusparen) und datenbankmäßig strukturiert zu verwalten. Daraus ergeben sich sowohl Rationalisierungseffekte wie Zeitgewinne.

Die eingegebenen Texte werden schon in der Redaktion mit einem Konvertierprogramm bearbeitet und in satzidentischen Fahnen über einen Postscript-Drucker ausgedruckt.

Dabei werden z.B. alle von der Redaktion angebrachten Kurzcodierungen für Auszeichnungen (Halbfett- oder Kursivschrift), Sonderzeichen (diese spielen beim Lexikonsatz eine große Rolle: Lautschrift, Akzente und diakritische Zeichen, wissenschaftliche Symbole u.v.a.), Absätze, Einzüge u.a. in die komplexen Steuerzeichen für den Satz umgesetzt. Zusätzlich werden die weiteren Daten der Satzanweisung (Schriftart und Schriftgröße, Zeilenbreite, weitere Layoutdaten) ergänzt. Das übliche Korrekturlesen (Vergleich des Manuskripts mit dem Satz) entfällt. Auch der anschließende Umbruch geschieht anhand der in der Redaktion ausgedruckten Fahnen. Die Umbruchkorrektur betrifft umbruchbedingte Streichungen und Ergänzungen, sowie letzte Aktualisierungen, die vor dem Druck noch anfallen. Diese Aktualisierungen können, ebenso wie die für Neuauflagen notwendigen, von der Redaktion direkt auf den Datenträger eingegeben und sofort überprüft werden.

Markt und Vertrieb von Großlexika

Es war schon davon die Rede, daß zur Zielgruppe von Lexika praktisch jeder gehört, der lesen kann und durch Informationen, die er konsumiert, zu Fragen angeregt wird. Marktforschungen, die sich auf Umfragen stützen, belegen denn auch in allen bedeutenden Kulturländern die weite Verbreitung von Nachschlagewerken. Allerdings sind viele dieser Umfragen, die teilweise in über 50 bis in Extremfällen 85 % aller Haushalte Nachschlagewerke nachweisen, wenig aussagekräftig, da die Fragestellung häufig sehr unpräzise ist und neben Lexika auch Wörterbücher, seien es mehrsprachige, seien es einsprachige wie den *Duden*, einschließt. Auch wenn die Fragestellung nur auf mehrbändige Werke abzielt, wird oft nicht zwischen Werken mit zwei oder drei Bänden und solchen mit 20, 24 oder noch mehr Bänden, zwischen allgemeinen Lexika und Spezialwerken, z.B. Tierenzyklopädien, zwischen repräsentativen und anspruchsvollen

Großlexika und Taschenbuchlexika getrennt. Berücksichtigt man alle diese Einwände, so kann man schätzen, daß echte Großlexika, die nicht älter als etwa 20 Jahre sind und mindestens zehn Bände umfassen, in etwa 5–8 % aller Haushalte des deutschsprachigen Raums vorhanden sind. Schließt man vielbändige Buchclub- und Taschenbuchlexika ein, so wird man mit maximal 25 % der Haushalte rechnen können. In einigen Ländern (USA, Niederlande, Frankreich) dürfte der Verbreitungsgrad echter Großlexika zum Teil deutlich höher sein als in Deutschland.

Die bedeutende Rolle der Buchgemeinschaften verdeutlicht die Tatsache, daß das von 1970 bis Mitte der 80er Jahre in zahlreichen immer wieder aktualisierten Auflagen erschienene 20bändige *Moderne Lexikon* der Bertelsmann Buchclubs eine Gesamtauflage von weit über 30 Millionen Bänden erreichte – wahrscheinlich der größte Erfolg, den ein vielbändiges Lexikon auf dem deutschsprachigen Markt je hatte.

Encyclopaedias are sold, not bought – diesen Grundsatz des Vertriebs großer Enzyklopädien erwähnten wir schon. Er illustriert die Tatsache, daß der Direktvertrieb – das Angebot durch Außendienstmitarbeiter, die den Käufer in seiner Wohnung aufsuchen und beraten – und das schriftliche Angebot (Mail-Order) beim Absatz eine große, in der Regel entscheidende Rolle spielen. Die hohen Kosten der Entwicklung und Herstellung von Großlexika erfordern Auflagenhöhen, die der Sortimentsbuchhandel meist nicht verkaufen kann. Moderne Großlexika kosten heute mehrere tausend DM. Die Zahl der Interessenten, die aus eigenem Entschluß eine Buchhandlung aufsuchen, nachdem sie durch Anzeigen oder auf andere Weise aufmerksam geworden sind, ist nicht groß genug. Bei der neuesten Brockhaus-Enzyklopädie in 24 Bänden (19. Auflage), die 1986 gestartet wurde und 1994 vollständig sein wird, wurde der Verkaufsanteil des Sortimentsbuchhandels im Frühjahr 1988 mit etwa 60 % angegeben. Bei den meisten deutschen Lexika lag er aber deutlich niedriger.

Im Ausland ist der Anteil von Direktvertrieb und Mail-Order fast überall in Größenordnungen zwischen 70 und über 90 %. Das gilt um so mehr bei den Werken, die ihrer Struktur nach komplizierter als »normale« Lexika sind, von denen jeder zu wissen glaubt, wozu sie nützlich sind. Ein Beispiel für ein solches erklärungsbedürftiges Werk ist die *Encyclopaedia Britannica* in ihrer seit 1974 erscheinenden 15. Auflage, ein anderes die *LEXIKOTHEK* mit ihrer Gliederung in Lexikon, Themabände und seit 1984 Phonobände. Solche Werke sind in ganz besonderer Weise für den zu intensiver Käuferberatung befähigten Direktvertrieb geeignet. Der für die *LEXIKOTHEK* tätige Direktvertrieb *(Bertelsmann LEXIKOTHEK-Verlag für Bildungssysteme)* verfügt in der Bundesrepublik Deutschland, der Schweiz und Österreich über ein Netz von mehr als 800 Außendienstmitarbeitern, die das bei allen interessierten Zeitgenossen latent vorhandene Bedürfnis nach einem enzyklopädischen Großobjekt wecken und in einen Kaufentschluß umsetzen.
Dies ist eine Leistung, zu der weder der Sortimentsbuchhandel – er muß sein Interesse auf ein breites Sortiment von Büchern verteilen – noch der bei Lexika sonst erfolgreiche schriftliche Verkauf – er kann die erforderliche Beratungsintensität nicht erbringen – in der Lage sind.

Was kostet die Entwicklung eines Lexikons?
Auch hier gilt, daß die Angaben, die von mehreren Verlagen bekanntgemacht wurden, untereinander oft schwer vergleichbar sind. Ursache ist, daß oft nicht genau ersichtlich ist, welche Kosten addiert wurden und ob z.B. technische Herstellungskosten ganz oder nur teilweise (sog. technische Vorkosten: Satz, Herstellung der Druckvorlagen der Illustration) oder gar nicht einbezogen sind.
Insgesamt wird man davon ausgehen können, daß die Kosten in allen Fällen ähnlich hoch sind, denn der Aufwand, den alle Verlage treiben müssen, ist angesichts der hohen

Anforderungen enorm. Bei weitem nicht alle Verlage äußern sich überhaupt zu dem Thema.
Ein älteres Beispiel ist der US-amerikanische Verlag Crowell-Collier, der 1960–1967 für die 20bändige *Merit Students Encyclopedia* rund 7 Mill. Dollar investierte, damals etwa 30 Mill. DM und nach heutiger Kaufkraft ungefähr das Doppelte. Der Verlag Field Enterprises Educational Corporation in Chicago wandte in den 70er Jahren für die 22bändige *World Book Encyclopedia* jährlich 3 Mill. Dollar für die laufende Aktualisierung auf. Für die mehr als zehn Jahre dauernde Vorbereitung der 1974 erschienenen 15. Auflage der *Encyclopaedia Britannica* in 30 Bänden wurden (ohne Druckkosten, aber wohl einschließlich der technischen Vorkosten, d.h. Satz, Reproduktion der Abbildungen) 32 Mill. Dollar aufgebracht, damals über 100 Mill. DM. Für die reinen Redaktionskosten von *Meyers Enzyklopädischem Lexikon* in 25 Bänden (ab 1971) nannte das Bibliographische Institut je Band 300 000 DM, während für die *Brockhaus-Enzyklopädie* in 24 Bänden (ab 1986) einschließlich aller technischen Herstellungskosten (incl. Druck und Bindung) für die erste Auflage 2 Mill. DM je Band angegeben werden. Für die 36 Bände seiner *Großen Bertelsmann LEXIKOTHEK* rechnet der Verlag für Redaktion und Honorare (Text und Illustration) mit 1 Mill. DM je Band.
Besondere zusätzliche Probleme sind für die Verlage mit dem in diesem Sektor des Buchhandels vorherrschenden Ratengeschäft und der damit verbundenen langfristigen Kapitalbindung gegeben. Aus all dem folgt, daß die Kalkulationsbasis für Großlexika, d.h. die Zahl der Serien, die verkauft werden müssen, bevor ein Gewinn erzielt wird, bei 70 000 bis 100 000 und oft noch darüber liegt.

Die Zukunft des allgemeinen Lexikons

Wer heute nach der Zukunft des allgemeinen Lexikons gefragt wird, dürfte nicht grundsätzlich in Abrede stellen können, daß es in Zukunft einmal andere, nicht an Papier gebundene Medien geben *kann*, die die Aufgaben des Lexikons besser erfüllen. Dabei kann »besser« sowohl »schneller« wie »umfassender«, d.h. mit größerer Speicherkapazität, »verständlicher«, »praktischer« oder »wirtschaftlicher« oder auch all dies bedeuten.

Noch aber scheint dieser Zustand bei weitem nicht erreicht.

Es ist an anderer Stelle schon gesagt worden, daß Datenbanken, auf die der Benutzer direkten Zugriff hat und mit denen er »on-line«, also dialogartig, kommunizieren kann, sowohl aktueller als auch weit umfassender gestaltet werden können als gedruckte Lexika. Es ist mit geeigneten Such- und Kombinationsprogrammen auch möglich, Einzelinformationen auf neuartige Weise miteinander zu verknüpfen und damit Zusammenhänge in einer Weise herzustellen oder deutlich zu machen, wie es durch das Verweissystem eines gedruckten Lexikons nicht möglich ist.

Alle diese Vorzüge sichern elektronischen Speichersystemen im Ansatz bereits heute und zukünftig in zunehmendem Maß ihren Platz als Arbeitsmittel für den Wissenschaftler und den professionellen Nutzer.

Für diesen Benutzerkreis ist es auch kein Problem, wenn er für jede Nutzung mit Kosten belastet wird, wie es beim Bildschirmtext geschieht. Der Lexikonkäufer dagegen erwirbt sein Lexikon und kann dann ohne zusätzliche Kosten nachschlagen, so oft er will.

Diesem Modell würde die Speicherung auf einem handlichen, für den Nutzer käuflichen Medium entsprechen, wie es die letzthin vieldiskutierte CD-ROM darstellt (Compact Disc – Read Only Memory). Dabei handelt es sich um eine optische Speicherplatte vom Format einer Musik-CD, auf der 550 Megabyte Text (200 000 Schreibmaschinenseiten) gespeichert werden können. Auf einer solchen Platte hätte der Text auch der größten heutigen Lexika mehrfach Platz. Mit Hilfe eines geeigneten Programms (Retrieval-Software) sind dann

auf dieser Platte alle denkbaren Suchvorgänge möglich, vorausgesetzt, daß jedes Wort so markiert ist, daß es als suchbar erkannt wird.
Nachteile bestehen allerdings darin, daß die Speicherkapazität für die Illustration eines Lexikons, vor allem für die zahlreichen Fotos, nicht ausreicht und daß die jederzeit erneuerbare Aktualität einer aktuellen Datenbank nicht gegeben ist; die aktuellere Scheibe müßte neu gepreßt werden. Der erste Nachteil könnte durch Kopplung mit einer Bildplatte ausgeglichen werden, was aber den Geräteeinsatz und damit die Kosten wieder vermehrt.
Die Nutzung des allgemeinen Lexikons ist aber grundsätzlich anderer Art als die eines elektronischen Informationsträgers. Es wurde schon dargestellt, daß sie einen mehr zufälligen Charakter hat, daß weder Zeitpunkt noch Zielrichtung des Nachschlagens vorhersehbar sind. Wichtiger als die Vorzüge der Datenbank sind für seinen Nutzer die zeitlich und örtlich stets gegebene schnelle Zugriffsmöglichkeit, die Informationsverdichtung, die oft erforderliche Kombination von Text und Bild, die Möglichkeit, mehrere Bände nebeneinander zu legen u.a.m. Alle diese Aspekte, aber auch Wirtschaftlichkeit und Praktikabilität lassen die Buchform für das allgemeine Lexikon immer noch überlegen erscheinen. Hinzu kommt der nicht zu unterschätzende Nebeneffekt, daß das gedruckte Lexikon nicht nur ein ästhetisches, sondern auch ein dem Publikum wohlvertrautes Medium ist.
Auch wenn die Techniker glaubwürdig versichern, daß eine bessere Lesbarkeit von Texten auf dem Bildschirm, die Verknüpfung von Text und Bild, die Handhabung der technischen Geräte nur Fragen seien, die in naher Zukunft gelöst seien, so ist damit noch keineswegs gesichert, daß sowohl die Geräte wie die Informationsspeicher durch massenhafte Produktion und Verbreitung ein Preisniveau erreichen, die sie für jedermann erschwinglich machen.
Aus allem folgt: Es gehört kein Mut zu der Prognose, daß

das gedruckte Lexikon auch zu Beginn des 3. Jahrtausends noch das führende allgemeine Nachschlagemedium für jedermann sein wird, unabhängig davon, daß kleinere Zielgruppen möglicherweise andere Datenträger als Alternative oder zusätzlich nutzen.

Die erste Seite aus dem 1866–1876 von P. Larousse herausgegebenenen »Grand Dictionnaire universale«

Lexika, Lexikonverlage und -verleger von A bis Z

A

Alphabet, Das kluge
Dieses kleinformatige Konversationslexikon in 10 Bänden erschien erstmals 1934 im Berliner Propyläen-Verlag und steht am Anfang der Lexikonarbeit des Verlages → *Ullstein*. Auf rund 4000 Seiten wurden 50 000 Begriffe geboten, zu haben in einer Leinen-Ausgabe für 3 Mark oder in Halbleder für 5 Mark je Band. In kurzer Zeit erreichte es eine Auflage von 120 000 Exemplaren.
An die Tradition dieses beliebten Zehnbänders knüpfte die 1957 bei Ullstein in Berlin unter dem gleichen Titel erschienene Neuausgabe in 3 Bänden an, die 100 000 Stichwörter für nun je Band 25,– DM (Leinen) bzw. 30,– DM (Halbleder) boten. Noch im IV. Quartal 1957 erschien dieses Werk auch als Buchgemeinschaftsausgabe bei der DBG. Im Herbst 1958 erreichte dieser Dreibänder das 66.–90. Tsd., im Herbst 1961 wurde eine aktualisierte 3. Neuauflage (im 120. Tsd.) angezeigt und 1963 eine Gesamtauflage von 260 000 Exemplaren gemeldet. Diese Auflage führte den Begriff »Das kluge Alphabet« nur noch als Untertitel und hieß *»Ullstein Lexikon in 3 Bänden«*.

Alsteds »Encyclopaedia«
Zu den Schöpfern eines der ersten Nachschlagewerke, die den im griechischen Altertum entstandenen Begriff der Enzyklopädie auch in den Buch-

titel übernahmen, gehört Johann Heinrich Alsted(ius). Der im Jahre 1588 in Ballersbach/Nassau geborene und 1638 in Weißenburg/Siebenbürgen gestorbene reformierte Theologieprofessor und Polyhistor war in Herborn/Nassau und zuletzt in Weißenburg tätig. Als Hauptwerk des als sehr fleißig bezeichneten Schriftstellers gilt die 1630 in Herborn erschienene »*Scientiarum omnium encyclopaedia*« in 2 Bänden, die nicht nur zum Nachschlagen, sondern auch zum Durchlesen gedacht und zu ihrer Zeit sehr geschätzt war.

Americana

Dieses Stichwort steht als oft zitierter Kurztitel für »*The Encyclopedia Americana*«, die in 13 Bänden erstmals 1829 bis 1833 im Verlag Carey, Lea & Carey in Philadelphia erschien. Noch heute nach über 150 Jahren scheut sich dieses älteste noch bestehende (»Since 1829 America's Premier Reference Work«) und zu den führenden Lexika der USA zählende Werk nicht, auf seinen deutschen Ursprung hinzuweisen, denn die 1827 bis 1829 erschienene 12 bändige 7. Auflage der bei Brockhaus erschienenen »*Allgemeinen deutschen Real-Encyklopädie für die gebildeten Stände*« war der Ausgangspunkt. Als verantwortlicher Chefredakteur zeichnete der in seiner preußischen Heimat zur »persona non grata« erklärte und 1827 ausgewanderte, in Berlin gebürtige liberale Deutsch-Amerikaner Dr. Francis Lieber (*1798 oder 1800, †1872), der in den USA als Vater der Staatswissenschaften gilt. Weitere Ausgaben erschienen noch 1838, 1848, 1849 und 1858, dann wurde es still um dieses Werk.

Eine völlige Neuausgabe erfuhr das Werk erst 1903/04 in nunmehr 16 Bänden. In den Jahren 1907 bis 1912 erschien nochmals eine Ausgabe in 16 Bänden, nun aber ohne den Begriff Encyclopedia im Titel. 1911 wurde das Werk auf 20 Bände erweitert, 1912 auf 22 Bände. Nach dem 1. Weltkrieg erschien 1918 bis 1920 eine nun auf 30 Bände erwei-

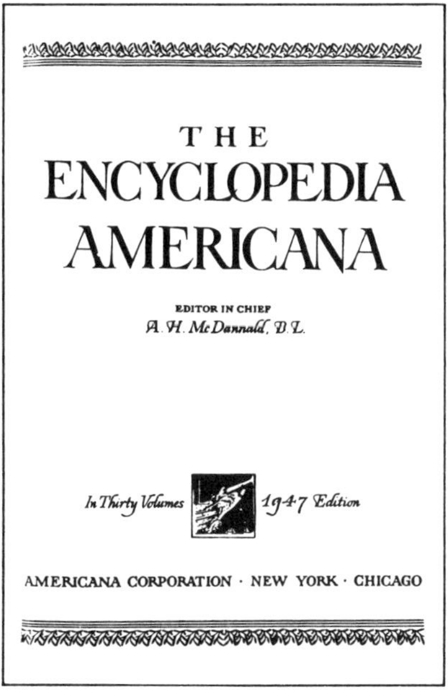
THE
ENCYCLOPEDIA
AMERICANA

EDITOR IN CHIEF
A. H. McDannald, D. L.

In Thirty Volumes
1947 Edition

AMERICANA CORPORATION · NEW YORK · CHICAGO

terte Ausgabe, im gleichen Umfang auch 1931/32.

In einer weiteren Neuausgabe – ebenfalls in 30 Bänden – kam »The Encyclopedia Americana« 1949 und 1951 wieder auf den Markt. Ein Neudruck dieser Ausgabe erfolgte 1957/58.

Die jüngsten Ausgaben des inzwischen von der →Grolier Educational Corporation übernommenen Werkes erschienen 1965, 1967, 1968, 1969, 1970 und 1971 mit zuletzt rund 350 000 Stichwörtern im Register des 30. Bandes und Tausenden von Auflage zu Auflage revidierten Artikeln. Seit 1967 wurde etwa die Hälfte der 58 000 Artikel neu geschrieben oder aktualisiert, was mehr als 75% aller 1971 nicht weniger als

31,5 Millionen Wörter zählenden Seiten betraf. 1976 erschien eine Neuausgabe in 29 Bänden.

American Encyclopedia
Mit dem vollständigen Titel »*Academic American Encyclopedia*« sorgte 1980 ein neues Großlexikon für Schlagzeilen und Bewegung auf dem US-Markt. Dieses zunächst von der 1977 gegr. Arete Publ. Comp. in Princeton herausgebrachte Werk in 21 Bänden kommt aus der Werkstatt von →VNU. 1985 wurde das Werk als erstes Lexikon vom Verlag Grolier auf CD-ROM herausgebracht.

Aschehoug
Es konnte schon als nationales Ereignis beurteilt werden, als William Nygaard 1906 bis 1913 in seinem Osloer Verlag H. Aschehoug & Co. das »*Illustreret Norsk Konversasjons-Leksikon*« in 6 Bänden herausgab. Handelte es sich doch um das erste große norwegische Lexikon, das bald weite Verbreitung fand und das führende Nachschlagewerk in Norwegen wurde. Schon unter dem Titel »*Aschehougs Konversasjons-Leksikon*« folgte 1920–1932 eine auf 9 Bände erweiterte 2. Auflage. Auf 15 Bände stieg der Umfang der 1939 bis 1952 mit kriegsbedingten Unterbrechungen entstandenen 3. Auflage. Als deren letzter Band erschien, war das Werk längst ausverkauft, und so wurde bald eine 4. Auflage in Angriff genommen, die aus 18 Bänden bestand und in den Jahren 1954–1961 erschien. Seit 1968 erschien die 5. Ausgabe, die nach Abschluß im Jahre 1972 nun 20 Bände mit 250 000 Stichwörtern und 15 000 Abbildungen umfaßte und den zentralen Platz dieses Werkes, das eine Gesamtauflage von 140 000 Exemplaren erreicht hat, im norwegischen Bildungsleben bestätigte. 1974/75 erfolgte eine Neuausgabe.
Aschehoug gibt auch das »*Familiebok*« und die norwegische Ausgabe des schwedischen »*Fokus*«-Lexikons heraus.
1975 vereinigten Aschehoug und →Gyldendal Norsk/Oslo ihre enzyklopädischen

Aktivitäten im Kunnskapsforlaget, der 1977–1981 »*Aschehoug og Gyldendals store norske leksikon*« in 12 Bänden – mit einem Supplement (1984) – als neues großes norwegisches National-Lexikon herausgab.

Australische Lexika

Die geographische Lage und Sonderstellung Australiens läßt es nicht verwundern, daß in diesem Erdteil neben der sprachlich bedingten Verbreitung von Originalausgaben englischer Lexika auch national ausgerichtete Nachschlagewerke eigener Prägung entstanden sind.

Von heute nur noch historischer Bedeutung ist die schon 1881 in Melbourne erschienene »*Cyclopaedia of Australasia*« von David Blair. In den Jahren 1925/26 kam in Sydney in 2 Bänden »*The illustrated Australian Encyclopedia*« heraus, die 1927 schon in 3. Auflage vorlag, laufend weiter ausgebaut wurde und 1958 in einer 10 Bände umfassenden Neuausgabe erschien. 1960 ergab sich bei einer Umfrage von Gallup, daß Lexika mit 89% in der Verbreitung von Büchern gleich nach der Bibel (91%) folgten. Im Jahre 1979 wurde vom Verlag → Grolier »*The Australien Encyclopedia*« herausgegeben.

B

Baltische Lexika

In den baltischen Staaten Estland, Lettland und Litauen hatte sich vor ihrer »Wiedervereinigung« mit der Sowjetunion auch eine eigenständige Lexikographie entwikkelt.

Für Estland wäre das in den Jahren 1900 ff. in Tartu (Dorpat) erschienene »*Eesti üleüldise teaduse raamat ehk encyclopädia konversationi-lexikon*« zu nennen, als dessen Herausgeber Karl A. Herman zeichnete.

Für Litauen erschien in den Jahren 1931 ff. in Kaunas die »*Lietuviska enciclopedija*«, von der bis 1944 (sowjetischer Einmarsch) 9 Bände erschienen. In der Emigration begann 1953 in Boston/USA die »*Lietuviu enciklopedija*« ihr Erscheinen, hatte 1964 mit Band 30 den Buchstaben Tu erreicht und lag 1966 mit 35 Bänden abgeschlossen vor (1969 folgte ein Ergänzungsband). 1970 startete derselbe Verleger eine auf 6 Bände angelegte »*Encyclopedia Lituanica*« in englischer Sprache.

Mit mehreren Lexika ist Lettland vertreten. Schon 1892–1898 erschien in 27 Lieferungen, doch nur bis zum Stichwort Kristjans, das unvollendete »*Konversacijas vardnica*«. In 4 Bänden (unvollendet, nur bis Wak) erschien 1906–1921 in Riga »*Konversacijas vardnica*«. Als größtes lettisches Lexikon gilt »*Latriesu konversacijas vardnica*«, das in den Jahren 1927–1940 herauskam und 1953 mit 21 Bänden vorlag. Ebenfalls in Riga erschien 1932 bis 1936 die von A. Bilmana herausgegebene *»Latvju maza enciklopedija«* in 3 Bänden. In der Stockholmer Emigration entstand 1950–1955 die *»Latvju enciklopedija«* in 3 Bänden, denen 1961 ein Ergänzungsband folgte. Herausgegeben von der Akademie der Wissenschaften der SSR Lettland erschien 1967–1970 in Riga die *»Latvijas PSR maza enciklopedija«* (LME) in 3 Bänden.

Barsa-Enzyklopädie
Bei der spanischen *»Enciclopédia Barsa«* handelt es sich um ein vom Verlag der *»Encyclopaedia Britannica«* herausgegebenes Werk, das 1957 in 15 Bänden erschien, denen 1965 noch ein Ergänzungsband folgte. Es berücksichtigt besonders die Interessen südamerikanischer Leser. 1964 erschien auch eine portugiesische Ausgabe in 16 Bänden und 1981 eine mexikanische.

»Basler Lexikon«
Auf der Grundlage des sogenannten → *»Leipziger Lexikons«* und in Anlehnung an → Moréris *»Dictionnaire«* erarbeitet, erschien 1726/27 in Basel ein »Neu vermehrtes Historisch- und Geographisches Allgemeines Lexicon« in 4 Bänden. Die Vorrede unterzeichnete als Herausgeber Jacob Christoph Iselin, ein schweizerischer Historiker (*1681, †1737), der als Professor der Geschichte in Marburg und der Kirchengeschichte in Basel und hier auch als Direktor der Universitätsbibliothek tätig war.
Das als sehr reichhaltig – besonders für Begriffe aus der Biographie, Genealogie und Topographie – geschätzte Werk erlebte 1742–1744 noch eine 3. Auflage in 6 Bänden.

Bayles »Dictionnaire«
Zu den an die 30 Lexika und 20 Sprachwörterbüchern, die Goethe besaß, gehörte auch das *»Dictionnaire historique et critique«* des freisinnigen französischen Philosophen und großen Universalgelehrten *Pierre Bayle* (*18. Nov. 1647, †28. Dez. 1706), der seit 1681 einen Lehrstuhl in Rotterdam hatte, als Vertreter

der Aufklärung zu den Problemen seiner Zeit Stellung nahm, seiner freisinnigen Lehren wegen aber 1693 sein Amt verlor.

Bayle gehört zu denen, die den Kampf der Aufklärung gegen den kirchlichen Dogmatismus eröffneten, nicht zuletzt durch sein *»Dictionnaire«*, das mit am Beginn der modernen enzyklopädischen Literatur steht. Es erschien erstmals in den Jahren 1695–1697 in 2 Bänden, 1702 in einer dreibändigen 2. Auflage, schon 1706 in einer weiteren Neuausgabe, 1734 in einer 5. Auflage (1740 Reprint-Ausgabe) und zuletzt 1820–1824 in einer 16 Bände umfassenden 11. Auflage.

Dieses Werk wurde zu seiner Zeit in so starkem Maße beachtet, daß 1741–1744 auch eine deutsche Ausgabe (der 5. Auflage) erschien, für die kein anderer als der Dichter und Gelehrte Johann Christoph Gottsched (*2.2.1700 in Juditten/Königsberg, †12.12. 1766 in Leipzig) als Herausgeber verantwortlich zeichnete. Mit jenem Werk also war auch Goethe schon früh in Berührung gekommen. Wie wir aus »Dichtung und Wahrheit« wissen, bewertete er es zwar kritisch, doch »wegen Gelehrsamkeit und Scharfsinn ebenso schätzbar und nützlich als wegen Klätscherei und Salbaderei schädlich«.

Beckmann-Lexika

Der 1870 geborene Otto Beckmann gründete 1924 die gleichnamige Verlagsanstalt in Leipzig und Wien, die nicht zuletzt durch die Herausgabe verschiedener Lexika bekannt wurde.

Getrennt nach Geistes- und Naturwissenschaften in zwei Bänden jeweils von A-Z erschien 1927 in der 1. Auflage *»Der kleine Beckmann.* Illustriertes Konversationslexikon für Schule und Haus«. Schon 1928 folgt eine 2. Auflage, in den Jahren 1930/31 folgte noch eine Titelausgabe als *»Gutenberg Konversationslexikon«*.

1932 folgte *»Beckmanns Welt-Lexikon* und Welt-Atlas A-Z«, eine einbändige Kombination zwischen Lexikon und Weltatlas. Dieses Werk konnte den 2. Weltkrieg überdauern und erschien 1948/49 in 2 Bänden als *»Neues Welt-Lexikon«*, 1951 in einer 3. Auflage, 1954 in 4. Auflage, 1955 in 5. Auflage, 1956 in 6. Auflage (Jubiläumsausgabe zum Überschreiten des 500. Tausend) und 1957 in 7. Auflage (jetzt in München und Wien) unter dem Titel *»Beckmanns Neues Weltlexikon mit Weltatlas«*.

Belgische Lexika
Die sprachliche Nachbarschaft mit Frankreich und Holland hat keine besondere Entwicklung eigener belgischer Lexika zugelassen. Aus früherer Zeit sei genannt das 3bändige Werk *»Patria Belgica. Encyclopédie nationale«*, das 1875 in Brüssel erschien und 1881 noch eine 2. Auflage in 2 Bänden erlebte. Ebenfalls mit dem Untertitel *»Encyclopédie nationale«* kam 1930 in Brüssel *»La Belgique centenaire«* (1830 bis 1930) heraus. 1933/34 erschien die *»Encyclopédie belge«* und 1938 ff. eine *»Grande encyclopédie de la Belgique et du Congo«*.

Benziger-Lexika
→ Schweizer Lexika

Bertelsmann-Lexika
Die Lexikonarbeit des Hauses Bertelsmann in Gütersloh begründete 1952 Dr. A. Christoph, ein erfahrener Fachmann aus der »Lexikonschule« des Bibliographischen Instituts in Leipzig. Als Titel Nr. 1 erschien am 1.7.1953 (zunächst unter dem Titel »Schlag auf – sieh nach«) das Nachschlagewerk *»Ich sag Dir alles«*, das bis 1979 bereits in 83 Auflagen mit rund 1,5 Mill. Exemplaren verbreitet war. Anschließend kam dieses Nachschlagewerk im Mosaik Verlag heraus, bevor 1988 eine völlig neubearbeitete Ausgabe im Bertelsmann Lexikon Verlag erschien.
Der Grundstein zur eigentlichen Lexikonarbeit wurde 1953–1955 mit der Herausgabe des vierbändigen Werkes *»Das Bertelsmann Lexikon«* gelegt, das Gütersloh damals neben Wiesbaden (Brockhaus), Freiburg (Herder) und Leipzig (Meyer) den Ruf der vierten deutschen Lexikonstadt eintrug. Dieses Lexikon

der mittleren Größe eroberte sich rasch einen Platz zwischen den kleineren und größeren Werken der Konkurrenz. Bis Ende 1958 konnten die ersten 200 000 Exemplare verkauft werden, von der anschließenden Jubiläumsausgabe bis 1966 nochmals 200 000 Exemplare.

Während sich dieses völlig traditionslose Lexikon seinen Marktanteil eroberte, sorgte der im Lexikonbereich neue Name Bertelsmann bald für weitere Überraschungen. Schon 1955 wurde der Lexikon-Auskunftsdienst als ein für Deutschland in dieser Form einzigartiger Kundendienst eingeführt. 1956 erschien – zugleich als Hauptvorschlagsband im Bertelsmann Lesering – mit einer 1. Auflage von 550 000 Exemplaren das *»Bertelsmann Volkslexikon«*, das schon 1957 die erste Million, 1963 die zweite Million überschritt und bis Ende 1976 in 48 Auflagen mit insgesamt 3,2 Mill. Exemplaren erschienen ist.

Ebenfalls noch 1956 wurde mit der Herausgabe des *»Bildungsbuches«* der Grundstock zur *»Bertelsmann Lexikon-Bibliothek«* mit 13 Thema- oder Folgebänden gelegt, die dem Käufer des lexikalischen Grundwerks die Möglichkeit gaben, sich über größere Wissensgebiete wie die Weltgeschichte, Länder-, Tier- oder Pflanzenkunde u. a. Themen auch spezieller zu unterrichten.

In den Jahren 1959–1961 wurde der neue Typ des Bildungslexikons *»Das Wissen des 20. Jahrhunderts«* in 6 Bänden geschaffen (Neuausgabe 1968), ebenfalls ergänzt durch thematische Folgebände wie bei der *»Bertelsmann Lexikon-Bibliothek«*.

Das Jahr 1966, bekanntgeworden als Jahr der bundesdeutschen »Lexikonwelle«, brachte zunächst mit dem Titel *»Großes Deutsches Wörterbuch«* von G. Wahrig den vorläufigen Abschluß der Bertelsmann Lexikon-Bibliothek und zugleich einen Bestseller, der inzwischen in über einer Million Exemplaren verkauft wurde. Der 1.6.1966 brachte sodann »Sieben auf einen Streich«, nämlich *»Das Bertelsmann Lexikon in 7*

Bänden«, das zusammen mit den 13 »Themabänden« der Bertelsmann Lexikon-Bibliothek diese auf einen Umfang von nunmehr 20 Bänden erhöhte.

Am 1.6.1968 wurde innerhalb der neugeordneten Verlagsgruppe Bertelsmann der Bertelsmann Lexikon Verlag »gegründet«, aus dessen Werkstatt neben anderen Werken 1970–1973 *»Das moderne Lexikon«* in 20 Bänden kam, 1975 das *»Bertelsmann Handlexikon«* mit 80 000 Stichwörtern in einem Band (2. Auflage 1978, 3. Auflage 1981), 1976 das *»Bertelsmann Universallexikon in Farbe«* in zwei Bänden und 1979 das *»Große Handlexikon in Farbe«* in einem Band.

In der 80er Jahren kamen ein *»Großes modernes Lexikon«* in 12 Bänden (1982–1985) und das *»Bertelsmann Universal Lexikon«* in 20 Bänden (1987–1990) hinzu.

Schon 1972 trat Bertelsmann mit einem Informationssystem völlig neuer Art auf die Bühne des Lexikonmarktes, nämlich mit den ersten Bänden der →*LEXIKOTHEK*. Daneben veröffentlichte der Bertelsmann Lexikon Verlag zahlreiche enzyklopädische Reihenwerke, Speziallexika, Wörterbücher, enzyklopädische Sachbücher sowie populärwissenschaftliche Reihen und Einzeltitel.

1990 wurde mit dem *»Bertelsmann Universal Lexikon«* eine Reihe einbändiger Lexika gestartet, die jährlich in aktualisierter Form erscheinen.

Bibliographisches Institut

Im Alter von 30 Jahren begründete der am 9.5.1796 in Gotha geborene Joseph Meyer am 1.8.1826 in seiner Vaterstadt eine Verlagsanstalt mit dem Namen »Bibliographisches Institut«, das 1828 nach Hildburghausen umzog. Motto des Verlages und seines ideenreichen Gründers wurde die Losung »Bildung macht frei«; »Bildung für Alle« hieß eine andere Devise, zunächst nur verbunden mit *»Meyers Groschenbibliothek«*, deren 365 Bändchen in den Jahren 1850–1855 erschienen. Leitgedanke war dieses Motto aber auch schon bei der Begründung und weiteren Entwicklung der 1834 begonnenen Lexikonarbeit des Bibliographischen Instituts (→ *Meyers Lexika*).

Nach dem Tod des Firmengründers (27.6.1856 in Hildburghausen) übernahm sein Sohn Herrmann Julius Meyer die Firma. In seine Zeit fällt der Neubau (1873–1876) des Bibliographischen Instituts in Leipzig, dem damaligen Mittelpunkt des deutschen Buchhandels, wo es am 1.7.-1874 eröffnet wurde.

Am 1.10.1884, nach der Feier des 10jährigen Jubiläums der Umsiedlung nach Leipzig, übergab Herrmann J. Meyer, der erst, fast 83jährig, am 12.3.1909 starb, die Firmenleitung seinen ältesten Söhnen Hans (*22.3.1858 in Hildburghausen) und Arndt (*27.11. 1859 in Hildburghausen); 1903 trat Herrmann Meyer jun. als Teilhaber in die Firma ein. 1915 wurde die Firma in eine Aktiengesellschaft umgewandelt, deren Leitung Arndt Meyer, Herrmann Meyer und Alfred Bornmüller, die jüngsten Enkel des Firmengründers, übernahmen und weiter in dessen enzyklopädischem Geist ausbauten. 1930 trat Herrmann Meyers Schwiegersohn Otto Mittelstaedt (*16.5.1902) in den Betrieb ein.

Der 2. Weltkrieg blieb auch für das »BI«, wie es unter Verlagsleuten meist kurz genannt wird, nicht ohne einschneidende Folgen. Das Besitztum der AG wurde 1946 enteignet, die Verlagstätigkeit in Leipzig wurde von den neugeschaffenen »volkseigenen Betrieben« Bibliographisches Institut und Verlag Enzyklopädie übernommen. Der Sitz der AG wurde 1953 nach Mannheim verlegt; dort wurde die Lexikonarbeit zunächst mit der Veröffentlichung der → *Duden-Lexika* seit 1961 wieder aufgenommen; Fachlexika erschienen unter dem traditionellen Namen → *Meyer* seit 1960. Im Frühjahr 1980 einigte sich das BI mit dem → VEB Bibliographisches Institut über die künftige Verwendung der Namen »Duden« und »Meyer«.

Im Frühjahr 1984 wurden Öffentlichkeit und Fachwelt von der Bekanntgabe der Fusion zwischen dem Bibliographischen Institut und dem Verlag F. A. Brockhaus überrascht. Beide Häuser glauben, gemeinsam besser die Herausforderung des Marktes bewältigen zu können. Insgesamt brachte die Fusion die Möglichkeit der Kompetenzbündelung dreier Marken (Brockhaus, Duden, Meyer) unter einem Dach. 1988 trat ein weiterer Name hinzu, denn die Langenscheidt KG erwarb die Aktienmehrheit des Unternehmens.

Blinden-Lexika

Auch der blinde Mensch braucht heute auf das Lexikon als Informationsquelle nicht mehr zu verzichten, jedenfalls im angloamerikanischen und deutschen Sprachraum. Es bedarf wohl keiner näheren Erläuterung, welche Probleme mit der Übertragung eines größeren Lexikons in die Braille- oder Blindenschrift verbunden sind.

Die Field Enterprises Educational Corporation in Chicago nahm sich dieses gewaltigen Problems an und löste es in Gestalt einer Braille-Ausgabe von *»The World Book Encyclopedia«*, deren 20 Bände in Blindenschrift umgesetzt 145 Bände mit 38 000 Seiten ergaben. Mit einem Kostenaufwand von 115 500 Dollar wurden die ersten 200 Exemplare dieses Werkes hergestellt und begannen 1961 zu erscheinen.

Seit 1970 gibt es auch ein deutschsprachiges Blinden-Lexikon. Als Vorlage diente *»Meyers Taschenlexikon A-Z* in 4 Teilen«, erschienen 1968 im Leipziger Bibliographischen Institut. Aus dieser Substanz entwickelte der Verlag der Deutschen Zentralbücherei für Blinde zu Leipzig eine

Blindenschriftausgabe in 31 Bänden.

Bompiani
Zum Programm des 1929 in Mailand gegründeten Verlags gehören auch recht erfolgreiche Nachschlagewerke. Abgesehen von dem speziellen »*Dizionario letterario Bompiani*« in 9 Bänden (1947–1950) muß vor allem genannt werden die »*Nuovissima enciclopedia pratica Bompiani*« in 5 Bänden, die 1962 in 20. Auflage und 1965 in 21. Auflage erschien. 1984–1986 brachte der inzwischen mit den Verlagen Fabbri und Sonzogno zu einer Gruppe zusammengeschlossene Verlag die »*Enciclopedia Bompiani*« in 28 Bänden heraus.

Bonnier
Der 1837 von dem aus Dresden stammenden Albert Bonnier gegründete Bonniers Förlag in Stockholm ist auch einer der großen und führenden skandinavischen Lexikonverlage. Schon früh erschien 1856–1866 das ähnlich wie in anderen Ländern von Brockhaus beeinflußte »*Bonnier's Konversations- och Universal-Lexikon*« in 4 Bänden.
Die erste Auflage des für breite Kreise gedachten modernen »*Bonniers Konversationslexikon*« erschien 1922–1932 in zwölf Bänden und einem Ergänzungsband. Eine zweite Auflage folgte 1937–1950 in vierzehn Bänden. Eine Ausgabe in fünf Bänden unter dem Titel »*Bonniers Folklexikon*« folgte 1951–1953 im Verlag für »Nordiska Uppslaksböker«. In den Jahren 1961/62 begann »*Bonniers Lexikon*« in fünfzehn Bänden zu erscheinen; es lag 1967 geschlossen vor. Im Herbst 1977 erschien ein einbändiges Lexikon im Vierfarbendruck. 1983 wurde die schon 1972 begonnene Enzyklopädie »*Media*« (15 Bände) abgeschlossen, die 1982–1986 zu »*Bonniers Familjeleksikon*« in zwanzig Bänden erweitert wurde. Seit 1985 erscheint »*Bonniers Stora Leksikon*«, das 1990 in fünfzehn Bänden vollständig vorliegen soll.

Book of Knowledge
→ Grolier

Bordas
Dieses erst nach dem 2. Weltkrieg gegründete Pariser Verlagshaus machte sich schon bald einen Namen auch auf dem enzyklopädischen Sektor, besonders durch die 1968 gestartete *»Bordas-Encyclopédie«* in 23 Bänden. Es folgten 1972–74 *»La Nouvelle Encyclopédie Universelle Bordas«* (10 Bände) und 1974 *»Nouvelle encyclopédie Focus«* (8 Bände).
1986 erschien die *»Nouvelle Encyclopédie Bordas«*. Das Werk umfaßt 10 Lexikonbände A-Z und ein zweibändiges Wörterbuch der französischen Sprache. Seit 1985 gehört Bordas zur französischen Verlagsgruppe Groupe de la Cité.

Brasilianische Lexika
→ Portugiesische Lexika

»Britannica«
Unter diesem Stichwort versteht wohl jeder Benutzer in aller Welt sofort die *»Encyclopaedia Britannica«*, oft auch kurz als die »E. B.« zitiert.
Ihre Geschichte begann vor über 200 Jahren – F. A. Brockhaus hatte noch nicht das Licht der Welt erblickt – als 1768 in der schottischen Stadt Edinburgh eine »Society of Gentlemen« die Herausgabe eines *»Dictionary of Arts and Sciences«* für die Englisch sprechende Welt unternahm. Die drei Gründer dieser Gesellschaft waren William Smellie als Herausgeber, Andrew Bell als Kupferstecher und Colin Macfarquhar als Drucker. Als der letzte Teil des 3bändigen Werkes 1771 vollendet war, lag die 1. Auflage der *»Encyclopaedia Britannica«* vor, von der rund 3000 gebundene Exemplare verkauft wurden. 200 Jahre später erschien 1968 als Jubiläumsausgabe die 24 Bände umfassende 15. Auflage der E. B. Dazwischen liegt die wechselvolle und sogar in Buchform mehrfach behandelte Entwicklungsgeschichte eines einzigartigen Lexikons, die sich (einer Selbstdarstellung der E. B. folgend) in fünf Abschnitte unterteilen läßt.
Der erste Abschnitt umfaßt die bis 1823 erschienenen 6

ENCYCLOPÆDIA
Britannica
1768 1968
200th Anniversary

Auflagen. Die 1777–1784 herausgegebenen 10 Bände der 2. Auflage wurden um biographische und historische Titel erweitert. Mit der schon 18 Bände umfassenden 3. Auflage (1788–1797) begann die Praxis, das Werk jeweils dem König oder der Königin von England zu widmen. Auf 50 Seiten wurde die Französische Revolution behandelt, auf 80 Seiten die Kolonialgeschichte und der Unabhängigkeitskrieg der USA. Beginnend mit der 4. Auflage (20 Bände, 1801–1809) wurden die Artikel signiert. Die 5. Auflage (20 Bände) von 1815 und die 1820–1823 erschienenen 20 Bände der 6. Auflage waren, abgesehen von kleineren Aktualisierungen, Nachdrucke der 4. Auflage.

Die rund 70 Jahre dauernde zweite Periode beginnt mit der auf 21 Bände erweiterten 7. Auflage der Jahre 1830 bis 1842. Von 1852–1860 erschien die 8. Auflage mit wiederum 21 Bänden. Zu den Mitarbeitern zählten so prominente Autoren wie Robert Stephenson (Eisenbahnbrücken) und John Herschel (Meteorologie). Die auf 24 Bände erweiterte 9. Auflage (1875–1889) sprengte durch Berücksichtigung der Darwinschen Forschungen den traditionell orthodoxen Rahmen und wurde durch einen besonderen Werbeaufwand über Anzeigen in der Londoner »Times« gefördert. Dies half der in finanziellen Sorgen stehenden Zeitung einerseits und brachte die E. B. in Tausende von Haushalten. In der 10. Auflage wurde die E. B. 1902/03 in nicht weniger als 35 Bänden angeboten (24 Bände der 9. Auflage, dazu noch 11 Ergänzungsbände). Nansen schrieb hier über die Polargebiete und Bertrand Russell über Geometrie.

Mit Beginn des neuen Jahrhunderts begann auch für die E. B. ein neues Kapitel. Schon 1901 nämlich hatte Horace E. Hooper, ein amerikanischer Pionier des Verkaufs per Subskription, die »Britannica« aufgekauft und damit das Besitzrecht in die USA gebracht. Diesen dritten Abschnitt leitet ein die 1910/11 von der Cambridge University Press publizierte, als *»Cambridge issue«* berühmt gewordene 11. Auflage in 29 Bänden, die sich durch eine größere Zahl kürzerer Artikel auszeichnete und auch sonst in der Anlage von den Vorgängern abwich. Hatte die 9. Auflage nur 17 000 Artikel geboten, so waren es jetzt 40 000. Gewidmet war diese Ausgabe nicht nur König Georg V., sondern auch dem USA-Präsidenten W. H. Taft.

Weitere Neuausgaben verhinderte zunächst der 1. Weltkrieg. Anfang der 20er Jahre erwarb Julius Rosenwald vom Versandhaus Sears, Roebuck & Co. in Chicago die »Britannica« und rettete sie vor dem Ruin. Jeweils 32 Bände umfaßten die 12. Auflage (1921/22) und die 13. Auflage von 1926. Im Grunde handelte es sich dabei um Nachdrucke der 11. Auflage, jeweils um 3 Supplementbände ergänzt. In der 13. Auflage behandelten Einstein das Raum-Zeit-Problem, Freud die Psychoanalyse und Trotzki das Stichwort Lenin.

Kennzeichen der den vierten Abschnitt einleitenden, 1929 mit allen 24 Bänden erschienenen 14. Auflage war vor allem ein Aktualisierungsprogramm. Seit 1936 erschienen dann alljährlich revidierte Neudrucke, die als Ausgaben der 14. Auflage gekennzeichnet wurden. 1941 schlug William Benton, Vizepräsident der University of Chicago, vor, daß die Firma Sears die E. B. der Universität schenken solle. Sears stimmte zu, und Benton übernahm die finanzielle und administrative Verantwortung. So wird die »Britannica« heute mit herausgeberischer Unterstützung der Chicagoer Universität betreut, die als Gegenleistung 3% der Verlagseinnahmen erhält. Seit 1943 befindet sich auch das Verlagshaus in Chicago. 1968 erschien zum 200. Jubiläum die »bicentenary edition« in neuem äußerem Gewand. Nicht nur äußerlich neu präsentierte sich dieses Werk 1974 als »*Britannica 3*«, sondern sie war auch auf 30 Bände angewachsen und hatte einen neuen Aufbau erhalten (1 Band »*Propaedia*«, 10 Bde. »*Micropaedia*«, 19 Bde. »*Macropaedia*«). Die Bände der E. B. erscheinen jährlich in einem aktualisierten Neudruck.

Hier eine Übersicht der bisherigen Ausgaben:

1. Auflage 1768–1771
   3 Bände
2. Auflage 1777–1784
   10 Bände
3. Auflage 1788–1797
   18 Bände
4. Auflage 1801–1809
   20 Bände
5. Auflage 1815
   20 Bände
6. Auflage 1820–1823
   20 Bände
7. Auflage 1830–1842
   21 Bände
8. Auflage 1852–1860
   21 Bände
9. Auflage 1875–1889
   24 Bände
10. Auflage 1902–1903
    35 Bände
11. Auflage 1910–1911
    29 Bände
12. Auflage 1921–1922
    32 Bände
13. Auflage 1926
    32 Bände
14. Auflage 1929
    24 Bände

Jubiläumsausgabe 1968
  24 Bände

15. Auflage 1974
    (»Britannica 3«) 30 Bände.

An weiteren Aktivitäten der E. B.-Herausgeber sei in diesem Rahmen noch auf die → *Barsa-Enzyklopädie* und → *Compton* hingewiesen. Die 1969 begründete Zusammenarbeit mit dem Tokyo Broadcasting System führte zur Herausgabe einer japanischen Enzyklopädie, die 1975 in 23 Bänden erschien. Seit 1974 ist unter dem Titel »*Encyclopaedia Universalis*« auch eine französische Ausgabe der »Britannica« in 20 Bänden auf dem Markt, seit 1985 eine arabische Ausgabe unter dem Titel »*Great Arabritannica Encyclopaedica*« und seit 1989 eine spanische Ausgabe »Hispanica«.

Friedrich Arnold Brockhaus

Brockhaus
Dieses Stichwort steht gleich einem Symbol für den Namen eines Verlagshauses, für die tragende Verlegerfamilie und nicht zuletzt für die mit diesem Namen verbundenen Nachschlagewerke, die in aller Welt zu einem Qualitätsbegriff geworden sind.
Am Beginn der Geschichte des Hauses F. A. Brockhaus (oft kurz FAB genannt) steht *Friedrich Arnold Brockhaus* (*4. 5. 1772 in Dortmund, †20. 8. 1823 in Leipzig), der auf der Leipziger Buchhändlermesse zu Michaelis am 25. Oktober des Jahres 1808 das 1796 begonnene, aber unvollendete Conversations-Lexikon von → Löbel-Franke aufgekauft hatte, und zwar für nicht mehr als runde 1800 Taler.
Nach dem Verkauf der 1805 in Amsterdam gegründeten Buchhandlung hatte Brockhaus 1811 das als »Skatstadt« bekannt gewordene ostthüringische Altenburg als neue Wirkungsstätte gewählt.

1817/18 verlegte er den Firmensitz nach Leipzig, in das damalige Zentrum des deutschen Buchhandels.

Lieblings- und Schmerzenskind zugleich war von Anfang an das Konversationslexikon. Schon ab 1809 lieferte Brockhaus den Restbestand des Werkes von Löbel-Franke unter dem neuen Titel »*Conversations-Lexicon oder kurz gefaßtes Handwörterbuch* für die in der gesellschaftlichen Unterhaltung aus den Wissenschaften und Künsten vorkommenden Gegenstände mit beständiger Rücksicht auf die Ereignisse der älteren und neueren Zeit« aus.

1809 und 1811 folgten noch zwei Ergänzungsbände mit notwendigen Nachträgen, in denen z. B. Napoleon zu der inzwischen erworbenen Lexikonwürdigkeit kam. Schon Anfang 1811 war die auf 2000 Exemplare disponierte Auflage fast vergriffen.

Die auf zunächst 1500 Exemplare angelegte, auf 10 Bände geplante 2. Auflage nahm Brockhaus nun in eigene Regie. Ostern 1812 erschien der 1. Band, zu Michaelis der 2. Band und 1813 der 3. und 4. Band, letztere mit verdoppelter Auflage in 3000 Exemplaren. Noch 1813 waren diese 4 Bände vergriffen.

Die vom 5. Band an mit der 2. Auflage identische 3. Auflage des Lexikons widmete Brockhaus dem österreichischen Staatsmann Metternich, und zwar unter dem nun gekürzten Titel »*Conversations-Lexicon oder encyclopädisches Handwörterbuch für gebildete Stände*«. In den Jahren 1814/1816 erschienen dann gleichzeitig die nächsten Bände der 2. und 3. Auflage. Von Juni 1812 bis Ende 1815 waren fast 10 000 Exemplare abgesetzt.

Nach dem 7. Band begann 1816–1819 der württembergische Verleger A. F. Macklot, das Brockhaus-Lexikon einfach nachzudrucken (in 10 Bänden). Ein Gesetz gegen den Nachdruck gab es in Württemberg nicht, und so hatte Brockhaus keine Handhabe gegen diesen »Raubdruck«.

Schnell veranstaltete Brockhaus eine 4. Auflage, nun unter dem Titel »*Allgemeine*

Hand-Encyklopädie für die gebildeten Stände in alphabetischer Ordnung und in zehn Bänden«, und erwarb sich für diese wie alle folgenden Auflagen gleich auch ein Königlich-Württembergisches Privileg. Macklot aber fand Hintertüren, ja Brockhaus verlor sogar einen Prozeß gegen ihn, bis ihm schließlich die Flucht in die Öffentlichkeit zu Hilfe kam.

1818 lag endlich das Gesamtwerk vor, von dem – wohl ein einmaliges Kuriosum in der Geschichte des Lexikons – in den Jahren 1817/18 nebeneinander Bände der 2., 3. und 4. Auflage in der Herstellung waren und dabei in Altenburg, Leipzig und Braunschweig fünf Druckereien in Termintrab hielten. Eine 5. Auflage in 12 000 Exemplaren erschien 1819/20. 1822 begann FAB mit der Vorbereitung der 6. Auflage, deren Vollendung der Firmengründer nicht mehr erleben sollte († 1823).

Das Erbe traten seine Söhne Friedrich (*1800, † 1865) und Heinrich (*1804, † 1874) an, zunächst Friedrich als bereits großjähriger Familienvorstand, der besonders die technische Entwicklung der Firma förderte. Die Arbeit am Konversationslexikon ging ohne Unterbrechung trotz illegaler (Nachdruck-)Konkurrenzwerke weiter: 1827 erschien die 7. Auflage (nun in 12 Bänden), 1833–1837 die 8. Auflage, 1843–1848 die 9. Auflage in 15 Bänden, 1851–1855 die 10. Auflage. Von der 1.–10. Auflage hatte das Lexikon der Firma FAB insgesamt eine Auflage von 300 000 Exemplaren, d. h. rund 2 Millionen Bänden, erreicht.

1854–1856 erschien in 1. Auflage und 4 Bänden ein »*Kleineres Brockhaus'sches Conversations-Lexikon für den Handgebrauch*« und damit ein neuer Lexikontyp, der viel zur Volkstümlichkeit des Hauses FAB beitrug.

Hier sei eingeschaltet, daß inzwischen neben Brockhaus auch das Bibliographische Institut mit »Meyers Lexikon« (seit 1840) und in Freiburg i. Br. »Herders Lexikon« (seit 1853) den Markt betreten hatten.

Hier die weiteren Stationen der FAB-Lexika im letzten Drittel des vorigen Jahrhunderts: 1864–1868 erschien unter dem Titel *»Allgemeine deutsche Real-Encyklopädie für die gebildeten Stände (Conversations-Lexikon)«* die 11. Auflage des heutigen »Großen Brockhaus« in 15 Bänden, 1875–1879 als *»Conversations-Lexikon, Allgemeine deutsche Real-Encyklopädie«* die 12. Auflage des »Großen Brockhaus« (15 Bände) und 1879/80 die 3., vollständig umgearbeitete Auflage von *»Brockhaus' Kleines Conversations-Lexikon«* in nun 2 Bänden.1882-1887 entstand die 13. Auflage des *»Großen Brockhaus«*, erstmals (mit Tafeln) bebildert. 1888 erschien die 4. Auflage des *»Kleinen Brockhaus«* mit Bildertafeln. 1892–1895 erschien unter Leitung von Albert Brockhaus (*1855, †1921) die jetzt auch im Text bebilderte 14. Auflage des *»Brockhaus' Konversations-Lexikon«* in nun 16 Bänden und einem Supplementband.

Inzwischen war 1890 mit J. A. Efron in St. Petersburg, dem heutigen Leningrad, die Firma Brockhaus & Efron (seit 1898 AG) gegründet worden. Ziel des Unternehmens war die Herausgabe eines *»russischen Brockhaus«*, dessen 41 Bände in den Jahren 1890–1904 erschienen (1905 noch ein Supplementband). Eine 2. Auflage dieses Werkes (in 24 Bänden) folgte in den Jahren 1911 ff. Nach 1918 wurde diese Unternehmen liquidiert.

In unserem Jahrhundert verlegte FAB unter Leitung (seit 1905) von Fritz (*1847, †1952) und (seit 1914) Hans Brockhaus (*1888, †1965) zunächst 1906 die 5. Auflage des *»Kleinen Brockhaus«* in 2 Bänden (Neudruck 1911, revidierte Ausgabe 1914, Neudruck 1920).

1908–1910 erschien die 4. Ausgabe der 14. Auflage des *»Großen Brockhaus«* in 17 Bänden, die neben 1000 Tafeln auch 4000 Textabbildungen enthielt. Ein Neudruck dieser 14. Auflage kam 1920 heraus.

Als 6. Auflage des *»Kleinen Brockhaus«*, nun auf 4 Bände erweitert, erschien als erstes

Der Große Brockhaus

Handbuch des Wissens
in zwanzig Bänden

Fünfzehnte,
völlig neubearbeitete Auflage von
Brockhaus' Konversations-Lexikon

Erster Band
A–Ast

F. A. Brockhaus / Leipzig
1928

Nachkriegslexikon 1921–1923 das *»Handbuch des Wissens«*, meist der *»Neue Brockhaus«* genannt.

In den Jahren 1928–1935 gab FAB die seit 1925 vorbereitete 15. Auflage des großen Brockhaus'schen Lexikons, nun unter dem Titel *»Der Große Brockhaus«* in 20 Bänden und einem Ergänzungsband heraus. FAB hatte in den Folgejahren zunehmend mit Schwierigkeiten seitens der nationalsozialistischen Machthaber zu kämpfen, zumal sich in der Firmenleitung kein Parteigenosse befand. Schon 1931 war noch die 1. Auflage des einbändigen *»Volks-Brockhaus«* als neuer Typ des Kleinlexikons auf den Markt gekommen, doch ab 1933 begann ein jahrelanger Kampf um die Objektivität zwischen der NS-Partei und Dr. Pfannkuch als neuem Chefredakteur. So wurde der »Volks-Brockhaus« 1937 vorübergehend durch die NSDAP verboten. Dennoch schlug in dieser Zeit die Geburtsstunde eines weiteren neuen Brockhaus-Lexikons. In den Jahren 1936–1938 erschien das *»Allbuch«*, 1941 dessen 2. Auflage und 1941/42 *»Der neue Brockhaus«* in 4 Bänden. Im November 1943 traf FAB der Stillegungsbefehl, dem Anfang Dezember die fast völlige Vernichtung durch einen Luftangriff folgte, dem auch die Vorräte der 15. Auflage des »Großen Brockhaus« zum Opfer fielen; doch die Stichwortkartei des »Großen Brockhaus« überstand das Inferno und auch den Demontage-Befehl.

Im April 1946 gab die sowjetische Militär-Administration die Genehmigung zur Wiederaufnahme der Verlagsarbeit im östlichen Teil Deutschlands; schon seit 1945 wurde in Wiesbaden mit dem Greif als tragender Figur die Tradition fortgesetzt. Den Neubeginn nach dem 2. Weltkrieg machte 1949/50 *»Der kleine Brockhaus«* in 2 Bänden (Neuauflagen folgten 1961/62 und 1977). Fortgeführt als der *»Brockhaus«* in 2 Bänden liegt dieses Kompaktlexikon mit ca. 90 000 Stichwörtern in neu bearbeiteter Auflage seit 1984 vor. 1952 konnte das neue Verlagsgebäude am Leberberg bezogen werden, und 1952–1957 kam auch *»Der Große Brockhaus«* wieder auf den Markt, nunmehr in 16. Auflage mit 12 Bänden und 2 Ergänzungsbänden sowie einem Atlasband. 1955 war auch der *»Volks-Brockhaus«* wieder da. Umbenannt in *»Der Brockhaus in einem Band«* ist dieses Werk seit 1985 in zweiter Auflage neu bearbeitet greifbar. 1958 erschien der 1. Band des Werkes *»Der Neue Brockhaus* – Allbuch in 5 Bänden und einem Atlas« (1984–1985 erschien die 7. neu bearbeitete Auflage dieses mittleren Lexikons mit etwa 140 000 Stichwörtern, das seit seinem Beginn Lexikon und Wörterbuch in einem ist). Als 17. Auflage des »Großen Brockhaus« begann 1966 die 20 Bände umfassende *»Brockhaus Enzyklopädie«* zu er-

Erscheinungsjahre und Titel vom großen »Brockhaus-Lexikon«

1. Auflage	
1796–1808	»Conversationslexikon mit vorzüglicher Rücksicht auf die gegenwärtigen Zeiten« (6 Bände)
1810–1811	2 Supplementsbände
2. Auflage	
1809–1811	»Conversations-Lexicon oder kurz gefaßtes Handwörterbuch für die in der gesellschaftlichen Unterhaltung aus den Wissenschaften und Künsten vorkommenden Gegenstände mit beständiger Rücksicht auf die Ereignisse der älteren und neueren Zeit« (6 Bände und 2 Supplementsbände)
1812–1819	umgearbeitete Auflage (10 Bände)
3. Auflage	
1814–1815	»Conversations-Lexicon oder encyclopädisches Handwörterbuch für gebildete Stände« (4 Bände; der 5.–10. Band sind in der 2. u. 3. Auflage gleich)
4. Auflage	
1814–1819	»Allgemeine Hand-Encyklopädie für die gebildeten Stände« (10 Bände)
1818	Aus der 4. Auflage erschien 1 Supplementsband für Besitzer der 1./3. Auflage
5. Auflage	
1819–1820	»Allgemeine deutsche Real-Encyklopädie für die gebildeten Stände (Conversations-Lexicon)« (10 Bände)
1819–1820	Supplemente in 4 Abteilungen (=Bände) für die Besitzer der 1./4. Auflage
6. Auflage	
1824	»Allgemeine deutsche Real-Encyklopädie für

	die gebildeten Stände (Conversations-Lexicon)» (10 Bände)
1824	erschien dazu im Auszug 1 Supplementsband für Besitzer der 5. und früheren Auflagen
1822	dazu erschien ferner: »Neue Folge« = 2 Bände, je 2 Abteilungen (Hälften) als 11. und 12. Band
7. Auflage	
1827	»Allgemeine deutsche Real-Encyklopädie für die gebildeten Stände (Conversations-Lexikon)» (12 Bände)
1830	2. durchgesehener Abdruck
1829	erschien dazu im Auszug 1 Supplementsband für Besitzer der 6. und früheren Auflagen und »Neue Folge«
8. Auflage	
1833–1837	»Allgemeine deutsche Real-Encyklopädie für die gebildeten Stände (Conversations-Lexikon)» (12 Bände)
1839	1 Band: Universal-Register
9. Auflage	
1843–1848	»Allgemeine deutsche Real-Encyklopädie für die gebildeten Stände (Conversations-Lexikon)» (15 Bände)
10. Auflage	
1851–1855	»Allgemeine deutsche Real-Encyklopädie für die gebildeten Stände (Conversations-Lexikon)« (15 Bände)
11. Auflage	
1864–1868	»Allgemeine deutsche Real-Encyklopädie für die gebildeten Stände (Converstions-Lexikon)« (15 Bände); 1872: 1 Supplementsband
12. Auflage	
1875–1879	»Conversations-Lexikon. Allgemeine deutsche Real-Encyklopädie« (15 Bände)

13. Auflage	
1882–1887	»Brockhaus' Conversations-Lexikon. Allgemeine deutsche Real-Encyklopädie« (16 Bände)
1887	1 Supplementsband
14. Auflage	
1892–1895	»Brockhaus' Konversations-Lexikon« (16 Bände)
1897	1 Supplementsband
1898	revidierte Jubiläumsausgabe (17 Bände)
1901–1904	neue revidierte Jubiläumsausgabe (17 Bände)
1908–1910	dto., 4. Ausgabe der 14. Auflage
1920	weiterer Nachdruck
15. Auflage	
1928–1935	»Der Große Brockhaus« (20 Bände)
16. Auflage	
1952–1957	»Der Große Brockhaus« (12 Bände)
1958	1. Ergänzungsband
1963	2. Ergänzungsband
1960	Atlasband
17. Auflage	
1966–1974	»Brockhaus Enzyklopädie« (20 Bände)
	1975 unveränderte Jubiläumsausgabe in Ganzleder (grün)
1975	Ergänzungsband 21: Karten
	Ergänzungsband 22: A-I
1976	Ergänzungsband 23: J-Z
	Ergänzungsband 24: Bildwörterbuch der dt. Sprache
1977	unveränderte Ganzlederausgabe (braun)
1981	Ergänzungsband 25: A-Z
18. Auflage	
1977–1981	»Der Große Brockhaus« (12 Bände)
1980	unveränderte Jubiläumsausgabe (175 Jahre FAB)

1981	Ergänzungsband 13: Karten
1982	Ergänzungsband 14: A-Z
	Ergänzungsband 15: Bildwörterbuch der dt. Sprache
19. Auflage	
1986–1994	»Brockhaus Enzyklopädie« (24 Bände)

scheinen, die 1974 abgeschlossen vorlag und bis 1981 durch insgesamt 5 Ergänzungsbände erweitert wurde.
1977 bis 1981 brachte F. A. Brockhaus als direkte Nachfolge die 16. und als Alternative zur 17. Auflage wieder einen *»Großen Brockhaus«* in 12 Bänden, dazu bis 1984 neun Ergänzungsbände, darunter das 6 bändige *»Brockhaus-Wahrig Deutsches Wörterbuch«* (in Co-Produktion mit der D V A Stuttgart).
Die 18. Auflage des *»Großen Brockhaus«* wurde 1984 in einer für den deutschsprachigen Lexikonmarkt neuartigen Form als aktualisierte Version in 26 handlichen, schmalen Bänden als Kompaktausgabe herausgebracht (Bände 1–24 entsprechen den Bänden 1–12 des *»Großen Brockhaus«*, Bände 25 und 26 sind aktuelle Daten von A-Z).

Nach mehrjährigen Vorbereitungen begann im September 1986 die 19. Auflage als neue *»Brockhaus Enzyklopädie«* in 24 Bänden zu erscheinen. Damit legt F. A. Brockhaus sein bisher umfangreichstes Großlexikon (ca. 260 000 Stichwörter) vor. Bei einem Erscheinungsrhythmus von jährlich drei Bänden soll die Enzyklopädie Mitte 1994 vollendet sein.
Im Frühjahr 1984 gaben F. A. Brockhaus und das Bibliographische Institut ihre Fusion zur Bibliographisches Institut & F. A. Brockhaus AG bekannt. 1985 wurde der Sitz von F. A. Brockhaus nach Mannheim verlegt. (→ Bibliographisches Institut).
TABELLE 1

Bulgarische Lexika
Aus Bulgarien ist ein älteres enzyklopädisches Wörterbuch bekannt geworden. Es

erschien 1899–1907 in Plovdiv unter dem Titel »*Enciklopediceski recnik*«, umfaßte 3 Bände und wurde von L. J. Kasarov herausgegeben. 1936 kam in Sofia die »*Bulgarska Enciklopedija*« in 1 Band heraus, 1963 begann eine auf 5 Bände angelegte »*Kratka Bulgarska Enciklopedija*« zu erscheinen, die 1970 abgeschlossen vorlag. Als Herausgeber zeichnete die Bulgarische Akademie der Wissenschaften. 1974 erschien in Sofia die einbändige »*Enciklopedija A-Ja*«, was A-Z entspricht, da »Ja« der letzte Buchstabe des bulgarischen Alphabets ist. 1978–1986 folgte die »*Enciklopedija Bulgarija*«.

C

Caxton Encyclopedia

1966 erschienen die ersten 10 Bände der auf 20 Bände angelegten »*The New Caxton Encyclopedia*«, 1967/68 folgten die restlichen Bände. Als Verlag firmierte die zu BPCC und Pergamon gehörende International Learning System Corp. Ltd. in London.

Geht man der Herkunft dieses Werkes nach, so ergibt sich, daß es sich keineswegs um ein völlig neues Lexikon handelt, sondern lediglich um die gebundene Buchausgabe der seit Anfang 1966 in 216 wöchentlichen Lieferungen erschienenen »*Purnell's New English Encyclopedia*«, die wiederum ihren Ursprung in Italien hatte, nämlich beim Istituto Geografico de Agostini. Als »*New Caxton Encyclopedia*« fand das Werk 1969 auch Eingang in die USA. 1979 erfolgte eine 5. Ausgabe in 20 Bänden.

Eine weitere Verwertung fand dieselbe italienische Substanz übrigens auch in Gestalt von »*Alpha*«, einem in Genf in französischer Sprache ebenfalls in (290) Wochenlieferungen erscheinenden Werk.

Chambers

Dieser Name begegnet uns in der Geschichte der Lexikographie gleich zweimal, wobei die jeweiligen Werke außer dem Namen nichts miteinander gemeinsam haben.

Ephraim Chambers (*1680, †1740) war der englische

Schriftsteller, der in London im Jahre 1728 unter dem Titel »*Cyclopaedia; or an Universal Dictionary of Arts and Sciences*« in 2 Bänden zwar nicht das erste, aber eines der bedeutendsten frühen enzyklopädischen Wörterbücher in englischer Sprache herausgab, das übrigens schon mit Querverweisen arbeitete und trotz einer gewissen Oberflächlichkeit nicht nur im englischen Buchhandel ein großer Erfolg wurde, sondern auch im Ausland Beachtung fand, so durch eine 1748/49 in Venedig erschienene italienische Übersetzung in 9 Bänden. unter dem Titel »*Dizionario Universale delle Arti e delle Scienze*«. Es erschien in einer 2. Auflage 1738, in einer 3. Auflage 1739, in einer 4. Auflage 1741, in einer 5. Auflage 1746 und in einer 7. Auflage noch 1751/52, zuletzt 1786–1788 in einer 5bändigen Ausgabe und hat auch das Erscheinen der Enzyklopädie von Diderot und d'Alembert maßgeblich veranlaßt und beeinflußt. Ephraim Chambers' »Cyclopaedia« war auch Grundlage der 1819/20 erschienenen »*Ree's Cyclopaedia*« in 45 Bänden.

Einen ganz anderen und späteren Ausgangspunkt hat das noch heute mit dem Namen Chambers verbundene und auf dem Markt befindliche Lexikon. Es geht zurück auf die schottischen Verleger William (*1800, †1883) und Robert (*1802, †1871) Chambers, die neben anderen Werken in den Jahren 1859–1868 in Edinburgh die (mit offizieller Genehmigung) am Brockhaus (10. Auflage) orientierte 10bändige »*Chambers's Encyclopaedia*« in 520 wöchentlichen Lieferungen herausgaben, die noch in vielen weiteren Auflagen erschien, so 1923–1927 und 1935 ebenfalls in 10 Bänden, nach der 1944 erfolgten Übernahme der Rechte durch George Newnes Ltd. 1950 in 15 Bänden und zuletzt 1967 in ebenfalls 15 Bänden, doch nunmehr (seit 1966) bei Pergamon Press als »*The only British Major Encyclopaedia*«. 1973 erfolgte eine Neuausgabe. 1989 wurde Chambers von der französischen Verlagsgruppe Groupe de la Cité übernommen.

Chinesische Enzyklopädien
Wer Superlative unter den lexikalischen Nachschlagewerken der ganzen Welt sucht, der wird sie im alten China finden.

Dort entstand zu Beginn des 15. Jahrhunderts die Enzyklopädie »*Yongle dadian*«, die mit ihren nicht weniger als 22 937 Bänden als umfangreichstes Buchwerk der Erde gilt, jedoch nie im Druck, sondern nur in wenigen handschriftlich angefertigten Exemplaren erschienen ist.

In gedruckter Form dagegen erschien in Peking Anfang des 18. Jahrhunderts auf Befehl des Kaisers Qianlong die 5020 Bände mit je 170 Seiten umfassende »*Gujin tushu jicheng*« (Sammlung von Tafeln und Schriften aus alter und neuer Zeit). Sie wurde mit aus Bronze gegossenen beweglichen Lettern in einer Auflage von 100 Exemplaren im Jahre 1726 gedruckt und befindet sich in einem fast vollständigen Exemplar auch in der ehemals Preußischen Staatsbibliothek in Berlin.

1823 erschien die Enzyklopädie »*Yishi jishi*« in 22 Bänden, 1887 das 34 Bände umfassende Werk »*Sishu wujing leidian jicheng*«, 1899–1902 entstand »*Jiu tongtong*« in 248 Bänden.

Aus der Volksrepublik China wurde bekannt, daß 1957 unter dem Titel »*I wen lei-cü*« ein auf 16 Bände angelegtes lexikalisches Werk zu erscheinen begann, das dann aber 1965/66 der sogenannten Kulturrevolution zum Opfer fiel. In Schanghai erschien 1979 in 3 Bänden eine überarbeitete Neuausgabe des enzyklopädischen Wörterbuchs »*Ci Hai*« aus dem Jahr 1936 mit über 100 000 Stichwörtern in mehr als 13 Mill. Schriftzeichen.

Seit 1979 erscheint in China wieder ein Großwerk, die »*Neue Enzyklopädie Chinas*«, in der Lautschrift Pin-yin geschrieben, die in 70 thematischen Bänden bis 1993 erschienen sein soll. Bis 1989 lagen 32 Bände vor, wohl nicht genug, um den geplanten Termin zu halten.

Collier
→ Crowell-Collier

Columbia
Ein Riese unter den einbändigen Lexika ist *»The Columbia Encyclopedia«*, deren Kennzeichen das völlige Fehlen einer Bebilderung ist. Ohne Illustrationen bietet dieses »Textlexikon« rund 70 000 Artikel.

Herausgegeben von der Columbia University Press in New York, erschien 1935 die 1949 Seiten umfassende 1. Auflage, der noch zahlreiche Nachdrucke folgten (1936, 1937, 1938, 1940, 1942, 1944 und 1946). 1950 erschien eine offizielle 2. Auflage dieses Wälzers, dessen 2203 Seiten für 25 Dollar zu haben waren. Ergänzungen einschließende Nachdrucke folgten 1953, 1956 und 1959.

1963 wurde die 3. Ausgabe auf den Markt gebracht, die mit rd. 7,5 Mill. Worten und etwa 75 000 Artikeln mehr Informationen bietet als manches mehrbändige Lexikon.

Eine auf 1092 Seiten gekürzte Ableitung der 2. Ausgabe dieses Werkes erschien 1953 bei Viking Press in New York unter dem Titel *»Columbia-Viking Desk Encyclopedia«* (CVDE) und erlebte revidierte Ausgaben 1954 und 1960.

Combi Visuell
→ Focus

Compton
Zunächst mehr für Kinder und Jugendliche gedacht war ein Werk, das der Pädagoge Frank Compton zuerst 1922 in 8 Bänden herausgab. Inzwischen hat sich *»Compton's Pictured Encyclopedia«* zu 15 Bänden (seit 1932) ausgewachsen und erscheint in Chicago seit 1947 in ständig überarbeiteten Neuausgaben und 1957 als *»Enciclopedia Cultural«* auch in einer spanischen Ausgabe.

1961 übernahm die »Encyclopaedia Britannica« dieses Objekt, 1968 wurde »Pictured« aus dem Titel gestrichen und der Umfang auf 24 Bände erweitert. Die heutige Fassung der *»Compton's Encyclopedia and Fact-index«* erinnert kaum noch an den Ursprung als Kinderlexikon. Der letzten, 26bändigen Ausgabe von 1989 wurde 1990 die *»Compton's Multimedia Encyclope-*

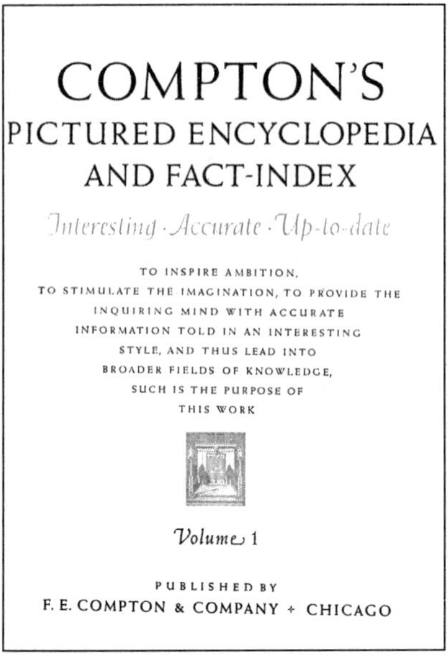
COMPTON'S
PICTURED ENCYCLOPEDIA
AND FACT-INDEX

Interesting · Accurate · Up-to-date

TO INSPIRE AMBITION,
TO STIMULATE THE IMAGINATION, TO PROVIDE THE
INQUIRING MIND WITH ACCURATE
INFORMATION TOLD IN AN INTERESTING
STYLE, AND THUS LEAD INTO
BROADER FIELDS OF KNOWLEDGE,
SUCH IS THE PURPOSE OF
THIS WORK

Volume 1

PUBLISHED BY
F. E. COMPTON & COMPANY + CHICAGO

dia«, ein Lexikon auf Bildplatte, beigegeben.

Coronelli

Dieser Name ist heute in erster Linie mit Globen verbunden. So gibt es in Wien einen »Coronelli-Weltbund der Globusfreunde«, benannt nach Vincenzo Maria Coronelli (*1650, †1718), einem italienischen Geistlichen, Kartographen und Enzyklopädisten, der u. a. als Kosmograph der Republik Venedig tätig war und vor allem durch die Anfertigung von Himmels- und Erdgloben für Ludwig XIV. berühmt wurde. Coronelli gehört aber auch zu den Schöpfern einer groß angelegten alphabetischen Enzyklopädie, die zu den Frühwerken der Lexikographie zählt. Drei Jahrzehnte verwandte der als Viel- und

Schnellschreiber gerühmte Franziskanermönch zu den Vorarbeiten an diesem auf 45 Bände mit 300 000 Stichworten geplanten Werk, von dem unter dem Titel *»Biblioteca universale sacro-profana«* in den Jahren 1701–1706 dann aber nur die ersten 7 Bände (A – Caque) erschienen. Allein der Buchstabe A umfaßte vier Bände mit fast 27 000 vor allem historischen und geographischen Namen und Begriffen, die übrigens schon zweispaltig angelegt waren.

Crowell-Collier

Dieser Doppelname bezeichnet nicht nur eines der größten Verlagshäuser der USA, sondern stünde auch für qualitativ ausgezeichnete Lexika an vorderster Stelle der Weltrangliste, wenn es so etwas gäbe, wobei in erster Linie an die mit dem Namen Collier verbundenen Nachschlagewerke gedacht ist.

Es begann gewissermaßen mit dem 1846 in Irland geborenen Peter F. Collier, der 1866 nach Amerika auswanderte, Buchhändler wurde und 1875 mit einem Kapital von nur 300 Dollar eine eigene Firma gründete, die bald florierte. Heute gilt Collier in den USA als »father of the modern subscription-book industry«. Peter F. Collier starb 1909, und sein Sohn Robert schon 1918. Die Crowell Publishing Company übernahm die Interessen, und seit 1939 gibt es die heutige Crowell-Collier Publishing Company in New York.

Die heutige Lexikon-Arbeit begann 1949–1952 ohne Rückgriff auf ältere Werke völlig neu mit der 1. Ausgabe von *»Collier's Encyclopedia«* in 20 Bänden, aus denen 1962 mit der 29. Druckauflage die gegenwärtig angebotenen 24 Bände mit 21 Mill. Worten in 25 000 Artikeln auf mehr als 18 000 Seiten mit über 17 000 Abbildungen und rund 400 000 Registerstichwörtern geworden sind. Die Liste der Mitarbeiter zählt mehr als 4400 Namen. Die neueste Ausgabe erschien 1976 in 23 Bänden.

Neben thematisch speziellen umfangreichen Nachschlagewerken erscheint bei Crowell-Collier auch die *»Merit*

Students Encyclopedia« in 20 Bänden, ebenfalls völlig neu geschaffen und erstmals 1967 nach siebenjähriger Vorbereitungszeit und mit einem Aufwand von 7 Mill. Dollar Entwicklungskosten herausgegeben. Die 1971 erschienene Neuausgabe enthielt rund 21 700 Artikel mit über 19 000 Abbildungen.

Curcio

Groß ist die Zahl enzyklopädischer Werke auch im Programm des italienischen Verlages Armando Curcio Editore.

1950 erschien in Rom und Mailand die von G. Vaccaro herausgegebene »*Enciclopedia Curcio delle lettere, delle scienze, delle arti*« in 3 Bänden. Auf 8 Bände erweitert kam 1958 die »*Nuova Enciclopedia Universale Curcio*« heraus. Internationale Beachtung fand die 1968 abgeschlossene »*Grande Enciclopedia Curcio*« in 16 Bänden mit 27 800 Abbildungen und 170 000 Stichwörtern. 1974 wurde die »*Grande Enciclopedia Universale Curcio*« in 20 Bänden mit 200 000 Stichwörtern angeboten, 1979 eine »*Nuovissima Enciclopedia Universale*« in 20 Bänden.

D

Danae

Dieser in Barcelona sitzende spanische Lexikon-Verlag bietet in 3. Auflage eine »*Enciclopedia Universal*« in 6 Bänden und in 4. Auflage die »*Enciclopedia Basica Danae en Color*« in 2 Bänden an. In 7. Auflage lag 1977 die »*Enciclopedia Visual Combi-Danae*« in 5 Bänden vor, und 1977/78 erschien »*Diccinario Enciclopédico Danae*« in 12 Bänden.

Dänische Lexika

Schon frühzeitig fanden vom Typ des Brockhaus mehr oder weniger beeinflußte Lexika auch in Dänemark Eingang und Verbreitung. Dazu gehören das von H.A. Kofod in den Jahren 1816–1828 erschienene »*Dansk Conversations-Lexikon*« in 28 Bänden und das 1849–1860 von P. Larsen herausgegebene »*Dansk Konversations-Lexikon*« in 8 Bänden, dem 1870–1873 noch eine 2. Auflage in 6 Bänden folgte. In den Jahren 1858–1863 erschien das von Chr. F. Ingerslew herausgegebene »*Nordisk Conversations-Lexicon*« in 5 Bänden (1884 bis 1890 in 6 Bänden, 3. Auflage).

Das lexikalische Standardwerk für Dänemark wurde in neuerer Zeit »*Salmonsens Konversations-Leksikon*«. Es erschien 1893–1911 in seiner 1. Auflage mit bereits gut illustrierten und signierten Artikeln in 19 Bänden, 1915–1930 in einer 26 Bände umfassenden 2. Auflage, und 1949 begann eine 3. Auflage.

Schon 1937–1940 war *»Den lille Salmonsen«* in 12 Bänden herausgekommen.
Im gleichen Zeitraum erschien als Werk ähnlicher Art *»Hagerups illustrerede Konversationsleksikon«*, und zwar in der 1. Auflage 1892–1900, in der 2. Auflage 1907–1913, eine 9 Bände umfassende 3. Auflage folgte 1921–1925 und eine 4. Auflage 1948–1953 in 10 Bänden.
Als dritter dänischer Lexikonverlag brachte → *Gyldendal* 1931/32 *»Gyldendals Leksikon«* in 4 Bänden heraus.
Zu den nach dem 2. Weltkrieg erschienenen jüngeren Werken gehören noch das 1944–1950 in 14 Bänden erschienene *»Nordisk Konversations-Leksikon«* in 12 Bänden.
Als dickleibige Mischung von Lexikon und Bildungsbuch im Großformat 24 x 32,5 cm brachte der Kopenhagener Westermanns Forlag 1950 *»Mentor Konversationsleksikon«* heraus (1958 im Grafisk Forlag eine 2. Auflage).
In den Jahren 1970–1977 erschien *»Lademanns Leksikon«* in 20 Bänden. 1977–1978 erschien im Verlag Gyldendal *»Gyldendals tibinds Leksikon«* in 10 Bänden, in 2. Auflage 1983 mit einem Supplementband (1984).

Danubia-Lexikon
→ Österreichische Lexika

Dennert's Lexikon
»Ein wirklich volkstümliches Lexikon zu schaffen«, war die Absicht von Prof. Dr. Eberhard Dennert (*1861, †1942), mit dessen Namen ein Lexikon verbunden ist, das Anfang des 20. Jahrhunderts eine gewisse Rolle auf dem deutschen Markt spielte. Der Gründer hatte 1888 als Redakteur für Naturwissenschaften und Medizin bei der »Deutschen Enzyklopädie« (→ Grunow) entsprechende Erfahrungen gesammelt und zeichnete als Herausgeber des *»Volks-Universal-Lexikon«* in 2 Bänden, die in 1. Auflage 1900 beim Berliner Verlag Peter J. Oestergaard erschienen. Eine 2. Auflage folgte 1909 und schon 1910 eine auf 3 Bände erweiterte und völlig umgearbeitete 3. Auflage nun unter dem Titel *»Dennert's Konversations-*

Lexikon«. Derselbe Verlag brachte 1931–1937 *»Oestergaards Lexikon«* in 20 Bänden heraus.

Deutsch-Amerikanisches Lexikon

Als ein in doppelter Hinsicht erwähnenswertes Lexikon sei hier ein Werk vorgestellt und der Vergessenheit entrissen, das zwar bei R. Collison, aber nicht einmal in der Geschichte der »Anglo-American General Encyclopedias 1703–1967« von S. P. Walsh erwähnt wird, nämlich das vor über 100 Jahren in New York erschienene mehrbändige *»Deutsch-Amerikanische Conversations-Lexicon«*, als dessen Herausgeber ein gewisser Alexander Schem verantwortlich zeichnet.

Damit sind wir beim ersten Grund für eine Behandlung dieses Werkes neben und zwischen ohne Zweifel berühmteren und namenhafteren Nachschlagewerken. Jener (Jakob Balthasar) *Alexander Schem* wurde nämlich am 16.3.1826 in Wiedenbrück geboren, also in der Nachbarschaft Güterslohs. Dr. F. Flaskamp, der frühere Stadtarchivar Wiedenbrücks, ist den Spuren des Wiedenbrücker Kaufmannssohnes nachgegangen. Nach dem Besuch der heimischen Lateinschule und des Paderborner Gymnasiums studierte Schem ab 1843 katholische Theologie und Philosophie in Bonn, Tübingen und Paderborn. 1849 wurde Schem in Paderborn zum Priester geweiht und als Kaplan der Jodokus-Kirche in Bielefeld zugewiesen. Die damalige Zeit war aber nicht nur politisch, sondern auch kirchlich sehr bewegt, besonders durch den abtrünnigen schlesischen Geistlichen Johannes Ronge und seinen gerade auch in überwiegend evangelischen Gegenden viel beachteten sogenannten »Deutschkatholizismus«, dessen Gedankengut nicht ohne Einfluß auf Schem blieb. Als dem Deutschkatholizismus 1851 die staatliche Gunst wieder entzogen wurde, entschloß sich Schem zur Auswanderung in die USA, um gleich vielen politischen Flüchtlingen jener Zeit ein neues Leben zu beginnen.

Seine mit großer Begabung gepaarte ausgezeichnete Bildung gab Schem eine gute Ausgangsposition jenseits des großen Teiches. Wirtschaftliche Absicherung für den neuen Lebensabschnitt gewann er als Hauslehrer in New York bei dem deutschen Verleger Friedrich Gerhard, dessen älteste Tochter er 1853 heiratete. Im gleichen Jahr erhielt Schem auch die Erlaubnis, als Sprachlehrer an Colleges tätig zu sein. Als solcher wirkte er zunächst in Mount Holly/New Jersey, später in Carliste/Pennsylvania, wo er mit der Herausgabe eines lateinisch-englischen Schulwörterbuches den ersten Schritt in seinen dritten Lebensabschnitt als Schriftsteller tat.

Er verließ den Schuldienst und wurde 1860 in New York als ebenso reger wie vielseitiger, sorgfältiger und produktiver Publizist und Journalist tätig. Sein Name als Mitarbeiter begegnet uns nicht nur in führenden Zeitungen, vor allem bei der »New York Tribune«, sondern auch in zahlreichen Zeitschriften, Sammelwerken und Jahrbüchern unterschiedlichster Art. Die größte und zumindest für das Deutschtum in Amerika verdienstvollste Leistung vollbrachte Alexander Schem mit der Herausgabe des Werkes *»Deutsch-Amerikanisches Conversations-Lexicon«* (mit spezieller Rücksicht auf das Bedürfnis der in Amerika lebenden Deutschen und unter Mitwirkung vieler hervorragender deutscher Schriftsteller Amerikas), dessen zunächst in 110 Teillieferungen veröffentlichte 11 Bände in den Jahren 1869–1874 bei E. Steiger in New York erschienen. Das Werk zeichnete sich nicht nur durch eine große Sachlichkeit in der Behandlung katholischer Themen aus, sondern bemühte sich vor allem um eine Verbindung deutschen Wesens und Gedankengutes mit den Gegebenheiten der Neuen Welt. Schems Heim in Hoboken, der durch einen Tunnel mit New York verbundenen Stadt in New Jersey auf der anderen Seite des Hudson-River, war bald ein zentraler Sammelpunkt der deutsch-amerikanischen Intelligenz geworden, eine geistige Drehscheibe zwischen Alter und Neuer Welt.

1877 zeichnete Schem – inzwischen 2. Schulrat für das gesamte öffentliche Schulwesen der Millionenstadt geworden – noch als Herausgeber einer in New York erschienenen »The Cyclopaedia of Education«, 1878 behandelte er mit dem Balkankrieg nochmals ein europäisches Thema.

Am 21.5.1881 nahm ihm der Tod die Feder aus der Hand, laut ärztlichem Befund infolge Erschöpfung durch geistige Arbeit; welch ein Tod für diesen großen Pionier deutsch-amerikanischer Verständigung, der es wohl verdient hat, auch künftig nicht in Vergessenheit zu geraten.

Deutsche Encyklopädie
→ Grunow

Doubleday Encyclopedia
→ Grolier

dtv-Lexikon
Mit ihren unverkennbar weiß lackierten Umschlägen sicherte sich die Produktion des Deutschen Taschenbuch-Verlages ihren Platz auf dem Markt der Taschenbücher. »Über den eigenen weißen Schatten springen« wollte man dann 1966, als die ersten der 20 Bände des »dtv-Lexikons« in unübersehbar roter Einbandfarbe der Öffentlichkeit vorgestellt wurden.

Dabei handelte es sich um keine eigentliche Neuschöpfung, sondern um eine Art Substanzverwertung. Hans Brockhaus, der 1965 verstorbene Seniorchef des Verlages Brockhaus, hatte noch selbst die Erlaubnis gegeben, das lexikalische Material seines Hauses für dieses erste echte Taschen-Lexikon auswerten zu dürfen. Die dtv-Redaktion überarbeitete das Material dann noch für diese Zwecke, womit Zuverlässigkeit und Aktualität abgesichert waren.

Im November 1966 erschienen die ersten Bände, im Oktober 1968 lag das Werk komplett in 20 Bänden vor.

In einer bebilderten Form erlebte diese Substanz 1969 dann auch eine Ausgabe als → Rencontre-Lexikon sowie

1973 als *»Lingen-Lexikon«*. Inzwischen wurde das »dtv-Lexikon« mehrfach aktualisiert, zuletzt 1989.

Duden-Lexika

Hört man das Wort »Duden«, denkt man zunächst an den berühmten Sprachforscher Konrad Duden (*1829, †1911), dem wir das erstmals 1880 unter dem Titel »Vollständiges orthographisches Wörterbuch der deutschen Sprache« erschienene, inzwischen aber unter dem Namen seines Schöpfers schon zu einem Begriff gewordene Werk verdanken.

Das Wort »Duden« ist aber auch als Warenzeichen für Nachschlagewerke des → Bibliographischen Instituts eingetragen. Unter diesem Zeichen erschien in den Jahren 1961–63 das *»Duden-Lexikon«* in 3 Bänden, das 1965 eine verbesserte 2. und 3. Auflage, 1969 eine 4., 1972 eine 5. Auflage erfuhr und 1980 in 7. Auflage erschien.

In den Jahren 1964–1968 folgte *»Das Große Duden-Lexikon«* in 8 Bänden, das seit 1969 in einer 2. neu bearbeiteten Auflage vorliegt (mit drei Ergänzungsbänden, Bd. 9: Bibliographie, Bd. 10: Weltatlas, Bd. 11: Nachträge 1969–1973). Als eine Nebenverwertung der Substanz erschien 1966 beim Rowohlt-Taschenbuchverlag in Gestalt des *»rororo-Lexikons«* in 9 Bänden eine ungekürzte Taschenbuchausgabe des 3bändigen *»Duden-Lexikons«;* 1973 erfolgte eine Neuausgabe dieses *»rororo-(Duden)-Lexikons«* in 6 Bänden.

Die 1970 auf den Markt gebrachte *»Duden-Enzyklopädie«* umfaßte mit ihren 15 Bänden das 10bändige *»Große Duden-Lexikon«* und fünf Fachnachschlagewerke (Rechtschreibung, Stilwörterbuch, Grammatik, Fremdwörterbuch u. a.) aus der Reihe *»Der Große Duden«*.

1984 erschien das *»Duden-Lexikon«* in einem Band, das 1988 eine 2. Auflage hatte.

Das 10bändige *»Große Duden-Lexikon«* erschien ebenfalls 1984 in einer Neuauflage, jetzt unter dem Titel *»Das neue Duden-Lexikon«*, wovon 1989 wiederum eine

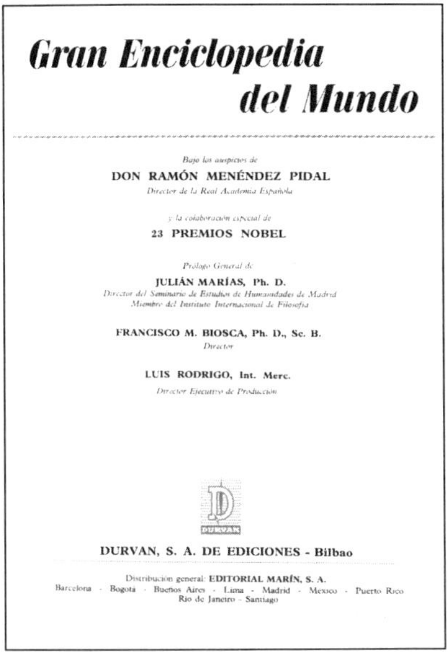

Gran Enciclopedia del Mundo

Bajo los auspicios de
DON RAMÓN MENÉNDEZ PIDAL
Director de la Real Academia Española

y la colaboración especial de
23 PREMIOS NOBEL

Prólogo General de
JULIÁN MARÍAS, Ph. D.
Director del Seminario de Estudios de Humanidades de Madrid
Miembro del Instituto Internacional de Filosofía

FRANCISCO M. BIOSCA, Ph. D., Sc. B.
Director

LUIS RODRIGO, Int. Merc.
Director Ejecutivo de Producción

DURVAN

DURVAN, S. A. DE EDICIONES - Bilbao

Distribución general: EDITORIAL MARÍN, S. A.
Barcelona - Bogotá - Bueños Aires - Lima - Madrid - Mexico - Puerto Rico
Rio de Janeiro - Santiago

Neuauflage herauskam. Mit diesem Lexikontyp wollte man weitere Leserkreise erschließen. Die Texte sind ausgesprochen populär, und der Bildanteil liegt deutlich über denjenigen anderer Lexika aus Mannheim.

Durvan

Mit dem Namen dieses in Bilbao sitzenden spanischen Verlages verbunden ist die *»Gran Enciclopedia del Mundo«* in 22 Bänden, die erstmals 1961 erschien, 1974 in 12. Auflage vorlag, der 1979 ein weiterer (23.) Ergänzungsband folgte. Vertrieben wird dieses Werk durch *Editorial Marin* (Barcelona), zu dessen Angebot auch *»Gran Diccinario Enciclopédico DURVAN«* in 12 Bänden gehört.

E

Elsevier
Zu den großen europäischen Lexikonverlagen gehört auch die niederländische Elsevier Publishing Company in Amsterdam, gegründet 1880 in Rotterdam. Neben zahlreichen Fachlexika verlegt Elsevier als Großlexikon in vielen Variationen vor allem den → »*Winkler Prins*«. Als dieses Werk sein 100jähriges Jubiläum feierte, stiftete Elsevier der Stadt Amsterdam ein Denkmal, dessen Säulenkonstruktion die Vielfalt einer Enzyklopädie zeigen soll.

Enciclopedia Europea
→ Garzanti

Encyclopaedia Universalis
→ Britannica

Enzyklopädie 2000
Im Sommer 1969 erschienen auf dem deutschen Markt mit einer Startauflage von 400 000 Exemplaren die ersten zwei von insgesamt 192 wöchentlich erscheinenden Heften der »Enzyklopädie 2000«, der »ersten Lexikonzeitschrift für Menschen unserer Zeit«, wie es in der Einführungswerbung hieß. Als Verlag zeichnete die Wissen Verlag GmbH in Stuttgart verantwortlich, die seit 1967 bereits die ebenfalls wöchentlich erscheinende Zeitschreift »Wissen« herausgebracht hatte. Hinter beiden Publikationen steht der italienische Verlag → Fabbri, der diese Idee schon mit der Zeitschrift »Conoscere« vorexerziert hatte.

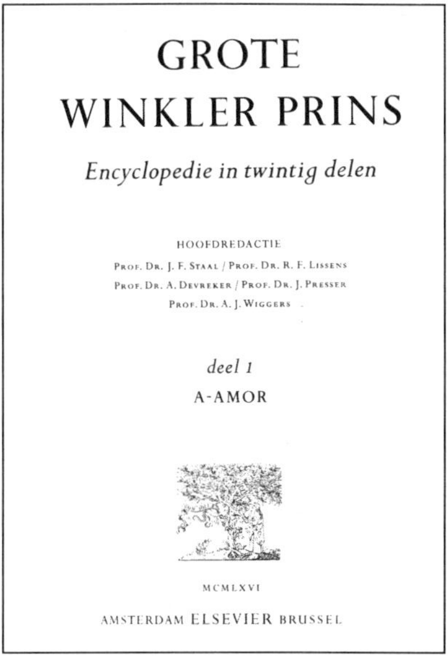
GROTE
WINKLER PRINS

Encyclopedie in twintig delen

HOOFDREDACTIE
PROF. DR. J. F. STAAL / PROF. DR. R. F. LISSENS
PROF. DR. A. DEVREKER / PROF. DR. J. PRESSER
PROF. DR. A. J. WIGGERS

deel 1
A-AMOR

MCMLXVI

AMSTERDAM ELSEVIER BRUSSEL

Als der Wissen Verlag dann 1970 als »neue Lexikon-Generation« das 12bändige *»Lexikon 2000«* vorstellte, erlebten wir hier eine Parallele zur Metamorphose von →»Purnell's Enc.« zur →»Caxton Enc.«, nämlich die Aufarbeitung der remittierten Einzellieferungen zu gebundenen Büchern (→ auch Partworks). 1973 lag das »Lexikon 2000« komplett vor; es folgten dann noch zwei Jahrbücher und ein Ergänzungsband mit Register, 1979 brachte der inzwischen nach Herrsching/Ammersee umgesiedelte Wissen Verlag in Verbindung mit der Firma Pawlak auf der Basis dieser ursprünglichen Partwork-Substanz Lexika zwischen zehn und sechzehn Bänden heraus und sorgte mit Billigangeboten für Schlagzeilen. Neuauflagen dieser Lexika erscheinen heute nicht mehr.

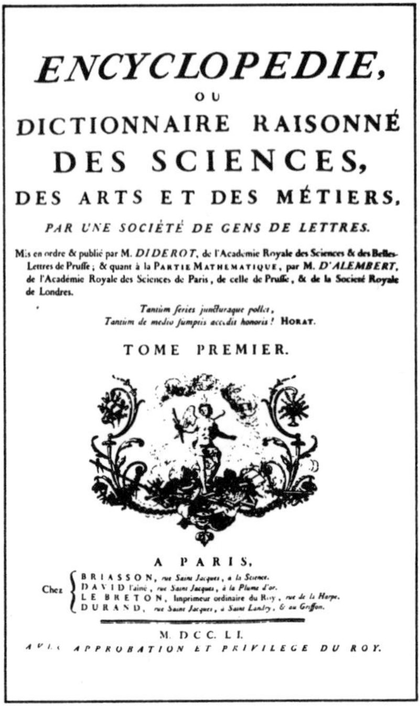

ENCYCLOPEDIE,
OU
DICTIONNAIRE RAISONNÉ
DES SCIENCES,
DES ARTS ET DES MÉTIERS,
PAR UNE SOCIÉTÉ DE GENS DE LETTRES.

Mis en ordre & publié par M. DIDEROT, de l'Académie Royale des Sciences & des Belles-Lettres de Prusse; & quant à la PARTIE MATHEMATIQUE, par M. D'ALEMBERT, de l'Académie Royale des Sciences de Paris, de celle de Prusse, & de la Société Royale de Londres.

Tantùm series juncturaque pollet,
Tantùm de medio sumptis accedit honoris! HORAT.

TOME PREMIER.

A PARIS,
Chez
BRIASSON, *rue Saint Jacques, à la Science.*
DAVID l'aîné, *rue Saint Jacques, à la Plume d'or.*
LE BRETON, Imprimeur ordinaire du Roy, *rue de la Harpe.*
DURAND, *rue Saint Jacques, à Saint Landry, & au Griffon.*

M. DCC. LI.
AVEC APPROBATION ET PRIVILEGE DU ROY.

»Enzyklopädisten«
»Das Werk, das wir begonnen haben und zu Ende zu führen wünschen, hat einen doppelten Zweck: als Enzyklopädie soll es, soweit möglich, die Ordnung und Verkettung der menschlichen Kenntnisse erklären; und als methodisches Sachwörterbuch der Wissenschaften, Künste und Gewerbe soll es von jeder Wissenschaft und Kunst – gehöre sie zu den freien oder den technischen – die allgemeinen Grundsätze enthalten, auf denen sie beruhen, und die wesentlichen Besonderheiten, die ihren Umfang und Inhalt bedingen.« Diese Erklärung

findet sich in der Einleitung zur berühmten französischen Enzyklopädie und wurde 1751 von d'Alembert formuliert. Damit sind wir bei den sogenannten Enzyklopädisten, den Mitarbeitern der von Diderot und jenem d'Alembert herausgegebenen *»Encyclopédie ou dictionnaire raisonné des sciences, des arts et des métiers«*, des maßgebenden Werks der französischen Aufklärung, an dem unter anderem so prominente Autoren wie Montesquieu, Rousseau und Voltaire mitwirkten. Nicht weniger als 17 Bände erschienen in den Jahren 1751–1772, in den Jahren 1776–1777 folgten 5 Ergänzungsbände. In Europa wurden insgesamt 30 000 Exemplare der *Encyclopédie* verkauft. Mit Diderot und d'Alembert wurden neben Larousse zwei weitere berühmte Franzosen durch die Herausgabe von Sonderbriefmarken geehrt (1958 Michel-Nr. 1204, 1959 Michel-Nr. 1253). Zum 250. Geburtstag von Diderot erschien 1963 auch in der Sowjetunion eine Gedenkmarke.

Als bibliophil ausgestatteter Nachdruck aller 3132 Kupferstiche aus Diderots Enzyklopädie (von 1762–77) erschien 1979 beim Südwest Verlag eine Kassette in 4 Bänden nebst einem Registerband.

Ersch-Grubers Enzyklopädie

Das größte wissenschaftliche Unternehmen dieser Art im deutschen Sprachraum des 19. Jahrhunderts war die in der Kurzform als »Ersch-Gruber« bekanntgewordene, 1818 begründete *»Allgemeine Encyclopädie der Wissenschaften und Künste«*, von der bis 1889 nicht weniger als 167 Bände erschienen. Selbst Goethe, bekannt als Besitzer und Benutzer zahlreicher Lexika, besaß von diesem großen Lexikon seiner Zeit nur das ihm zugesandte Probeheft. Die Kosten dieses teuren Werkes überstiegen offenbar die Möglichkeiten des allerdings sparsamen Dichterfürsten. Der in ärmlichen Verhältnissen aufgewachsene Bibliograph Johannes Samuel Ersch (*23.6.1766 in Großglogau, †16.1.1828 in Halle) wurde

1806 Professor der Geographie und 1808 auch Oberbibliothekar in Halle an der Saale, wo es zur Begegnung mit dem ebenfalls aus beschränkten Verhältnissen stammenden Gelehrten Johann Gottfried Gruber (*29.11.1774 in Naumburg, †7.8.1851 in Halle) kam, der dort seit 1815 Professor war.
Im Jahre 1831 kaufte F.A. Brockhaus mit der Gleditsch'schen Verlagsbuchhandlung auch Ersch-Grubers Enzyklopädie auf, um sie weiterzuführen. Doch dieses Mammutunternehmen überstieg letztlich sogar die Möglichkeiten dieses Verlages und wurde 1890 eingestellt.

Espasa

Das mit 98 Bänden (1974) umfangreichste lexikalische Werk des 20. Jahrhunderts bescherte uns Spanien mit der nach dem Verleger (Espasa-Calpe) meist nur als »Espasa« zitierten »*Enciclopedia universal ilustrada Europeo-Americana*«, von der in den Jahren 1905–1930 nicht weniger als 70 Bände erschienen, denen 1931–1933 noch 10 Bände Anhang sowie seit 1934 jährlich Ergänzungsbände folgten.
9 Millionen Worte, 1 Million Literaturhinweise und 180 000 Abbildungen sind nur einige Superlative dieses wahrhaft gigantischen Werkes, in dessen Text auch noch ein Wörterbuch mit den Äquivalenten der spanischen Worte in den sieben Sprachen Deutsch, Englisch, Esperanto, Französisch, Italienisch, Katalanisch und Portugiesisch eingearbeitet ist. Der Band 21 ist allein dem Stichwort Spanien gewidmet und wird für sich alle zehn Jahre überarbeitet und neu herausgegeben.
Eine Miniatur-Ausgabe der großen »Espasa« ist die »*Espasa-Calpe: diccionario enciclopédico abreviado*« mit nur (!) 200 000 Stichwörtern, die in 2. Auflage 1945 in 6 Bänden, in 6. Auflage 1954/55 und in 7. Auflage 1957 in 7 Bänden erschien. 1978 erschien eine neue verkürzte Version der großen »Espasa« als »*Diccionario enciclopédico Espasa*« in 12 Bänden.

Everyman

Als »the lowest-priced major encyclopaedia in the English language« ist *»Everyman's Encyclopaedia«* ein seit langem immer wieder neu in Erscheinung tretendes Lexikon auf dem angloamerikanischen Markt. Bei J.M. Dent in London und bei E.P. Dutten & Co. in New York erschien es unter diesem Titel in 12 Bänden erstmals 1913/14, hatte jedoch schon seine Vorgeschichte.

Es handelte sich nämlich um eine völlig überarbeitete Neuausgabe der 1854 erschienenen *»English Cyclopaedia«*, nach dem Namen des Verlegers auch als *»Knight's Cyclopaedia«* bekannt. Eine andere Ausgabe war 1910 als *»Routledge's Everyman's Cyclopaedia«* erschienen.

Die Ausgabe von 1913/14 konnte sich durchsetzen und erfuhr stets in 12 Bänden 1931/32 eine 2. Auflage, 1950 eine 3. Auflage, 1958 eine 4. Auflage und erschien 1967 in 5. Auflage.

Mit völlig neuem Gesicht im Großformat und farbig bebildert als Gemeinschaftsprodukt von Dent & Sons in London mit Fabbri in Mailand startete *»Everyman's Encyclopaedia«* 1970 in Form der Partworks mit 180 wöchentlichen Lieferungen. Eine 6. Auflage des Werkes in 12 Bänden erschien 1978.

F

Fabbri
Der 1946 in Mailand gegründete Verlag Fratelli Fabbri Editori erwarb sich auch auf dem lexikalisch-enzyklopädischen Sektor einen Namen, besonders durch die Herausgabe von → Partworks, die 1958/59 mit »*Conoscere*« starteten und weltweite Verbreitung fanden, u. a. bei → »*Enzyklopädie 2000*«. 1971 erschien die »*Encyclopedia Universale Fabbri*« in 12 Bänden, die 1986 von der ebenfalls 12bändigen »*Nuova Enciclopedia Universale Fabbri*« ersetzt wurde, zu der es auch ergänzende Jahresbände gibt.

Fackelverlag
Der 1919 von Georg Bowitz sen. in Stuttgart gegründete Fackelverlag gehört durch die Aktivität seiner Versandbuchhandlung zu den größten Lexikon-Vertriebsunternehmen Europas. Schon von der 1936 erschienenen 8. Auflage von »Meyers Lexikon« konnte er (bis zum Mai 1941) 10 000 komplette Werke verkaufen und war damit mit Abstand die größte Vertriebsfirma für dieses Lexikon.
Nach den mit großer Zähigkeit überstandenen schwierigen Kriegs- und Nachkriegsjahren war es zunächst der »Kleine Brockhaus«, von dem die Firma – inzwischen von der nächsten Generation geleitet – in den Jahren 1949–1953 rund 30 000 Exemplare verkaufen konnte.
Der ständige Meinungsaus-

tausch mit dem Fackelverlag und die Gewißheit, daß dieser sich voll für das erste deutsche Großlexikon nach Kriegsende einsetzen würde, veranlaßten Dr. Hans Brockhaus maßgeblich, schon 1952 mit der Herausgabe der 12bändigen 16. Auflage des »Großen Brockhaus« zu beginnen. Als 1957 der letzte Band des Werkes erschien, konnte der Fackelverlag bereits 5000, drei Jahre später 10 000 Bezieher verzeichnen. Er stand damit abermals an der Spitze aller Vertriebsunternehmen, die sich für dieses berühmte Lexikon einsetzten.

Die Arbeit des Fackelverlages beschränkt sich aber nicht auf die großen vielbändigen Lexika. Daneben wurden auch zahlreiche andere und kleinere Nachschlagewerke, wie z. B. »Knaurs Lexikon« oder der »Große Duden«, in beachtlichen Stückzahlen an den Mann gebracht.

1966 erschien der erste Band der 20bändigen »Brockhaus Enzyklopädie« (17. Auflage), von der im Fackelverlag bis 1980 über 25 000 Exemplare verkauft wurden; von »Meyers Enzyklopädischem Lexikon«, dem mit 25 Bänden zur Zeit größten deutschen Lexikon, das 1971–1979 vom Bibliographischen Institut/Mannheim (→ Meyers Lexika) herausgebracht wurde, waren es bis zum gleichen Zeitpunkt über 11 000 Exemplare.

In Anerkennung dieser Vertriebsleistungen autorisierten sowohl der Verlag Brockhaus (für die → »Brockhaus Enzyklopädie«) als auch das Bibliographische Institut (für → »Meyers Enzyklopädisches Lexikon«) den Fackelverlag als einziges Vertriebsunternehmen zur Herausgabe einer in Ganzleder gebundenen Vorzugsausgabe, jeweils in einer einmaligen limitierten Auflage für die Freunde wertvoller Ausgaben.

Die erst vor einigen Jahren gegründete jüngste Tochter des Fackelverlages, die Stuttgarter Faksimile Edition, bemüht sich in besonderer Weise um Lexikonfreunde und Bibliophile: Sie gibt von ausgewählten alten Lexika originalgetreue Nachdrucke in Faksimile-Qualität heraus, so z. B. von → »*Hübners Lexicon*« (von 1759) und von der ersten Ausgabe von → »*Meyers Hand-Lexikon*«.

Field Enterprises
Dieses Stichwort steht für die frühere »Field Enterprises Educational Corporation«, kurz F.E.E.C. in Chicago, einen der größten Lexikonverlage der USA und der Welt überhaupt. Schenkt man entsprechenden Angaben Glauben, so war jedes dritte in der Welt verkaufte »reference book« eine Publikation der F.E.E.C., deren Verkäufe pro Jahr mit rund 20 Millionen Bänden oder 190 Millionen Dollar veranschlagt wurden. 1978 wurde die F.E.E.C. von der Scott & Fetzer Company aufgekauft und zur World Book-Childcraft International (= WBCI) umgewandelt. Zu den wichtigsten Objekten des Unternehmens gehört neben dem Kinder- und Jugendlexikon »*Childcraft*« die → »*World Book Encyclopedia*«.

Finnische Lexika
Die finnische Verlagsaktiengesellschaft *Otava* in Helsinki begann 1906 mit ihrer Tätigkeit auf dem Lexikonsektor und gründete im gleichen Jahr zusammen mit dem zweiten großen finnischen Verlag, Werner Söderström Oy, zwecks Herausgabe des ersten finnischen Lexikons die Tietosanakirja Osakeyhtiö. Dieses Unternehmen hielt man zuerst für wirtschaftlich unsicher, denn die Absatzerwartung des geplanten 10bändigen Lexikons wurde auf höchstens 4000 Serien geschätzt. Doch es kam anders, denn von dem in den Jahren 1908–1919 erschienenen Nachschlagewerk »*Tietosanakirja*« wurden 16 000 Serien verkauft. Später, im Jahre 1922, erschien noch ein Ergänzungsband.
Der 1. Weltkrieg brachte dann die politische Weltkarte derartig durcheinander sowie neue Personen und Begriffe an die Öffentlichkeit, daß im nunmehr souveränen Finnland die Herausgabe eines neuen Lexikons als unbedingt notwendig erschien. Die Tietosanakirja Oy wurde 1924 aufgelöst, und die Lexikonabteilung ging an Otava über.

So wurde Otava der Verleger des 1925–1928 erschienenen 4bändigen *»Pieni Tietosanakirja«* (»Kleines Lexikon«). Diese Auflage erreichte schließlich 42 000 Exemplare und gab Otava eine gute Grundlage zur Herausgabe weiterer Nachschlagewerke.

Das Lexikon der 30er Jahre war *»Iso Tietosanakirja«* (»Das Große Lexikon«). Von diesem Werk wurden 21 000 Serien gedruckt, sowie 1957 und 1958 zwei Ergänzungsbände. 1959–1965 erschien eine 2. Auflage in 10 Bänden. Nach dem 2. Weltkrieg erschien vom »Pieni Tietosanakirja« 1949–1953 noch eine 2. Auflage, von der insgesamt über 100 000 Serien verkauft wurden.

Otava gab auch zwei einbändige Werke heraus: 1940 *»Jokamiehen Tietosanakirja«* (»Jedermanns Lexikon«) und 1950 *»Otavan Yksiosainen Tietosanakirja«* (»Otavas Einbändiges Lexikon«). In den Jahren 1963–1965 erschien auch eine finnische Version des schwedischen → *»Focus«*-Lexikons in 5 Bänden.

In den 60er Jahren kamen wieder die großen Lexika an die Reihe. Das 10-bändige *»Otavan Iso Tietosanakirja«* erschien 1960–1965 in seiner 2. Auflage und erzielte einen sehr guten Verkaufserfolg (70 000 Serien).

Ein neues Jahrzehnt bedeutet oft auch das Erscheinen neuer Lexika. So erschien bei Otava in den Jahren 1971–1975 *»Otavan Iso Fokus«* in 8 Bänden. Ihm folgte die in Kooperation mit Larousse entstandene *»Otavan Suuri Ensyklopedia«* in 12 und 24 Bänden. Daneben wird (1980, 3. Auflage 1983) bei Weilin + Göös *»Kodin Suuri Tietosanakirja«* in 15 Bänden angeboten.

Fischer-Lexika

Nachdem der Siegeszug des Taschenbuchs nach dem 2. Weltkrieg nicht mehr aufzuhalten war, war es nur eine Frage der Zeit, wann dieser Buchtyp auch systematisch an die Aufgabe gehen würde, Bildung und Wissen in dieser Form zu vermitteln. Den Anfang machte 1955 *»Rowohlts deutsche Enzyklopädie«* mit ihrem ersten Band.

Vorher schon gab es die *»Bü-*

cher des Wissens« innerhalb der Fischer-Bücherei des S. Fischer-Verlages. Schon lange hatte Gottfried Bermann Fischer den verlegerischen Wunschtraum, eine Enzyklopädie in Taschenbuchform zu schaffen, bei der jeder Band ein Wissensgebiet umfassen, der Käufer aber nicht genötigt sein sollte, wie beim Konversationslexikon alle vorhergehenden Bände zu erwerben.

Als sich die Fischer-Bücherei 1954 finanziell ausreichend günstig entwickelt hatte, konnte man an die Verwirklichung dieses Planes gehen. Als Herausgeber war kein anderer als Dr. Richard Friedenthal, der Schöpfer des Knaurschen Lexikons, auserkoren. Er konnte den Plan aber nur anlaufen lassen, da er schwer erkrankte. Ihm folgte im Mai 1956 Ivo Frenzel als Leiter der Redaktion für das Fischer-Lexikon und konnte das Projekt so vorantreiben, daß im April 1957 die beiden ersten Bände erschienen.

Diese nicht eigentlich lexikalische, sondern mehr thematisch-enzyklopädische Arbeitsrichtung des S. Fischer-Verlages berührt die Geschichte der allgemeinen Lexika zwar nur am Rande, gehört aber dennoch in diesen Rahmen, denn Fischer ließ es damit nicht bewenden. 1969 übernahm der Verlag von Droemer das vierbändige Werk *»Der Große Knaur«* und veranstaltete eine Neuausgabe unter dem Titel *»S. Fischer Lexikon«*. Auf der Basis des »Neuen Knaur« in 10 bzw. 20 Bänden (→ *Knaurs Lexikon*) startete im Herbst 1976 in Taschenbuchform *»Das Große Fischer-Lexikon in Farbe«* in 20 Bänden, dem im Herbst 1979 in nun 10 Bänden *»Das neue Fischer-Lexikon in Farbe«* folgte, das zuletzt 1981 erschien.

Focus

Den Brennpunkt von Linsen oder Linsensystemen bezeichnet man als Fokus. Diese Bedeutung als Brennpunkt hatte man auch im Auge, als in Schweden der Gedanke an eine international aufgezogene Lexikonarbeit aufgegriffen wurde. Als geistiger Vater dieses von vornherein auf Koproduktion angelegten Nachschlagewerkes muß der schwedische Enzyklopädist Sven Lidman genannt werden; die verlegerische Verwirklichung bot ihm der Stockholmer Verlag Almquist & Wiksell.

Die wesentlichsten Kennzeichen dieses Werkes waren die für eine Verwendung in mehreren Ländern konzipierten und auf eine hohe visuelle wie auch pädagogische Attraktivität hin angelegten Bildtafeln neuen Typs.

Die in den Jahren 1958–1960 erschienene 1. Auflage des *»Focus upplagsbok«* mit 100 000 Stichwörtern und 10 000 Abbildungen in 5 Bänden wurde rasch ein Erfolg in Schweden. Innerhalb von zehn Jahren konnten allein von der schwedischen Originalausgabe 25 000 Exemplare verkauft werden. Inzwischen ist das Werk in nationalen Ableitungen nicht nur in den nordischen Ländern, sondern auch in den Niederlanden, Frankreich, Spanien und Portugal herausgekommen und hat in seiner stets mit dem Begriff Focus verbundenen internationalen Auflage die Zahl von 1/2 Million Exemplaren längst weit überschritten. In Deutschland fanden die Focus-Bildtafeln Eingang in das 1959–1961 erschienene Bildungs-Lexikon *»Das Wissen des 20. Jahrhunderts«* in 6 Bänden, dessen redaktionelle Betreuung in Händen des Bertelsmann Lexikon Verlages lag.

Eine 2. Auflage des schwedischen *»Focus«*-Werks erschien 1970/71, die einschließlich Indexband nun 6 Bände umfaßt.

Sven Lidman hatte inzwischen (1963) »Focus« verlassen und schuf in Zusammenarbeit mit dem Förlagshuset Norden/Malmö das 1969/70 vollendete Lexikon *»Combi Visuell«* in 5 Bänden (spanische Ausgabe bei → Danae).

In Fortentwicklung seiner mit Begriffen wie *»Lexivision«* und *»lexivisuell«* verbundenen Idee von einer idealen Bild-Text-Kombination durch Visualisierung des Wissensstoffes schuf Lidman als drittes Werk in Zusammenarbeit mit Tammi/Helsinki, Bonniers/Stockholm und Mondadori/Verona die alternativ auf 6–15 Bände angelegte Enzyklopädie *»Media«*, die in den Jahren 1978–1983 erschien.

»Frankfurter Enzyklopädie«
Hinter diesem meist mit dem Zusatz »sogenannte« versehenen Titelschlagwort verbirgt sich das Werk *»Deutsche Enzyklopädie* oder allgemeines Real-Wörterbuch aller Künste und Wissenschaften«, von dem in den Jahren 1778–1804 in Frankfurt a. M. 23 Bände (A-Ky) erschienen (1807 folgte noch ein Tafelband). Als Herausgeber zeichneten Heinrich Martin Gottfried Köster und ab Band 18 Johann Friedrich Roos.
Wenn es auch unvollendet blieb, so war dieses heute fast vergessene Werk zu seiner Zeit trotz der Unvollständigkeit sehr beliebt. Eigentlich sollte es *»Gießener Enzyklopädie«* heißen, denn die Mitarbeiter waren vorwiegend Gelehrte aus bzw. in Gießen, doch hat sich nach dem Sitz des Verlages (Varrentrapp Sohn & Wenner) in Frankfurt a. M. letztlich doch die obengenannte Bezeichnung eingebürgert. Die »Frankfurter Enzyklopädie« kann übrigens für sich in Anspruch nehmen, das erste deutsche Nachschlagewerk gewesen zu sein, das die französische Bezeichnung Enzyklopädie übernommen hat.

Französische Lexika
Ohne Zweifel gehört Frankreich zu den tragenden Säulen in der Geschichte der abendländischen Lexikongeschichte, wobei den → *Enzyklopädisten* eine besondere Bedeutung zukommt. Ebenfalls über die Landesgrenzen hinaus von Ausstrahlung ist die Arbeit des Hauses → Larousse. Daneben sei auch auf die Werke des Verlages → Quillet und auf die → Pléiade-Enzyklopädie hingewiesen, ferner auf → Bordas, → Hachette, → Lidis, → Rombaldi und → Quid.
Die Bedeutung der Nachschlagewerke im französischen Buchhandel wird auch daraus ersichtlich, daß in den Jahren 1976, 1977 und 1978 nach einer Erhebung des

französischen Verlegerverbandes die Enzyklopädien einen Umsatzanteil von fast 21 % hatten und in der Rangliste der Buchgruppen nach der allgemeinen Literatur an 2. Stelle lagen.

Funk & Wagnalls
Dieser Doppelname ist aus der amerikanischen Lexikongeschichte nicht wegzudenken. Es begann damit, daß Funk & Wagnalls 1930 ein veraltetes Werk *(»New International Encyclopedia«)* aufkauften. Aus dieser Substanz wurde *»Funk & Wagnalls New Standard Encyclopedia of Universal Knowledge«* in 27 Bänden entwickelt, die 1931–1943 erschienen. Daraus wurden nach dem 2. Weltkrieg die 36 Bände der *»New Funk & Wagnalls Encyclopedia«* (1949 bis 1952), aus der sich die *»Universal Standard Encyclopedia«* (1954–1958) ableitete. Mit nochmals geändertem Titel erschien 1959 die *»Funk & Wagnalls Standard Reference Encyclopedia«* in 25 Bänden mit 30 000 Artikeln auf rund 9 700 Seiten. Die 1976/77 auf den neuesten Stand gebrachte *»Funk & Wagnalls New Encyclopedia«* in 27 Bänden wurde im Herbst 1979 in der Originalausgabe durch die Fa. Bücher-Büchner auch auf dem deutschen Markt angeboten.

G

Gallimard
→ Pléiade

Garzanti
Der erst 1938 unter diesem Namen in Mailand gegründete, aus der Firma Fratelli Treves hervorgegangene Verlag Garzanti Editore ist eines der jüngsten italienischen Verlagshäuser, zu dessen Verlagsprogramm auch Enzyklopädien u. a. Nachschlagewerke gehören.
1953 erschien die »*Enciclopedia scientifica e tecnica Garzanti*« in 2 Bänden, 1958 die »*PiccolaEnciclopediaGarzanti*« in 2 Bänden, 1966 die 5 Bände mit 90 000 Artikeln umfassende »*Enciclopedia* (alfabetica) *Garzanti*«.
1976–1986 erschien die »*Enciclopedia Europa*« in 12 Bänden, 1982 die »*Nuova Enciclopedia Universale*«.

»Gießener Enzyklopädie«
So lautete die ursprüngliche Bezeichnung für das Werk, das als → »*Frankfurter Enzyklopädie*« bekannt wurde.

Griechische Lexika
Auch das oft als Mutterland der abendländischen Kultur bezeichnete Griechenland hat eine eigene nationale lexikographische Tradition entwikkelt. Schon in den Jahren 1890 ff. erschien ein von Politis herausgegebenes Konversationslexikon in 6 Bänden, dem 1902 ein Ergänzungsband folgte.
Als umfangreichstes griechi-

sches Lexikon erschien 1926–1934 in Athen »*Megale Hellenike Enkyklopaideia*« in 24 Bänden. Eine 2. Ausgabe erschien 1956, nun um 6 Ergänzungsbände erweitert.

Daneben erschienen 1926–1932 in Athen die 12 Bände des von K. Eleutheroudake herausgegebenen »*Enkyklopaidikon Lexikon*«. Um 1965 erschien dieses Werk in einer ebenfalls 12 Bände umfassenden Neuausgabe unter dem Titel »*Eleutheroudake Synchronos Enkyklopaideia*«, wobei den unveränderten Bänden jeweils ein Nachtragsteil beigefügt wurde. 1957 begann das 1962 abgeschlossene »*Neoteron Enkyklopaidikon Lexikon*« in 18 Bänden zu erscheinen. 1974–1976 erschien die »*Pangosmia Synchroni Enkyklopaideia*« in 12 Bänden, in revidierter Neuauflage im Jahre 1984.

Grolier

Zu den »Großen Vier« unter den Lexikonverlagen der USA gehört das Haus Grolier. In New York erschien 1944 in 11 Bänden die »*Grolier Encyclopedia*«, eine Neuausgabe der 1931 veröffentlichten und 1941 durch die Grolier Society erworbenen »*Doubleday Encyclopedia*«, die ihrerseits eine Adaptation der in Großbritannien 1920–1923 herausgegebenen »*Harmsworth's Universal Encyclopedia*« war. Seit der Übernahme erlebte die »*Grolier Encyclopedia*« alljährlich revidierte Ausgaben, so 1952 als 8. Auflage in 10 Bänden und zuletzt 1963 unter dem Titel »*Unified Encyclopedia*«.

1963/64 gab Grolier die »*Encyclopedia International*« in 20 Bänden heraus (Neuausgabe 1971), 1965 als deren kondensierte Form die »*Grolier Universal Encyclopedia*« in 10 Bänden, 1966 »*The New Book of Knowledge*« in 20 Bänden (letzte Ausgabe 1971), eine völlige Neuausgabe des zuerst 1910 als Ableitung der englische »*Children's Encyclopedia*« von 1908 erschienenen älteren »*Book of Knowledge*«, 1968 eine 20bändige Neuausgabe der »*Grolier Universal Encyclopedia*«. 1976 erschien die »*Encyclopedia International Grolier*« in 20 Bänden.

Zum Programm von Grolier gehört auch *»The American People's Encyclopedia«* in 20 Bänden. Dieses Werk geht auf die Substanz der *»Nelsons's Encyclopedia«* von 1905 zurück, wurde unter dem heutigen Titel erstmals 1948 bei Spencer Press herausgegeben, vom Versandhaus Sears, Roebuck & Co. vertrieben, dann aber 1961 durch Grolier übernommen, zugleich mit dem 18bändigen Jugendlexikon *»Our Wonderful World«*, das 1955/57 ebenfalls bei Spencer Press erschienen war. 1980 kam die *»Grolier Academic Encyclopedia«* in 21 Bänden für den englischsprachigen Raum heraus, 1985 sodann als erstes Lexikon auf einem elektronischen Datenträger CD-ROM, und 1987 in italienischer Sprache die *»Enciclopedia Italiana Grolier«*.
Die heutige Grolier Educational Corporation betreut übrigens auch die Herausgabe der Encyclopedia → Americana und einiger → Kanadischer Lexika. 1988 wurde Grolier vom französischen Verlagskonzern → Hachette übernommen.

»Grunow«
Hinter diesem unter Bibliothekaren bekannten Begriff, dem Namen des Verlegers, verbirgt sich ein Nachschlagewerk, das bei Grunow in Leipzig in den Jahren 1885/86 erschien, und zwar die *»Deutsche Encyklopädie: ein neues Universallexikon für alle Gebiete des Wissens«* in 8 Bänden. Diesem Werk war offenbar kein nachhaltiger Erfolg beschieden. Als Redakteur der *»Deutschen Encyklopädie«* sammelte übrigens der spätere Schöpfer von → *»Dennert's Lexikon«* seine ersten lexikalischen Erfahrungen.

Gutenberg-Lexikon
→ Beckmann-Lexika, → Ungarische Lexika

Gyldendal
Der Name Gyldendal begegnet uns im Kreise der nordeuropäischen Verlage sowohl in Kopenhagen als auch in Oslo. Beide gehen zurück auf den 1770 von Sören Gyldendal in Kopenhagen als ältestes noch heute bestehendes Verlagshaus des ganzen nor-

dischen Raumes gegründeten dänischen Verlag, der 1903 mit Det Nordisk Forlag zum Gyldendalske Boghandel Nordisk Forlag zusammengelegt wurde. Der norwegische Gyldendal Norsk Forlag in Oslo, ursprünglich (seit 1907) eine Filiale des dänischen Mutterhauses, machte sich 1925 selbständig.

Beide Häuser sind nicht nur durch den Namen verwandt, sondern auch durch die Herausgabe lexikalischer Nachschlagewerke.

In Kopenhagen erschien 1931/32 die 1. Auflage von »*Gyldendals Leksikon*« in 4 Bänden. 1948 erschien »*Gyldendals Etbinds Leksikon*«, das teils auf dem erstgenannten, teils auf »*Norstedts Uppslagsbok*« von 1945 basierte.

Seine jüngste Ausgabe erlebte »*Gyldendals Leksikon*« in 10 Bänden, die innerhalb von nur 13 Monaten zwischen Sommer 1977 und Herbst 1978 erschienen und bereits in den ersten beiden Auflagen mit zusammen rund 61 000 Exemplaren einen beachtlichen Erfolg erzielten.

In Oslo erschien 1954 schon in 3. Auflage »*Gyldendals Nye Konversasjonsleksikon*«, dem 1960 eine 4bändige Ausgabe von »*Gyldendals store Konversasjonsleksikon*« folgte.

1975 gründete der Osloer Gyldendal-Verlag zur Konzentration der lexikalischen Aktivitäten zusammen mit → Aschehoug den gemeinsamen »*Kunnskapsforlaget*«, in dessen Werkstatt 1978–1981 ein neues großes norwegisches National-Lexikon entstand: »*Aschehoug og Gyldendal store norske Leksikon*« in 12 Bänden mit einem Supplement (1984).

H

Habbel's Lexikon
Als zeitgeschichtlich recht interessantes und aufschlußreiches Nachschlagewerk aus der Zeit des 1. Weltkrieges und der Nachkriegszeit sei auf das katholisch ausgerichtete *»Habbel's Konversations-Lexikon«* hingewiesen. Es erschien mit 5 Bänden bei Habbel in Regensburg zunächst in den Jahren 1912–1918, erlebte 1922–1928 noch eine Neuausgabe im gleichen Umfang und erschien 1933 ff. mit einer 4. Ausgabe.

Hachette
1919 in Frankreich als »Librairie Hachette« gegründet, ist dieser bedeutende Medienkonzern heute in 36 Ländern der Welt vertreten. Im Jahre 1988 konnte Hachette den amerikanischen Verlag →Grolier sowie den spanischen Verlag →Salvat erwerben und ist, zumal der Verlag →Quillet ebenfalls zum Konzern gehört, seither einer der größten Anbieter auf dem Gebiet Lexika und Enzyklopädien. In Frankreich erschien 1975–77 das Großobjekt *»Encyclopédie générale Hachette«* in 12 Bänden (dazu 1 Registerband), das in neuer erweiterter Ausgabe 1988 in 18 Bänden plus einem Weltatlas herauskam. 1980 erschien das einbändige *»Dictionnaire encyclopédique Hachette«*.

Hallesche Enzyklopädie,
Bezeichnung für →Ersch-Grubers Enzyklopädie

Harmsworth's Encyclopaedia
→ Grolier, → Nelson

Herder-Lexika
Zu den traditionsreichen und über die deutschen Grenzen hinaus bekannten Lexikon-Verlagen gehört auch der im Jahre 1801 in Meersburg am Bodensee von *Bartholomä Herder* (*1774, †1839) gegründete Verlag Herder, der 1808 nach Freiburg i. Br. umzog, wo er bis heute seinen Sitz hat. *Benjamin Herder* (*1818, †1888), der mit 21 Jahren das Erbe des Vaters hatte übernehmen müssen, erkannte bald auch die Bedeutung lexikalischer Werke.
Die lexikalische Tradition begann bereits 1843 mit einem *»Hand-Lexikon der Land- und Hauswirtschaft«*. Noch vorher war 1825–1827 die *»Systematische Bilder-Gallerie zur Allgemeinen deutschen Real-Encyclopädie«* erschienen, ein rund 4000 Abbildungen enthaltender stattlicher Folioband, der als eine Vorstufe zur heute selbstverständlichen Bebilderung der Lexika angesehen werden kann und bis 1839 nicht weniger als

Bartholomä Herder

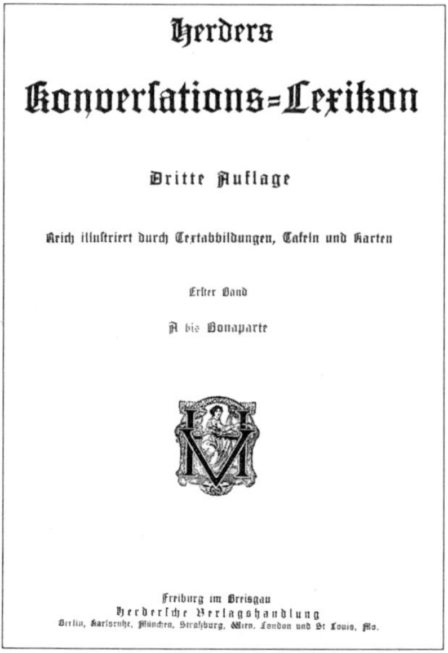

Herders

Konversations-Lexikon

Dritte Auflage

Reich illustriert durch Textabbildungen, Tafeln und Karten

Erster Band

A bis Bonaparte

Freiburg im Breisgau
Herdersche Verlagshandlung
Berlin, Karlsruhe, München, Straßburg, Wien, London und St Louis, Mo.

sechs Auflagen erlebte. Den Grundstein der bis in unsere Zeit fortwirkenden Großlexika bildete die von dem Schwaben *Johannes Bumüller* (*1811, †1890) redigierte, 1854 bis 1857 als katholisches Gegenstück zum »Brockhaus«, »Pierer« und »Meyer« geplante 1. Auflage von *»Herders Conversations-Lexikon«* in 5 Bänden, dem 1876–1879 eine völlig umgearbeitete 2. Auflage in 4 Bänden folgte. Nach dem Tode seines Vaters (1888) übernahm *Hermann Herder* (*1864, †1937) den Verlag und beschloß 1895 die Herausgabe eines mittelgroßen allgemeinen Lexikons für den katholischen Benutzer.

In den Jahren 1902–1907 erschien *»Herders Konversations-Lexikon«* in einer 3. Auflage, nunmehr auf 8 Bände erweitert, denen sich 1910 und 1921/22 noch zwei Ergänzungsbände anschlossen. Eine 4. Auflage, wiederum völlig neubearbeitet und mit neuartigen »Rahmenartikeln«, erschien unter dem Titel *»Der Große Herder«* in 12 Bänden und einem Atlasband unter zunehmenden politischen Schwierigkeiten in den Jahren 1931–1935. Schon vorher war 1925 *»Der Kleine Herder«* in 1 Band erschienen, der außer Strichzeichnungen erstmals auch Autotypien im Text enthielt.

Nach dem 2. Weltkrieg wurde die Tradition zunächst mit kleineren Lexika fortgesetzt. Zuerst 1948/49 in 2 Bänden, dann in 3 Bänden (1950/51) wurde *»Der Neue Herder«* herausgegeben und ausgehend von dieser Grundlage 1950 *»Herders Volkslexikon«* in 1 Band. *»Der Große Herder«* in seiner 5. Auflage folgte 1952–1956 in 10 Bänden mit zwei Ergänzungsbänden 1962. In den Jahren 1959–1961 erschien *»Herders Standard Lexikon farbig«* in 3 Bänden und setzte neue Akzente in der Ausstattung der Lexika, die auch in dem 1963 herausgegebenen *»Herders Volkslexikon farbig«* in 1 Band fortgesetzt wurden, das 1968 mit der 8. Auflage in 800 000 Exemplaren vorlag, 1972 in 11. Auflage erschien und dann auslief. 1975 überließ Herder die Rechte dem Lingen-Verlag, woraus über den Corvus-Verlag bei Eduscho ein *»Großes Universallexikon«* wurde.

1974 startete *»Herders Neues Volkslexikon«*, das 1976 seine 5. Auflage erreichte, 1978 in 6. Auflage erschien, 1979/80 bereits in 7./8. Auflage und 1983 in 10. Auflage. 1986 erschien eine Neuausgabe in größerem Format als *»Herders Neues Handlexikon«* (2. Auflage 1989).

Als letztes mehrbändiges Werk des Lexikographischen Instituts Herder kam, abgesehen von vielen Fachlexika, 1965–1968 *»Der neue Herder«* in 6 Bänden auf den Markt; es folgten 1968–73 noch 8 thematisch angelegte Bände *»Wissen im Überblick«*.

Nicht unerwähnt bleiben dürfen die Aktivitäten des Hauses Herder im ibero-amerikanischen Raum: 1925 wurde die Libreria Herder in Barcelona gegründet, 1943 ebenfalls in Barcelona Editorial Herder. In den 1950er Jahren ging Herder auch nach Südamerika und errichtete dort Niederlassungen: 1951 in Buenos Aires, 1952 in Santiago de Chile und São Paulo, 1953 in Bogotá.

Hoepli
Den aus dem schweizerischen Thurgau stammenden Ulrico Hoepli (*1847, †1935) führten seine Lehr- und Wanderjahre als Buchhändler über Zürich, Leipzig, Breslau, Wien und Triest schließlich nach Mailand, wo er 1871 eine Verlags-, Sortiments- und Antiquariatsbuchhandlung gründete, die sich unter seinem Namen zu einem der bedeutendsten italienischen Verlage entwickelte, der im Jahre 1942 ein 5000 Titel umfassendes Programm vorweisen konnte, ehe er 1942/43 durch die Bombardierungen zerstört wurde.
Zu den lexikalischen Frühwerken gehört die von G. Garollo herausgegebene »*Piccola Enciclopedia Hoepli*« in 4 Bänden, die 1913–1930 in 2. Auflage erschien.
In der Zeit des Neuaufbaus nach 1945 wurde auch ein großes Lexikon in Angriff genommen, die auf 6 Bände angelegte, seit 1955 erschienene und inzwischen (1976) auf 14 Bände angewachsene »*Enciclopedia Hoepli*«.

Hoffmanns »Universal-Lexikon«
Zu den Vorläufern unserer Lexika gehört das »*Lexikon universale* historico-geographico-chronologico-poetico-philologicum« des Basler Professors für griechische Sprache und Geschichte Johann Jakob Hof(f)mann (*1635, †1706), das zuerst 1677 in 2 Bänden in Basel erschien (1683 folgten noch 3 Ergänzungsbände).
Eine wesentlich erweiterte zweite Ausgabe in 4 Bänden erschien 1698 in Leiden. Das in lateinischer Sprache abgefaßte Werk war ein historisch – biographisches Lexikon, das als Quellenwerk jedoch nur mit Vorsicht herangezogen

werden sollte, da aus älteren Werken Artikel einschließlich ihrer Fehler übernommen worden sind. Während andere Lexika aus dieser Zeit auch noch bis ins 18. Jahrhundert hinein neue Auflagen erlebten, erfuhr Hoffmanns Werk nach dem 17. Jahrhundert keine Neuausgabe mehr.

Als einziges großes Sachwörterbuch des Humanismus im deutschen Sprachgebiet hat es dennoch eine bleibende Bedeutung. Beachtenswert im Inhalt ist auch die geradezu als modern zu wertende Tatsache, daß das Werk ein Verzeichnis der Begriffe enthält, die zwar enthalten und erläutert sind, aber kein eigenes Stichwort haben.

Hübners Lexikon

Während Friedrich I. als erster König von Preußen regierte, erschien im Jahre 1704 ein einbändiges *»Reales Staats- und Zeitungs-Lexicon«* – um nur den Kurztitel des aus über 100 Wörtern bestehenden Haupttitels zu nennen. Als Herausgeber zeichnete der 36 Jahre alte und zu seiner Zeit auch über Deutschlands Grenzen hinaus als Schulschriftsteller bekannte Lehrer Johannes Hübner (*15.4.1668 in Türchau bei Zittau, †21.5.1731 in Hamburg), als Verleger Johann Gleditsch.

»Wird Gott noch ferner gute Zeiten geben, welches wir von seiner Bermherzigkeit hoffen, so sind die Herren Verleger entschlossen, noch einige dergleichen nutzbare und compendiöse Lexica zum Druck zu befördern«, hieß es im Vorwort dieses Werkes, das als Vorläufer unserer heutigen Lexika gilt und gelten darf.

Für den Erfolg des Hübnerschen Lexikons spricht auch seine erstaunliche Langlebigkeit.

Schon 1709 lag die 4. Auflage vor, erst 1825 erschien in Leipzig als letzte die 31. Auflage, nunmehr in 3 Bänden, »dem jetzigen Stande der Cultur angemessen« und mit dem Beititel »Ein vaterländisches Handwörterbuch« versehen.

In Goethes Weimarer Bibliothek stand übrigens der

Reales
Staats- und Zeitungs-
LEXICON
Worinnen sowohl
Die Religionen und Orden, die
Reiche und Staaten, Meere, Seen, Flüsse,
Städte, Vestungen, Schlösser, Häfen, Berge,
Vorgebürge, Pässe, Wälder und Unterschiede der Meilen,
die Linien teutscher hoher Häuser, die in verschiedenen Ländern
übliche Ritter-Orden, Reichs-Täge, Gerichte, Civil- und Militair-Chargen zu Wasser und Lande, Müntzen, Maß und Gewichte, die zu der
Kriegs-Bau-Kunst, Artillerie, Feld-Lägern, Schlacht-Ordnungen, Schiffahrten, Unterschied der Schiffe,
und derer darzu gehörigen Sachen
gebräuchliche Benennungen,
als auch
Andere in Zeitungen und täglicher Conversation aus allerhand Sprachen bestehende
Termini Artis, denen Gelehrten und Ungelehrten
zu sonderbarem Nutzen klar und deutlich
beschrieben werden,
Nebst einem zweyfachen Register
und
Vorrede
Herrn Johann Hübners,
Rectoris des Fürstl. Gymnasii zu Merseburg.

Verlegts Johann Friedrich Gleditsch, Buchhändl.
in Leipzig, Anno 1704.

Mit allergnädigsten Freyheiten.

Hübner in einer Ausgabe aus dem Jahre 1789.
Eine in Ganzleder gebundene originalgetreue Reproduktion der Ausgabe von 1759, der ersten, die auch eine Reihe von Bildtafeln enthielt, erschien 1980 bei der Stuttgarter Faksimile Edition, einer Sonderabteilung des →Fakkelverlages. Sie bietet mit ca. 25 000 Stichworten dem Geschichtsfreund die Möglichkeit, von A-Z nachzuschlagen, wie die Welt für die Menschen im 18. Jahrhundert aussah, welche Vorstellungen sie hatten, wie weit ihre Kenntnisse reichten, wie sie sprachen und dachten.
Besonders wertvoll ist Hübners Lexikon für jeden, der Urkunden und Bücher des 17. und 18. Jahrhunderts im Original lesen will, weil er viele Namen und Begriffe aus dieser Zeit in keinem Lexikon mehr findet.

I

Indische Lexika
Aus dem Gebiet des heute politisch geteilten Vorderindien sind drei ältere Werke aus der britischen Verwaltungszeit bekannt geworden. In den Jahren 1846–1848 erschienen in englischer Sprache die 9 Bände der »*Encyclopaedia bengalensis*«, 1885 die dreibändige »*Encyclopaedia of India* and of eastern and southern Asia« von E. Balfour, und in Kalkutta erschien 1915 ff. »*The Encyclopaedia Indica*«.
Unter den Gebildeten Indiens sind heute größtenteils die englischen Lexika und Enzyklopädien im Gebrauch. In der Staatssprache Hindi erschien 1960–1970 das 12bändige Werk »*Hindi viśvakoś*«.

Indonesische Lexika
Das politische Schicksal dieses Inselreiches spiegelt sich auch auf dem lexikalischen Sektor. So erlebte die ausgezeichnete »*Encyclopaedie van Nederlandsch-Indië*« (1917–1940 bei Nijhoff in Den Haag erschienen) nicht ihren geplanten Abschluß. In den Jahren 1954–1957 erschien in Bandung und Den Haag die »*Ensiklopedia Indonesia*« in 3 Bänden.

Israel
→ Jüdische Lexika

Italienische Lexika
Den Reigen der italienischen Lexika eröffnet wohl unbestritten → Coronelli. 1746 erschien der 1. Band der alpha-

betisch geordneten italienischen Enzyklopädie »*Nuovo Dizinario scientifico e curioso, sacro-profano*«, die 1751 mit 12 Bänden abschloß. Als Verfasser zeichnete Gianfrancesco Pivati, der Bibliothekar der Universität Bologna und Sekretär der dortigen Akademie. 1770–1780 gab F. B. de Felice als italienische Bearbeitung der Enzyklopädie von Diderot und d'Alembert die 48 Bände der »*Enciclopedia o dizinario universale delle cognizioni umane*« heraus.

Das Großlexikon des 19. Jahrhunderts war die 1. Auflage der 1841–1851 in 14 Bänden in Turin herausgegebenen »*Nuova Enciclopedia popolare*«, die 1875–1899 in ihrer 23 Bände umfassenden 6. Auflage erschien.

Überholt und abgelöst wurde dieses früher viel benutzte Werk durch die »*Enciclopedia italiana die scienze, lettere ed*

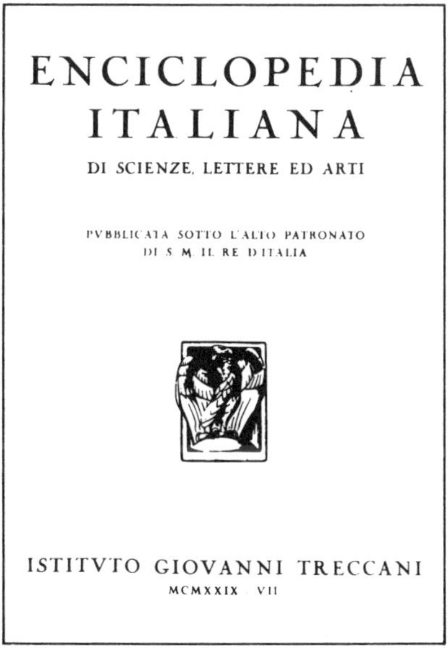
ENCICLOPEDIA
ITALIANA
DI SCIENZE, LETTERE ED ARTI
PVBBLICATA SOTTO L'ALTO PATRONATO
DI S. M. IL RE D'ITALIA
ISTITVTO GIOVANNI TRECCANI
MCMXXIX VII

arti«, das von Giovanni Treccani begründete italienische Großlexikon internationaler Wertschätzung – von den faschistisch gefärbten politischen Artikeln abgesehen –, dessen 35 Bände in den Jahren 1929–1936 erschienen (für die Jahre 1938–1978 folgten noch 7 Ergänzungsbände). Als kleineres Vorhaben des Verlages Treccani kam 1955–1961 das vom Istituto della Enciclopedia Italiana in Rom herausgegebene »*Dizionario enciclopedico italiano*« in 12 Bänden heraus, denen ein 13. Band folgte.

Ohne hier näher darauf eingehen zu können, sei doch erwähnt, daß in Italien Kinder- und Jugendlexika wahrscheinlich zahlreicher als in jedem anderen Land sind. In den Jahren 1948–1954 erschien die vom Vatikan publizierte »*Enciclopedia cattolica*« in 12 Bänden.

In Zusammenarbeit zwischen *Rizzoli* und Larousse entstanden die »*Enciclopedia Generale Illustrata*« in 5 Bänden und die »*Enciclopedia Universale*« in 15 Bänden.

Aus der Vielfalt lexikalischen Schaffens in Italien sei ferner hingewiesen auf die Werke von →Bompiani, →Curcio, →Fabbri, →Garzanti, →Hoepli, →Mondadori, →Motta, →Sansoni, →Sei, →Tumminelli und →Utet.

J

Jablonskis »Allgemeines Lexicon«
Zu seiner Zeit sehr beliebt und aus der Reihe der Vorläufer der späteren Konversationslexika nicht fortzudenken ist Jablonskis »*Allgemeines Lexikon der Künste und Wissenschaften*« in 2 Bänden, dessen 1. Auflage 1721 in Leipzig zum Preise von 2 Talern und 12 Groschen erschien. Eine verbesserte 2. Auflage folgte 1748, eine stark vermehrte 3. Auflage 1767 in Königsberg und Leipzig.
Johann Theodor Jablonski (*15. 12. 1654, †28. 4. 1731) wurde zunächst in Amsterdam von seinem Großvater, dem berühmten Pädagogen Johann Amos Comenius, erzogen, was seinen Sinn für die Gesamtschau des Wissens geweckt haben dürfte. Nach dem Studium in Königsberg und Frankfurt war er als Erzieher und Sekretär im Dienste des Adels tätig, so ab 1700 beim Kronprinzen Friedrich Wilhelm von Preußen, dem auch dieses Lexikon gewidmet ist.

Japanische Lexika
Auch im Land der aufgehenden Sonne gibt es eine nationale Lexikographie.
Schon 1617 erschien die japanische Enzyklopädie »*Wamiosho*« in 15 Bänden. In den Jahren 1908–1919 erschien in 10 Bänden die »*Encyclopaedia japonica*« (1934 Neuauflage unter dem Titel »*Shinshu hy-*

akka jiten. Nova encyclopaedia Sanseido«). Die große Enzyklopädie »*Dai-hyakka jiten*« kam 1931–1935 in 28 Bänden heraus (1939 folgte noch ein Ergänzungsband). Sogar 32 Bände umfaßte die 1955–1960 erschienene »*Sekai dai hyakka-jiten.*«. Der 1914 gegründete Verlag Heibonsha bot 1966/67 in einem Exportkatalog als Ergebnis 50jähriger Erfahrung eine »*National Encyclopedia*« in 8 Bänden (inzwischen Neuausgabe in 17 Bänden) und die Neuausgabe einer »*World Encyclopedia*« in 26 Bänden an (3. Auflage 1972 in 35 Bänden).
1969 wurde die Kooperation zwischen einer japanischen Rundfunkgesellschaft und der → Britannica begründet, deren Ergebnis 1975 die Herausgabe einer modernen japanischen Enzyklopädie war.
Bei Kodansha wird u. a. eine »*Children's Color Picture Encyclopedia*« in 10 Bänden und die »*Encyclopedia World Now*« (3 Bände, 1971/72) angeboten. Der gleiche Verlag brachte 1977 das umfangreiche und reich illustrierte Nachschlagewerk »*Grand universe Kodansha daihyakka-jiten*« in 28 Bänden heraus.
Der Gigant unter den japanischen Lexikonverlagen ist der 1946 gegründete Verlag Gakken, der 1979 nicht weniger als 12 verschiedene Lexika für alle Altersstufen anbot, als größtes Werk die »*Grand Gendai Encyclopedia*« in 21 Bänden.
Seit 1984 erscheint im Verlag Shogakukan die »*Encyclopedia Nipponica 2001*«.

Joy of Knowledge
→ Mitchell Beazley

Jüdische Lexika
Den ersten Versuch eines lexikalischen Nachschlagewerkes über das Judentum verdanken wir dem 1826 in Loslau/Oberschlesien geborenen und 1911 verstorbenen Lexikographen Jacob Hamburger. Der Landesrabbiner von Mecklenburg (seit 1859) gab nämlich die in den Jahren 1886–1900 in Leipzig erschienene »*Real-Enzyklopädie des Judentums*« in 7 Bänden heraus.
In russischer Sprache er-

schien die 1906–1913 u. a. von J. L. Kaz(e)nelson in St. Petersburg, dem späteren Leningrad, herausgegebene »*Jewrejskaja Enziklopedija*« in 16 Bänden.

In New York erschienen 1901–1906 die von I. Singer herausgegebene »*The Jewish Encyclopedia*« in 12 Bänden und 1910–1913 das von J. D. Eisenstein in hebräischer Sprache herausgegebene Werk »*Ozar Israel*« in 10 Bänden.

In deutscher Sprache und mit Berlin als Erscheinungsort folgen in der Chronologie 1927–1930 das 5bändige Werk »*Jüdisches Lexikon*«, herausgegeben von G. Herlitz und B. Kirschner, ferner die 1928–1934 nur von A-L erschienenen 10 Bände der auf 15 Bände geplanten, von J. Klatzkin und I. Elbogen herausgegebene »*Encyclopaedia Judaica*« (von der hebräischen Parallelausgabe unter dem Namen »Eschkol« erschienen nur die beiden ersten Bände), sowie das erstmals 1934, zuletzt 1937 in 4. Auflage erschienene berühmte »*Philo-Lexikon*« in einem Band, als dessen Herausgeber Emanuel bin Gorion, Hans Oppenheimer u. a. zeichneten. In London kam 1938 Vallentines einbändige »*Jewish Encyclopaedia*« heraus, für die Albert M. Hyamson und A. M. Silbermann verantwortlich zeichneten.

Als nächste größere Werke erschienen 1940–1944 in New York »*The Universal Jewish Encyclopaedia*« in 10 Bänden und 1948–1951 in Mexiko in spanischer Sprache die »*Enciclopaedia Judaica Castellene*« in 10 Bänden.

Mit der Gründung des Staates Israel (1948) war ein neuer Ansatzpunkt für die Schaffung von Nachschlagewerken über das Judentum gefunden. In Jerusalem entstand 1949–1971 die »*Encyclopaedia Hebraica*« in zunächst 22 Bänden, aus denen (bis 1980) 32 Bände wurden; in Tel Aviv erschien 1950–1961 die »*Enziklopedija Jisreel*« in 16 Bänden.

Große Verbreitung fand die 1959 in New York erschienene englischsprachige »*Standard Jewish Encyclopedia*« in 1 Band, als deren Herausgeber C. Roth zeichnete.

1962, 1966, 1970 erlebte dieses Werk Neuausgaben und 1977 als »*The New Standard Jewish Encyclopedia*« eine völlig überarbeitete 5. Edition bei Massada Press in Jerusalem. Viel beachtet wurde das ebenfalls einbändige »*Lexikon des Judentums*«, mit dem 1967, rund 30 Jahre nach dem »Philo-Lexikon«, bei Bertelsmann wieder ein solches Nachschlagewerk in deutscher Sprache geschaffen wurde. Es knüpfte auch sonst an diesen Vorgänger an, denn wieder waren John F. (Hans) Oppenheimer und Emanuel bin Gorion die Herausgeber, zu denen E. G. Lowenthal u. a. neu hinzutraten.
1966 wurde in Jerusalem mit einer Neuausgabe der »*Encyclopaedia Judaica*« (von 1928–1934) in englischer Sprache begonnen. Das auf 16 Bände angelegte Werk lag 1972 komplett vor und umfaßt über 11 000 Seiten mit 25 000 Artikeln, deren reicher Inhalt über ein 250 000 Begriffe zählendes Register erschlossen werden kann. Über 2500 Mitarbeiter zeichnen für die Qualität der Texte verantwortlich.

Jugoslawische Lexika
Im Gebiet der heutigen Sozialistischen Föderativen Republik Jugoslawien sind eine Reihe nationaler Enzyklopädien und Lexika erschienen, wobei sich in diesem Vielvölkerstaat besondere Probleme ergeben.
So gab es von der 1925–1929 in Zagreb von St. Stanojevic herausgegebenen »*Narodna Enciclopedija srpskochrvatsko-slovenacka*« in 4 bzw. 5 Bänden je eine Ausgabe in kyrillischer und lateinischer Schrift. 1929–1933 erschien in Ljubljana das slowenische Lexikon »*Poucni slovar*« von J. Glonar. Von der 1941 begonnenen großen »*Encyclopaedia Croatica*« konnten durch die Auswirkungen des 2. Weltkrieges bis 1945 nur 5 Bände (A-Elektrika) erscheinen.
Erst Mitte der 50er Jahre war ein Neubeginn nationaler lexikographischer Arbeit möglich. 1954 begann in Zagreb, dem Sitz des Lexikographischen Instituts der Jugoslawischen Akademie der Wissenschaften und Künste, die auf 6 Bände angelegte »*Opca En-*

ciclopedija« ihr Erscheinen, 1955 ebenfalls in Zagreb in 8 Bänden die speziell auf Geschichte und Landeskunde ausgerichtete »*Velika Enciklopedija Jugoslavije*«, von der bis 1971 alle Bände erschienen. In Belgrad begann 1958 die »*Vojna Enciklopedija*« ihr Erscheinen. In 2. Ausgabe erschien 1966–1969 die »*Enciklopedija Leksikograjskog Zavoda*« in 6 Bänden und 1974 im Lexikographischen Verlag Zagreb das »*Leksikon Jugoslavenskog leksikografskog Zavoda*«, dem 1987 die »*Opca Enciklopedija*« folgte.

K

Kanadische Lexika
Ähnlich wie in Australien sind auch in Kanada neben den verbreiteten großen angloamerikanischen Lexika noch Nachschlagewerke mehr nationalen Charakters entwickelt worden. Schon 1935–1938 erschien in Toronto die von W. St. Wallace herausgegebene »*Encyclopedia of Canada*« in 6 Bänden (1948 als Reprint-Ausgabe). Auf 10 Bände angelegt ist die von Grolier publizierte »*Encyclopedia Canadiana*«, die 1957/58 in Ottawa erschien (9. Auflage 1970).
1958 erschien auch eine Neuausgabe der 1947 erstmals publizierten franco-kanadischen »*Encyclopédie Grolier*« (10 Bände) in Montreal. In den 50er und 60er Jahren erschienen ferner »*Larousse canadien-complet*« (2 Bände), die »*Encyclopédie du Canada français*« (6 Bände) sowie »*Quillet-Grolier*« in 16 Bänden.

Kiepen-Lexikon
Kiepenheuer & Witsch in Köln brachte 1958 das »*Kiepen-Lexikon des Wissens und der Bildung*« mit 50 000 Stichwörtern in 2 Bänden auf den Markt. Eine Buchgemeinschaftsausgabe erschien ebenfalls 1958 unter dem Titel »*Lexikon der Büchergilde*«.
Die gleiche Substanz kam 1964 unter dem Titel »*Das große Nymphenburger Volkslexikon*« in 2 Bänden erneut auf den Markt. Eine weitere Metamorphose ließ

daraus 1966 »*Reader's Digest Universallexikon*« in 3 Bänden werden.

Kluwer
Das 1889 zunächst als Schulbuchverlag gegründete Unternehmen fusionierte 1987 mit dem Konzern Wolters und gehört mit → Elsevier und → VNU zu den »großen Drei« unter den holländischen Verlagen. Hier erscheinen neben den mit dem Namen → *Oosthoek* verbundenen Lexika das Werk »*SUMMA Encyclopedie en Woordenboek*« in 20 Bänden (jetzt nicht mehr im Handel) sowie als größtes Objekt die »*Grote Niederlandse Larousse Encyclopedie*« in 25 Bänden.

Knaurs Lexikon
Als 1931 noch mitten in der Weltwirtschaftskrise die Droemersche Verlagsanstalt das einbändige »*Knaurs Konversations-Lexikon*« mit 30 000 Stichwörtern für 2,85 Reichsmark herausbrachte, war das eine Sensation.
Geistiger Vater und Schöpfer dieses Werkes war der Schriftsteller Richard Friedenthal (*1896, †1979), der sich damit schon ein Denkmal gesetzt hatte, bevor er mit seinen biographischen Werken über Goethe, Luther und Marx bekannt wurde.
Über alle Wirren der seitdem vergangenen 40 Jahre hinweg konnte sich dieses Lexikon nicht nur retten, sondern zu einem echten Longseller entwickeln. Nach dem 2. Weltkrieg war »*Knaurs Lexikon*« schon 1949 wieder in einer Neuauflage da, 1956 erschien eine völlig neu bearbeitete Ausgabe für nun 11,80 DM, und 1972 konnte Droemer für diesen Titel eine Gesamtauflage von 6 Mill. Exemplaren melden. Neben die leinengebundene Ausgabe stellte Droemer 1966 noch eine Taschenbuchausgabe *(»Knaurs Lexikon a-z«),* und bis 1979/80 erreichte dieser »kleine Knaur« eine Gesamtauflage von rund 7 Mill. Exemplaren.
Im Jahre 1966 betrat das Haus Droemer auch mit einem größeren Werk den Lexikonmarkt. Nach längerer Vorbereitung durch das damalige Redaktionsbüro Dr.

Störig, aus dem inzwischen ein »Lexikographisches Institut« geworden ist, war *»Der Große Knaur«* in 4 Bänden entstanden, dessen 1. Band im Oktober 1966 und dessen 4. Band im Frühjahr 1968 erschien.
Dieser »große Knaur« erlebte dann noch verschiedene Buchclubausgaben, so im Europäischen Buchklub und als *»Donauland-Lexikon«* bei der österreichischen Buchgemeinschaft Donauland, doch 1969 gab Droemer die Originalausgabe an den S. Fischer Verlag, der eine ebenfalls vierbändige Ausgabe als → *»Fischer Lexikon«* herausbrachte.
Bei Droemer erschien dann 1974/75 *»Der Neue Knaur«*in 10 Bänden, der 1975/76 als Lizenzausgabe in nun 20 Bänden auch den Mitgliedern beim Deutschen Bücherbund und der Büchergilde Gutenberg angeboten wurde. 1984 erschien er hier als überarbeitete Neuauflage wieder unter dem Namen »Der Große Knaur«. Auf der Textsubstanz des »Neuen Knaur« entstand auch ein neues → *»Fischer-Lexikon«* in zwei Ausgaben.
1981–84 wurde als Nachfolgewerk für den Deutschen Bücherbund und die Büchergilde Gutenberg *»Der Große Knaur«* in 20 Bänden erstellt.

Knight's Cyclopaedia
→ Everyman

Krünitzens Enzyklopädie
Diesen Kurztitel eines zur Goethezeit sehr angesehenen und beliebten Lexikons nannte Schiller in seinem Briefwechsel mit Goethe als nützliche Quelle für die Arbeit am »Lied von der Glocke«. Gemeint ist die *»Ökonomisch-technologische Encyclopädie«*, die in den Jahren 1773 bis 1858 erschien und es auf nicht weniger als 242 Bände brachte. Herausgeber der ersten 75 Bände war der Arzt Johann Georg Krünitz (*28.3.1728, †20.12. 1796), der zunächst als Dozent in Frankfurt/Oder, später als Schriftsteller in Berlin tätig war, »bis er beim Stichwort Leiche im Band 73 selbst zur Leiche wurde«, wie es in biographischen Berichten

einmal ausgedrückt wurde. Das Werk ist noch heute eine fast unausschöpfbare Quelle.

Kunnskapsforlaget
→ Aschehoug, → Gyldendal

Kürschner
Mit diesem Namen verbinden sich vor allem anderen Literatur- und Gelehrtenkalender. Der Schriftsteller Joseph Kürschner (*1853, †1902) war aber nicht nur Begründer jener Sammelwerke, sondern auch auf lexikalischem Gebiet tätig. Er hatte → Pierers »*Universal-Lexikon*« übernommen und 1888–1893 dessen 7. Auflage in 12 Bänden herausgegeben. Das sehr beliebte Werk erlebte noch 1926 als »*Kürschners Universal-Konversationslexikon*« eine 7. Auflage. Das schon früher davon abgeleitete »*Kürschners Taschen-Konversations-Lexikon*« wurde 1891 zur Substanzbasis eines der ersten norwegischen Lexika.

L

Labor
→ Spanische Lexika

Laffont
→ Quid

Larousse
Der seltene Fall, daß einem Verleger eine Briefmarke gewidmet wurde, geschah am 11. Mai 1968 in Frankreich. Die im »Michel-Katalog« unter Nr. 1625 registrierte violett-braune Gedenkmarke zeigte das Porträt von Pierre

Larousse, dem Gründer eines der führenden französischen Lexikonverlage, und erschien aus Anlaß seines 150. Geburtstages.
Pierre Larousse (*23.10.1817 in Toucy/Yonne, †3.1.1875 in Paris), ein nach neuen Unterrichtsmitteln suchender Lehrer und pädagogischer Schriftsteller, veröffentlichte seit 1849 im Rahmen der »Bibliothèque classique« grammatische und literarische Werke und gründete 1852 zusammen mit Augustin Boyer (*1821, †1896) einen Verlag für Schulbücher und Klassikerausgaben. So sind die Wurzeln des Hauses Larousse weder im Druckereigewerbe noch im Bereich des Buchhandels zu suchen, son-

dern im pädagogischen Sektor. Dieser wesentliche Unterschied zu verwandten Verlagen hat der Arbeit dieses Hauses denn auch den Stempel aufgedrückt, denn pädagogisch untermauerte Belehrung und Unterrichtung waren und sind Ausgangspunkt und Ziel der lexikalischen Werke der Librairie Larousse in Paris, deren Name in Frankreich längst zu einem populären Gattungsbegriff für Lexika und Wörterbücher geworden ist.

Am Anfang stand das 1856 erschienene »*Nouveau Dictionnaire français*«. Große Volkstümlichkeit erreichte das 1866–1876 erschienene »*Grand Dictionnaire universel du XIXème siècle*« in 15 Bänden und 2 Supplementbänden (1878 und 1890). Das zwar noch wenig illustrierte, aber ungewöhnlich reichhaltige Material ist noch heute eine wahre Fundgrube und legt Zeugnis ab vom freiheitlichen und fortschrittlichen Denken des Firmengründers, der das Erscheinen des letzten Bandes nicht mehr erlebte.

1898–1904 folgte in 7 Bänden (1907 noch ein Ergänzungsband) als gekürzte und nunmehr reich illustrierte Ausgabe des zuvor genannten Werkes der von Jean Claude Augé (*1854, †1924) herausgegebene »*Nouveau Larousse illustré*«, mit dem der Verlag in das neue Jahrhundert hineinging. Erstmals 1905 (datiert 1906) wurde – ebenfalls unter Leitung von Jean Claude Augé – der »*Petit Larousse*«, ein enzyklopädisches Wörterbuch in einem Band, veröffentlicht, das seitdem regelmäßig alljährlich überarbeitete zahlreiche Neuauflagen erlebte. Mit über 35 Millionen Exemplaren während der Jahre 1906–1989 ist der »Petit Larousse« das meistverkaufte Nachschlagewerk dieser Art (allein in

Frankreich alljährlich 700 000 Exemplare). 1909 bis 1910 erschien der *»Larousse pour tous«* in 2 Bänden, 1922/23 der *»Larousse universel«* in 2 Bänden, 1928–1933 der *»Larousse du XXème siècle«* in 6 Bänden, dem 1953 noch ein Ergänzungsband folgte, und 1937/38 die *»Encyclopédie Larousse méthodique«* in 2 Bänden.

Den Neubeginn nach dem 2. Weltkrieg machte 1948–1949 der reich illustrierte *»Nouveau Larousse universel«* in 2 Bänden. 1955 folgte in 2 Bänden eine Neuausgabe der *»Encyclopédie Larousse méthodique«*. 1960–1964 erschien der *»Grand Larousse encyclopédique«* in 10 Bänden, mit seinen rund 450 000 Stichwörtern auf über 10 000 Seiten ein lexikalisches Mammutwerk, »einzigartig wie die Welt«, wie es in einem Werbeslogan hieß (1968 folgte noch ein Ergänzungsband). Als jüngste Werke legte der Verlag 1964–1966 den mit Recht viel beachteten und gelobten *»L 3«* (»Larousse trois volumes en couleurs«) vor, der in seiner methodischen und systematischen Anlage den Geist des Firmengründers in bester Weise dokumentiert, 1967–1968 folgte die *»Encyclopédie générale Larousse«* in 3 Bänden.

Den bisherigen Höhepunkt der Lexikonarbeit des Hauses Larousse aber bildet die durchgehend farbig illustrierte *»Grande Encyclopédie alphabétique«* in 20 Bänden, die im Oktober 1971 zu erscheinen begann und 1976 komplett vorlag (auch in einer Ausgabe in 60 Bänden). Der französische Buchclub »France Loisirs« bietet den 1977–1979 erschienenen kleinformatigen *»Larousse encyclopédique en couleurs«* in 22 Bänden an, seit 1987 in aktualisierter Neuauflage. 1982 begann das *»Grand Dictionnaire encyclopédique«* zu erscheinen, das 1985 mit 10 Bänden komplett vorlag.

Leipziger Lexikon

Geht man dem wie oben zitierten Werk nach, so enthüllt sich dieser Begriff als Schlagwort für das 1709 in 3 Bänden in Leipzig erschienene Werk »Allgemeines historisches Lexikon mit Johann Franz Buddeus' Vorrede«, das 1722 in einer 4bändigen Neuausgabe und 1730–1732 in einer 3. Auflage mit ebenfalls 4 Bänden erschien, der 1740 noch 2 Ergänzungsbände folgten.

Buddeus, ein evangelischer Philosoph und Theologe (*25. 6. 1667 in Anklam, †29. 11. 1729 in Gotha), war seit 1689 als Professor in Jena tätig. Das von ihm herausgegebene »Leipziger Lexikon« beruhte in wesentlichen Teilen auf den Werken von → Bayle und → Moréri und diente dann seinerseits als Grundlage für das sogenannte → *»Basler Lexikon«.*

Lexikon 2000
→ Enzyklopädie 2000

LEXIKOTHEK
Man kennt Apotheken, Bibliotheken, Diskotheken, Kartotheken, hört in neuerer Zeit auch von Arto-, Filmo-, Tele-, Video- u. a. -theken, doch was ist eine LEXIKOTHEK? Eine Sammlung oder Reihe von Lexika etwa?

Nein, weit mehr als das. Der Begriff selbst ist zunächst einmal ein beim Deutschen Patentamt in München eingetragenes Warenzeichen. Unter dem Begriff LEXIKOTHEK erschien bei Bertelsmann seit 1972 ein völlig neuartiges enzyklopädisches Informations- und Bildungssystem. Das Nachschlagewerk umfaßte 10 lexikalische Bände, 15 Themabände über die wichtigsten Wissensgebiete und den »Atlas International«. 1984–1985 erschien »DIE GROSSE BERTELSMANN LEXIKOTHEK« erweitert und durchgehend überarbeitet in 36 Bänden (15 Lexikonbände, 16 Themabände und 4 Phonobände *»Unser Jahrhundert in Wort, Bild und Ton«*). Den Käufern der Lexikonbände steht ein »Lexikothek-Auskunftsdienst« zur Verfügung.

Mit der Herausgabe der LEXIKOTHEK ging Bertelsmann von der Erkenntnis aus, daß das herkömmliche (Nur-)Lexikon für die Informations- und Bildungsansprüche unserer Gesellschaft nicht mehr ausreicht. Der Verkauf der LEXIKOTHEK erfolgt auf vielen Vertriebswegen, besonders aber im Direktvertrieb durch den »Bertelsmann LEXIKOTHEK Verlag für Bildungssysteme« (BLB) in Rheda-Wiedenbrück.

Lexivision
→ Focus

Lidis
Der 1955 gegründete Verlag Éditions Lidis betrat als weiterer »Neuling« nach dem 2. Weltkrieg neben → Bordas den französischen Lexikonmarkt, u. a. mit dem 1972/73 erschienenen Werk »*Dictionnaire Encyclopédique Lidis*« in 3 Bänden.

Lingen-Lexikon
→ dtv-Lexikon

Löbel-Frankes Lexikon
Der Leipziger Privatgelehrte Dr. Renatus Gotthelf *Löbel* (*1767, †1799) hatte sich daran gemacht, zusammen mit dem befreundeten Advokaten Christian Wilhelm *Franke*, ein auf vier Bände geplantes »*Conversationslexikon mit vorzüglicher Rücksicht auf die gegenwärtigen Zeiten*« herauszugeben, dessen »erster Teil« 1796 in Leipzig erschien. Doch war diesem Unternehmen kein Erfolg beschieden. Es fand keine Akzeptanz beim Publikum, und nach Vollendung des 3. Bandes (1799) starb Löbel. Allen Schwierigkeiten zum Trotz gab Franke jedoch nicht auf und führte das Vorhaben weiter. Im Jahre 1800 erschien bei dem Leipziger Verleger F. A. Leupold der 4. Band, erreichte aber nur den Buchstaben R und damit zugleich die finanzielle Pleite. Mehrfach wechselte dann das Werk den Verleger (1806 erschien noch ein 5. Band, während 1808 der 6. Band noch unvollendet war) und kam so schließlich an den Buchdrukker Friedrich Richter, den Verleger des »Leipziger Tageblatts«. Wie froh mag dieser gewesen sein, als sich während der Leipziger Messe 1808 ein aus Amsterdam herbeigereister Buchhändler für den Lagerbestand jenes erfolglosen Lexikons nicht nur interessierte, sondern ihm alles für 1800 Taler abkaufte. Und er sollte es nicht be-

reuen, jener Friedrich Arnold Brockhaus, denn er hat damit das Fundament des heutigen Verlages F. A. Brockhaus gelegt. Zunächst schloß Brockhaus einen Vertrag mit Franke, den 6. Band noch zum Abschluß zu bringen und auch das Manuskript für zwei Ergänzungsbände zu liefern, die schon 1809 und 1811 erschienen. Ebenfalls schon 1809 veranstaltete Brockhaus einen Neudruck der ersten Bände, die nun unter dem Titel ..., doch damit beginnt die Geschichte des Hauses → Brockhaus.

Lux-Lexikon
Als eines der ersten Lexika auf dem deutschen Buchmarkt nach dem 2. Weltkrieg erschien 1948/49 das vom Verlag Sebastian Lux in Murnau bei München herausgegebene »*Lux-Volkslexikon*«, ein kleinformatiger Einbänder mit immerhin 33 000 Stichwörtern. Grundlage der Substanz war das 1947 in Wien erschienene »*Universum-Taschenlexikon*«, dessen Rechte an den Lux-Verlag übergegangen waren. Das gelungene Werk erfreute sich einer großen Nachfrage und erschien 1952 in 4. Auflage, 1955 in 10. Auflage und 1962 unter dem Titel »*Lux Neues Volkslexikon*« in 15. Auflage, womit eine Gesamtauflage von 315 000 Exemplaren erreicht wurde. In Wirklichkeit erreichte das Lux-Lexikon eine wesentlich größere Verbreitung, weil es in einer Reihe von Tageszeitungen in Fortsetzungen zum Abdruck kam und in besonderen Heften gesammelt werden konnte. Nachdem der Lux-Verlag 1964 seine Tätigkeit eingestellt hatte, fand das Werk einen neuen Besitzer und erschien 1968 in 16. Auflage (Gesamtauflage damit 390 000 Exemplare) als »*Neues Volkslexikon*« im Fakkelverlag Stuttgart.

M

Manz'sche Enzyklopädie
Unter diesem Kurztitel besser bekannt und meist zitiert wird das Werk »*Allgemeine Realencyklopädie oder Conversations-Lexikon für das katholische Deutschland*«, das in den Jahren 1846–1850 in Regensburg erschien und 10 Bände (dazu 2 Supplement-Bände) umfaßte. Die Zielsetzung war ähnlich wie später bei den → Herder-Lexika, es wurden besonders Gebiete wie Kirchen-, Kultur-, Kunst- und Sittengeschichte gepflegt, doch konnte sich das Werk auf die Dauer nicht halten. Es erschien 1865–1873 in der 3. Auflage, und zuletzt kam es 1880–1890 in einer 4. Auflage heraus.

Marin
→ Durvan

Media-Encyclopedia
→ Focus

Mentor
→ Dänische Lexika

Merit Encyclopedia
→ Crowell-Collier

Meyers Lexika
Joseph Meyers Leitidee, die Massen durch Bildung zu befreien, mußte das → Bibliographische Institut fast zwangsläufig auch zur Lexikonarbeit bringen. Wie sah damals die Marktsituation aus? Seit 1808 gab es das Brockhaus'sche Konversationslexikon, 1818 war die

von →Ersch und Gruber herausgegebene »Hallesche Enzyklopädie« erschienen und 1824–1836 »Pierers Enzyklopädisches Wörterbuch« in 26 Bänden. Doch Meyer fand eine Marktlücke, denn Brockhaus wandte sich seiner Meinung nach nur an die ohnehin schon gebildete Gesellschaft, die Hallesche Enzyklopädie erschien ihm zu teuer für den Privatmann, Pierers Werk zu unpraktisch.

Mit einem besonderen »Reglement für die Herren Mitarbeiter am *Großen Meyerschen Conversations-Lexicon*« sollte ein Werk enstehen, das alle Vorzüge der Vorgänger aufgreifen, zugleich aber deren Mängel vermeiden sollte. Nach 5jähriger Vorbereitung erschien am 25.8.1839 die erste Lieferung des 1. Bandes eines Konversationslexikons, dessen Umfang auf 21 Bände geplant war, die doppelt so viele Stichwörter wie Pierer und 30mal so viele wie Brockhaus enthalten und innerhalb von 4 Jahren in 252 Lieferungen zu je 7 1/2 Silbergroschen erscheinen sollten. Wer das Problem der Terminplanung bei der Lexikon-Arbeit kennengelernt hat, nimmt mit Schmunzeln zur Kenntnis, was aus dem Plan wurde: Erst 1852 erschien die letzte Lieferung des auf 46 Bände angewachsenen Werkes, dem 1853–1855 noch 6 Supplement-Bände folgten. Das nunmehr 52 Bände mit rund 1 000 Lieferungen umfassende Gesamtwerk wurde übrigens 1858/59 (Joseph Meyer war 1856 im 61. Lebensjahr gestorben) unverändert nochmals nachgedruckt.

Mit diesem Riesenwerk – oft als »Wundermeyer« bezeichnet – war das Fundament für das Bibliographische Institut als einen der großen europäischen Lexikon-Verlage gelegt. 120 Schriftsteller in vier Redaktionen teilten sich mit Joseph Meyer die Urheberschaft und erhielten zusammen 85 000 Gulden Honorar (mit zwei Gulden je Seite eine bescheidene Summe). Die Gesamtkosten werden mit mehr als 1 Million Gulden angegeben, davon 250 000 für Papier, 180 000 für Illustrationen, 120 000 für Druckko-

Joseph Meyer

sten, 50 000 für Satzkosten, 45 000 für Frachtkosten und 10 000 für die Korrektur. Immerhin aber belief sich die Zahl der Subskribenten z. B. im Revolutionsjahr 1848/49 auf nicht weniger als 70 000, ging aber später auch wieder erheblich zurück, besonders nach dem völligen Verbot des Werkes in Österreich.

Der Sohn Herrmann Julius Meyer erkannte die Neubearbeitung des Konversationslexikons als wichtigste Aufgabe, aber auch den Umfang als Mangel und beschloß eine Kürzung auf weniger als ein Drittel, nämlich 15 Bände, verbunden mit einer von den Erfahrungen des Vaters abgeleiteten besseren oder genaueren Disposition über Umfang und Termine. Auch der Inhalt erfuhr eine wesentliche und grundsätzliche Um- und Neugestaltung. Vater Josephs persönliche Note mußte dem Grundsatz des Sohnes weichen: »Eine Parteifarbe soll und wird unser Lexikon nicht tragen, es sei denn die der Wahrheit, der Aufklärung, der Bildung, des Fortschritts in Wissenschaft, Kunst und Leben.« Ein Gewinn an Objektivität und Sachlichkeit war die Folge.

Hatte Vater Joseph einen Leitfaden für geistreiche Konversation schaffen wollen, so sollte das Werk laut Sohn Herrmann »sagen, wie es eigentlich gewesen ist«. Dieses so entstehende Werk erschien daher bewußt auch nicht als 2. Auflage des Lexikons von 1839–1852, sondern als neues Werk unter dem Titel *»Neues Konversations-Lexikon für alle Stände«* in 15 Bänden in den nur 4 Jahren 1857 bis 1860. Schon 1861–1867 folgte eine ebenfalls 15 Bände umfassende 2. Auflage, in 40 000 gedruckten Exemplaren, für die sich schon bei Subskriptionsschluß 39 700 Abonnenten gefunden hatten.

In den Jahren 1874–1878 wurde eine 3. Auflage herausgegeben, die mit einem Ergänzungs- und Registerband sowie 5 Jahres-Supplementen auf insgesamt 21 Bände erweitert wurde. Die 15 Bände des Grundwerks wurden in einer Gesamtauflage von je 130 000 Exemplaren gedruckt.

Auch Herrmann Meyer hatte schon mit dem Hauptproblem der Lexikonverlage unserer Zeit, nämlich der Erfassung und lexikalischen Verarbeitung des laufend neu hinzukommenden Wissensstoffes, zu tun. Der Lösung dieser Aufgabe dienten die 1865–1871 in 7 Bänden erschienenen *»Ergänzungsblätter zur Kenntnis der Gegenwart«*, die 1871 anschließenden 5 Bände *»Deutsche Warte, Umschau über das Leben und Schaffen der Gegenwart«* und schließlich die 1872/73 herausgegebenen zwei Jahrgänge *»Meyer's Deutsches Jahrbuch«*.

Parallel zu diesen aktualisierenden Objekten verfolgte Herrmann Meyer das Ziel, die inzwischen angesammelte lexikalische Substanz noch gesondert zu verwerten. Als auch für den kleinsten Geldbeutel erschwinglich wurde *»Meyers Hand-Lexikon des allgemeinen Wissens«*, der sogenannte *»Kleine Meyer«*, geschaffen, der erstmals 1870–1872 erschien, 1878 in einer 2bändigen 2. Auflage und 1883 in der 3. Auflage. 1978 brachte die Stuttgarter Faksimile Edition von *»Meyers Hand-Lexikon«* der Jahre 1870/72 eine originalgetreue Reproduktion heraus.

Das Konversationslexikon blieb der Mittelpunkt der Verlagsarbeit. Nach siebenjähriger Vorbereitung erschien 1885–1890 die völlig überarbeitete 4. Auflage in 16 Bänden, die in 200 000 Exemplaren, d. h. 3,2 Mill. Bänden verkauft werden konnte. 1890 bis 1892 folgten noch ein Ergänzungs- und Registerband sowie zwei Jahressupplemente. Bereits 1893 begann das Erscheinen der ebenfalls neubearbeiteten und erweiterten 5. Auflage des Konversationslexikons in 17 Bänden, die bis 1897 in nur vier Jahren bewältigt werden konnte. Sie hatte einen Gesamtabsatz von 233 000 Lexika, d. h. rund 5 Mill. Bänden, von denen 185 000 (= 79 %) auf den Reisebuchhandel und 48 000 (= 21 %) auf den Sortimentsbuchhandel entfielen. 1898–1901 folgten wieder ein Ergänzungs- und Registerband sowie drei Jahressupplemente. 1902 begann unter dem Titel *»Meyers Großes Konversations-Lexikon«* die 6. Auflage ihr Erscheinen. Sie umfaßte 20 Bände, deren letzter 1908 herauskam. Anschließend erschien als Band 21 noch ein Ergänzungsband, dem wieder drei Jahressupplemente für 1909/10, 1910/11, 1911/12 (= Band 24) und 1916–1920 drei Kriegsnachträge folgten.

Parallel zum »Großen Meyer« blieb auch *»Meyers Handlexikon«* gefragt, von dem 1888 die 4. Auflage in 2 Bänden erschien und einen Absatz von 55 000 Exemplaren erreichte. 1892/93 folgte eine auf 3 Bände erweiterte 5. Auflage unter dem Titel *»Meyers Kleines Konversationslexikon«*, die in 70 000 Exemplaren verbreitet werden konnte. Schon 1898/99 konnte die erweiterte 6. Auflage erscheinen. Die Nachfrage nach handlichen Einbändern ließ 1893 das *»Hand-Lexikon«* in der ursprünglichen Form als 5. Auflage erscheinen.

Das große

Conversations-Lexicon

für die

gebildeten Stände.

In Verbindung mit

Staatsmännern, Gelehrten, Künstlern

und Technikern

herausgegeben

von

J. Meyer.

Dieser Encyclopädie des menschlichen Wissens

sind beigegeben:

die Bildnisse der bedeutendsten Menschen aller Zeiten, die Ansichten der merkwürdigsten Orte, die Pläne der größten Städte, einhundert Karten für alte und neue Erdbeschreibung, für Statistik, Geschichte und Religion rc., und viele tausend Abbildungen naturgeschichtlicher und gewerblicher Gegenstände.

Erster Band.

A – Alexandreum.

Hildburghausen,

Amsterdam, Paris und Philadelphia:

Druck und Verlag des Bibliographischen Instituts.

1840.

Die Notwendigkeit der Schaffung eines mittleren Lexikontyps führte zu der Überlegung, den sogenannten »*Kleinen Meyer*« auf 6 Bände zu erweitern. Der 1. Band kam 1907 als 7. Auflage von »*Meyers Kleinem Konversations-Lexikon*« auf den Markt; 1909 lag das Werk vollständig vor. 1914 folgte noch ein 7. Band mit Ergänzungen und Nachträgen. Der frühere »Kleine Meyer« fand eine neue Form in »*Meyers Handlexikon des allgemeinen Wissens*« in 2 Bänden.

Der 1. Weltkrieg brachte auch für die Lexikonarbeit dieses Hauses erst einmal eine Un-

Erscheinungsjahre und Titel von Meyers Lexika

1. Auflage	
1839–1853	»Das Große Conversations-Lexicon« (46 Bände)
1858–1859	Nachdruck: »Das Große Conversations-Lexikon (46 Bände)
1857–1860	reduzierte Neuausgabe: »Neues Konversations-Lexikon« (15 Bände)
2. Auflage	
1861–1867	»Neues Konversations-Lexikon« (15 Bände)
3. Auflage	
1874–1878	»Meyers Konversations-Lexikon« (15 Bände)
4. Auflage	
1885–1890	»Meyers Konversations-Lexikon« (16 Bände)
5. Auflage	
1893–1897	»Meyers Konversations-Lexikon« (17 Bände)
6. Auflage	
1902–1908	»Meyers Großes Konv.-Lexikon« (20 Bände)
7. Auflage	
1924–1930	»Meyers Lexikon« (12 Bände)
8. Auflage	
1936–1942	»Meyers Lexikon« (9 von 10 Bänden)
9. Auflage	
1971–1979	»Meyers Enzyklopädisches Lexikon« (25 Bände)
1980	als Sonder-Luxusausgabe des Fackelverlages in Ganzleder
10. Auflage	
1981–1986	»Meyers Großes Universallexikon« (15 Bände)

terbrechung. Eine schon für 1921/22 geplante Neuauflage des »Großen Meyer« ging in den wirtschaftlichen Wirren der beginnenden Inflation unter, nachdem die Herstellungskosten eines einzigen Lexikon-Bandes im Herbst

1922 bereits auf 50-60 Mill. Mark gestiegen waren. Lediglich ein überarbeitetes, nunmehr einbändiges »*Handlexikon*« konnte 1920 in 7. Auflage auf den Markt gebracht werden; schon 1921 folgte eine neubearbeitete 8. Auflage, von der rund 100 000 Exemplare abgesetzt wurden. Nach einer gewissen Festigung der wirtschaftlichen Verhältnisse konnte 1924 der 1. Band der 7. Auflage von »*Meyers Lexikon*« erscheinen, dem in halbjährlichem Abstand die nächsten Bände folgten, so 1926 der 4. Band und 1930 der für Ende 1929 geplante letzte (12.) Band. »*Meyers Kleines Lexikon*« in 3 Bänden kam 1936 noch in einem erweiterten Neudruck der 9. Auflage (1933/34) heraus.

Eine völlig neubearbeitete 8. Auflage von »*Meyers Lexikon*« begann 1936 ihr Erscheinen, war auf 10 Bände angelegt, konnte aber nicht mehr vervollständigt werden. Als letzter Band kam 1942 der 9. Band (Rakett-Soxhlet) heraus. Als Folgeerscheinung des 2. Weltkrieges verlegte das Bibliographische Institut (kurz BI) seinen Sitz 1953 nach Mannheim. In Leipzig verblieb als östlicher Namensträger der → »VEB Bibliographisches Institut/VEB Verlag Enzyklopädie«.

Im Westen begann das BI seine Lexikonarbeit zunächst mit den → *Duden-Lexika*, bis 1968 mit »*Meyers Großem Handlexikon*« in 10. völlig neu bearbeiteter Auflage die Tradition der Meyer-Lexika wieder aufgenommen wurde. Vom »*Handlexikon*« erschien 1972 eine 11., 1975 eine 12., 1980 eine 13., 1985 eine 14. und 1988 eine 15. Auflage. 1971–1979 kam »*Meyers Enzyklopädisches Lexikon*« heraus, das sich mit rund 250 000 Stichwörtern in 25 Bänden als »das größte Lexikon des 20. Jahrhunderts in deutscher Sprache« bezeichnen kann.

Schließlich brachte der Verlag 1981 »Meyers Großes Taschenlexikon« in 24 Bänden heraus (2. Auflage 1987).

An mittelgroßen Lexika erschien 1978–81 »*Meyers Neues Lexikon*« in 8 Bänden und 1981–86 »*Meyers Großes Universallexikon*« in 15 Bdn.

Mitchell Beazley

Unter dem Titel »Le Grand MB« kündigte der 1969 gegründete englische Verlag Mitchell Beazley 1975 eine völlig neu konzipierte Enzyklopädie an, die inzwischen als *»The Joy of Knowledge Encyclopaedia«* in über 20 Ausgaben weltweit zu verschiedensten Ausgaben von 1–10 Bänden adaptiert wurde, so u. a. 1977 als *»Random House Encyclopedia«* in den USA und 1979 in Deutschland als Kindlers Enzyklopädie *»Freude am Wissen«* in 10 Bänden. → auch *VNU*

Mondadori

Der 1912 in Verona gegründete, jetzt in Mailand sitzende Verlag Arnoldo Mondadori Editore verlegt neben einer größeren Zahl von Enzyklopädien zu speziellen Themen wie Kunst, Naturwissenschaften und Technik auch allgemeine Lexika. Schon 1925 in der 1. Auflage erschien die *»Enciclopedia dei ragazzi«*, ein früher 10, heute 12 Bände umfassendes Jugendlexikon, das 1962 in der 33. Auflage und 1966 bereits in der 37. Auflage vorlag. Nicht wieder aufgelegt wurde die *»Piccola Enciclopedia Mondadori«* (PEM) in 4 Bänden, die zuerst 1950 und 1961 in der 4. Auflage erschien.

Große Beachtung auf dem internationalen Lexikonmarkt fand das im Großformat 22,5 x 31,5 cm durchgehend 4/4-farbig angelegte Lexikon *»Colorama«* in 8 Bänden, dessen 1. Band nach zweijähriger Vorbereitung 1969 erschien und das Ende 1971 abgeschlossen vorlag. Zu den wichtigsten Verlagswerken der letzten Jahre zählen die Kunstenzyklopädie *»Enciclopedia dell'Arte«* in 8 Bänden (1987–1988) und die naturwissenschaftliche Enzyklopädie in 12 Bänden (1987–1989), *»Mondo delle Scienze«*.

Moréris »Dictionnaire«

Das erste große Lexikon Europas in einer lebenden Sprache (Französisch statt Lateinisch) verdanken wir dem französischen Geistlichen Louis Moréri (*1643, †1680). Es erschien 1674 in Lyon unter dem Titel *»Le Grand Dic-*

tionnaire Historique« in 2 Bänden. Es wurde seines großen Erfolges wegen mehrfach überarbeitet und umfaßte Mitte des 18. Jahrhunderts (1759 erschien die 20. Auflage) schließlich 10 Bände. Der von der orthodox-katholischen Einstellung des Autors bestimmte Inhalt umfaßte vorwiegend historische Artikel sowie die Biographien kirchlich bedeutender Personen, war also kein Lexikon im eigentlichen Sinne, dennoch von großer Bedeutung für die weitere Entwicklung nationaler Enzyklopädien. Als Ergänzung geplant und als Gegenstück erschien dann → Bayles *»Dictionnaire«*.

Motta

Dieses Stichwort steht für den 1929 gegründeten italienischen Verlag »Federico Motta editore« in Mailand und damit zugleich für die dort erscheinenden Nachschlagewerke. Als wichtigstes allgemeines Lexikon muß die *»Enciclopedia Motta«* genannt werden, die in fünf Ausgaben vorliegt. In den Jahren 1953–1956 erschien die 1. Auflage in 5 Bänden, 1957 bis 1961 die 2. Auflage in 8 Bänden und 1962–1967 die 3. Auflage in 12 Bänden. Als 4. Auflage erschien dieses Werk 1968–1971 in nunmehr 14 Bänden im Großformat 24 x 34 cm mit rund 100 000 Stichwörtern und über 40 000 Abbildungen auf über 10 000 Seiten. Im Jubiläumsjahr 1979 präsentierte Motta neben diesem lexikalischen Großobjekt auch noch mehrere thematisch angelegte enzyklopädische Großobjekte. Die 5. Auflage der *»Enciclopedia Motta«* erschien 1990 in 18 Bänden.

N

Nelson

Was für die einen der »Stein der Weisen«, das ist für die Lexikonverlage in aller Welt die Frage nach der Lösung des Problems, ein Nachschlagewerk ständig up to date halten zu können. Einen Versuch machte John H. Finley 1920 bei Nelson in London und New York mit der Herausgabe von *»Nelson's Perpetual Looseleaf Encyclopaedia«* in 12 Bänden. Die einzelnen Seiten dieses Lexikons trugen das Datum der Veröffentlichung und konnten zweimal jährlich gegen aktualisierte neue Seiten ausgewechselt werden. Von der Idee her war der Gedanke richtig, von der Praxis her blieb es letztlich nicht durchführbar. Die Substanz dieses Loseblatt-Lexikons ging schließlich auf in *»The Home University Encyclopedia«*, die 1941 in 15 Bänden und 1952 in 12 Bänden bei Books Inc. in New York erschien. Unter dem Titel *»Nelson's Encyclopaedia«* in den USA bekannt ist auch *»The Harmsworth Encyclopaedia«*, die zunächst 1905/06 in London erschien, dann 1920–1923 in 10 Bänden. Auch von diesem Werk ist aus dem Jahre 1909 eine Loseblatt-Ausgabe bekannt. Auf Nelsons *»Harmsworth Encyclopaedia»* geht auch *»The American People's Encyclopedia«* bei → Grolier zurück.

Niederländische Lexika

Sieht man von älteren Werken des 18. und 19. Jahrhunderts ab, so begann eine nationale Lexikonarbeit mit → Winkler Prins bzw. dem Verlag → Elsevier. Sehr verbreitet über einen längeren Zeitraum sind auch die mit dem Namen → Oosthoek verbundenen Lexika aus dem Hause → Wolters-Kluwer. Daneben seien noch genannt das 1922–1931 bei Slaterus in Arnheim erschienene Werk »*Zoek-licht, Nederlandsche Encyclopaedie voor allen*« in 9 Bänden, das wiederholt überarbeitete und neuaufgelegte »*Verschuerens Moderns Woordenboek*« in 2 Bänden (1. Auflage 1933 bei Brepols in Turnhout) sowie aus jüngerer Zeit die »*Standaard Encyclopedie*« in 14 Bänden (→ VNU) und die »*Eerste nederlandse systematisch ingerichte Encyclopaedie*« *(ENSIE)* in 10 Bänden (1946–1952; 1959/60 Ergänzungsband).

Nordisk Familjebok
Den ersten Rang unter den schwedischen Nachschlagewerken mag das → *Svensk Uppslagsbok* einnehmen, doch das populärste und mit seiner fast 100jährigen Tradition eines der ältesten Lexika Schwedens ist ohne Zweifel »Nordisk Familjebok«. Der 1. Band erschien im Jahre 1875, der 20. und letzte Band 1899 im Gernandts Förlag. Diese 1. Auflage bildete die Basis für die besonders populäre 2. Auflage, die von der Nordisk Familjebok AB in den Jahren 1904–1926 herausgegeben wurde und 38 Bände (davon 4 Ergänzungsbände) umfaßte. Sieht man von den technischen und naturwissenschaftlichen Begriffen ab, so kann dieses informationsreiche Werk noch heute als Quelle benutzt werden. Die in der Regel signierten Artikel zeichnen sich aus durch einen besonders anschaulichen und lebendigen, teilweise vom persönlichen Engagement der Verfasser gezeichneten Darstellungsstil. Von Wert und Bedeutung ist diese 2. Auflage auch durch ihre reichhaltige Illustration, u. a. in Form gezeichneter Farbtafeln, die aus dem etwa zur gleichen Zeit gestarteten »*Meyers Konversationslexikon*« abgeleitet wurden. Problematisch

war andererseits hinsichtlich des Aktualitätsgrades der Abstand zwischen dem Erscheinen der ersten und letzten Bände; der Qualität des Gesamtwerkes hat das aber bestimmt nicht geschadet. Noch heute nehmen die goldgeprägten 38 Bände dieser 2. Auflage einen Ehrenplatz in zahllosen schwedischen Haushalten ein. Schon 1923 startete die Nordisk Familjebok AB eine 23 Bände umfassende 3. Auflage dieses Werkes, die einschließlich von drei Ergänzungsbänden 1937 abgeschlossen vorlag.

Nach dem 2. Weltkrieg, nun im Förlagshuset Norden, erlebte das »Nordisk Familjebok« seine 4. Auflage. Sie erschien in den Jahren 1951–1955 und umfaßte 22 Bände mit 124 000 Stichwörtern.

Heute ist dieses klassische schwedische Lexikon in etwa jedem 14. Haushalt des Landes zu finden und hat eine Gesamtauflage von rund 500 000 Exemplaren erreicht.

Norwegische Lexika

Das erste norwegische Lexikon war *»Norsk Haandlexikon for almennyttige Kundskaber«* (»Norwegisches Handlexikon für allgemeinnütziges Wissen«), das in den Jahren 1879–1888 in 3 Bänden von dem Politiker Johan Christian Johnsen herausgegeben wurde.

Ein den größeren Lexika anderer Länder vergleichbares repräsentatives nationales Nachschlagewerk verdankt Norwegen erst dem Verlag *→ Aschehoug,* dessen erstes Lexikon 1906–1913 erschien und sich zu dem volkstümlichsten Lexikon des Landes entwickelte.

An weiteren Lexika sind zu nennen das 1937–1940 bei Aschehoug erschienene *»Familieboka«* in 8 Bänden, das 1958 bis 1961 (Neuausgabe 1964/65) aus Schweden übernommene *»Fokus«*-Lexikon in 6 Bänden (ebenfalls bei Aschehoug) sowie die bei *→ Gyldendal* herausgegebenen Werke.

Als Nachschlagewerk besonderer Art seien noch erwähnt das 1931–1936 in 6 Bänden erschienene *»Arbeidernes Leksikon«,* das wohl erste außerhalb der Sowjetunion er-

schienene Lexikon marxistischer Prägung, sowie das 1948–1966 herausgegebene »*Norsk Allkunnebok*« in 10 Bänden, das erste Lexikon in der neunorwegischen Landsmal-Sprache.
1975 gründeten die Verlage Aschehoug und Gyldendal in Oslo den gemeinsamen Kunnskapsforlaget in dem 1978–1981 »*Aschehoug og Gyldendals store norske leksikon*« in 12 Bänden erschien. 1982 folgte im Verlag Cappelen »*MEDIA: Cappelens leksikon*«, 7 Bände, in der 2. Auflage. Seit 1983 erschien im selben Verlag »*Cappelens leksikon*« in 10 Bänden. 1990 lag komplett in 30 Bänden das »*Damms Store Leksikon*« vom Verlag N.W. Damm & Son vor.

Nymphenburger Volkslexikon
→ Kiepen-Lexikon

O

Oestergaards Lexikon
→ Dennert's Lexikon

Oosthoek
Mit diesem Stichwort ist *»Oosthoek's geïllustreerde Encyclopaedie«* gemeint, neben dem → *»Winkler Prins«* ein ebenfalls verbreitetes und recht populäres niederländisches Lexikon aus Utrecht. Die 1. Auflage erschien 1916–1923 in 11 Bänden, eine 2. Auflage in 13 Bänden 1925–1934, eine 3. Auflage in 14 Bänden 1932–1939, eine 4. Auflage in 16 Bänden 1947–1955 unter dem Titel *»Oosthoeks Encyclopedie«;* 1968 startete die 6. Auflage in 15 Bänden. *»De kleine Oosthoek«* in 2 Bänden erschien 1964/65. Als neuestes Werk startete der heute zum Konzern → Wolters-Kluwer gehörende Verlag als 7. Ausgabe seiner früheren »Encyclopedie« 1976 *»De Grote Oosthoek«*, dessen 20 A-Z-Bände 1981 vollständig vorlagen.

Österreichische Lexika
Die Zugehörigkeit zum deutschen Sprachraum bringt es mit sich, daß auch in Österreich die in Deutschland erschienenen Lexika Eingang und Verbreitung fanden. Ähnlich wie in der Schweiz kam es auch in Österreich mehrfach zur Herausgabe national ausgerichteter Nachschlagewerke.
Als erstes Werk dieser Art erschien 1835–1837 in Wien die *»Österreichische National-En-*

cyclopädie oder alphabetische Darlegung der wissenswürdigsten Eigenthümlichkeiten des österreichischen Kaiserthumes« in 6 Bänden (1838 noch ein 7. Band als Supplement).

Zum Erscheinen eigener Lexika kam es vor allem in den ersten Jahren nach dem 2. Weltkrieg: 1947 erschien in Wien das einbändige »*Universum-Taschenlexikon*«. 1948 das »*Danubia-Volkslexikon*« in 2 Bänden, 1948/49 die 2. Auflage von »*Neues Welt-Lexikon*« in 2 Bänden (vgl. auch → *Beckmann-Lexika*).

Als bewußt national ausgerichtete Ergänzung der deutschen Lexika gaben der Österreichische Bundesverlag für Unterricht, Wissenschaft und Kunst sowie der Verlag für Jugend und Volk 1966/67 das »*Österreich-Lexikon*« in 2 Bänden heraus.

Das 1966–1968 bei Droemer erschienene vierbändige Lexikon »*Der Große Knaur*« erfuhr in der Buchgemeinschaft Donauland eine Lizenzausgabe als »*Großes Donauland-Lexikon*« in ebenfalls 4 Bänden.

Otava

→ Finnische Lexika

P

»Partworks«

Die Herausgabe größerer Lexika und anderer Nachschlagewerke in Form einzelner Lieferungen gab es schon im 19. Jahrhundert. So erschien das große Meyer-Lexikon 1839–1852 in 252 Lieferungen, der Brockhaus in 240 Heften zu 50 Pfennig und *»Chambers's Encyclopaedia«* 1859–1868 in 520 Lieferungen.

Neu ist heute der englische Begriff »partworks« oder »part-publications« für die Herausgabe von Bildungsliteratur in periodisch (meist wöchentlich) erscheinenden, großformatigen und farbig bebilderten Einzelheften. In mehreren europäischen Ländern kamen in den letzten Jahren Enzyklopädien und andere Bildungswerke so »in Scheiben geschnitten« auf den Markt und füllten die Auslagen der Zeitungskioske. Geht man den Spuren dieser Publikationsform nach, so findet man den Ausgangspunkt in Italien, noch genauer bei den Gebrüdern Fabbri, die diesen Gedanken schon seit 1959 mit der Bildungszeitschrift *»Conoscere«* verwirklichten, die in mehr als einem Dutzend Sprachen in über 20 Ländern verbreitet ist (in Deutschland seit 1967 unter dem Titel *»Wissen«*).

Schon bald wurde auch das allgemeine Lexikon von der Vertriebsform der Partworks erfaßt. Es begann wohl 1962 mit der vom Istituto Geografico de Agostini (IGDA) in Novara in 260 Wochenheften herausgegebenen Lexikonzeitschrift *»Universo«*, die sich bald durchsetzte und ebenso in zahlreichen Ländern interessierte Lizenzpartner fand. So entstanden in Zusammenarbeit mit dem IGDA 1965 bei Salvat in Barcelona die spanische Partwork-Reihe *»Monitor«*, 1966 bei B.P.C. in London → *Purnell's Encyclopedia* und 1968 bei Kister in Genf die französischsprachige Zeitschrift *»Alpha«*. Auch in Holland (bei Standaard), Kanada, Griechenland, Dänemark, der Türkei und Japan kamen von »Universo« abgeleitete nationale Ausgaben auf den Markt.

Auch Fabbri kam von mehr thematisch ausgerichteten Partworks zum Lexikon. Auf Fabbri-Material basieren z. B. die 1967/68 erschienene spanische *»Enciclopedia del Sapere«*, die 1969 beim Wissen-Verlag in Stuttgart gestartete deutsche Version als → *»Enzyklopädie 2000«* und die 1970 zusammen mit Dent & Sons Ltd. herausgegebene englische *»Everyman's Encyclopaedia«*. Der Verlag → Salvat, der 1965 schon mit *»Monitor«* Erfahrungen gesammelt hatte, brachte 1970 *»Salvat Universal«* als Partwork-Ausgabe seines *»Gran Diccionario Enciclopédico«* heraus, und 1974 startete auch → Planeta mit enzyklopädischen Partworks.

Pierers »Universal-Lexikon« Zu den frühen Konkurrenzgründungen (noch vor dem »Meyer« von 1840) gegen Brockhaus gehörte der »Pierer«, genauer das 1824–1836 in einer 1. Auflage mit 26 Bänden erschienene Werk *»Encyclopädisches Wörterbuch der Wissenschaften und Künste«*, als dessen Verleger Heinrich August Pierer (*26.2.1794 in Altenburg, †12.5.1850 ebenda) zeichnete. Sein Vater Joh. Friedrich Pierer (*22.1.1767 in Altenburg, †21.12.1832 daselbst), seines Zeichens Arzt und medizinischer Schriftsteller, hatte 1799 die Richtersche Hofbuchdruckerei gekauft und 1801 ein »Literarisches Comptoir« gegründet. Beides übernahm,

ab 1835 unter der Firmenbezeichnung H. A. Pierer, sein Sohn Heinrich August.
Schon die 1840–1846 in Altenburg erschienene, von über 220 Gelehrten bearbeitete und auch schon bebilderte 2. Auflage des oben genannten Werkes mit nun 34 Bänden, zu deren eifrigen Benutzern u. a. der preußische Generalfeldmarschall Graf von Moltke gehörte, führte den Titel *»Universal-Lexikon«* (der Gegenwart und Vergangenheit), den es auch in der 3. Auflage in 17 Bänden (1849–1852) und 3 Supplement-Bänden (1851–1854) sowie unter Pierers drei Söhnen Eugen (*1823, †1890), Viktor (*1826, †1855) und Alfred (*1836, †1901) behielt, die das Werk bis zu der 1867–1871 in 19 Bänden erschienenen 5. Auflage fortsetzten und es dann 1872 nebst der Hofbuchdruckerei an die Firma Stephan Geibel & Co. verkauften.
Weiter ging das Universal-Lexikon 1873 an A. Sparmann in Oberhausen über, der in den Jahren 1875–1879 eine 6. Auflage in 18 Bänden veranstaltete. Eine 7. Auflage, in 12 Bänden und jetzt mit einem Zwölfsprachen-Lexikon kombiniert, herausgegeben von Joseph Kürschner als *»Pierers Konversations-Lexikon«*, erschien 1888–1893 bei W. Spemann in Stuttgart. 1890 ging »der Pierer« schließlich an die Union Deutsche Verlagsgesellschaft in Stuttgart über.

Planeta
Dieser 1949 in Barcelona gegründete Verlag ist auch auf den Lexikonmarkt vorgestoßen. Es begann 1956 mit der Gründung einer Vertriebsfirma für Enzyklopädien und führte schließlich 1963 zur Gründung der Firma »Pala« durch die Zusammenarbeit der Verlage Planeta und → Larousse, um zunächst dieses französische Lexikon in Spanien zu verbreiten; 1974 startete man auch mit dem Verkauf enzyklopädischer → Partworks. Zum Verlagsprogramm gehören heute ferner die *»Enciclopedia Temática«* (12 Bände) und die *»Enciclopedia General Basica«* (24 Bände).

Plaza
Eine Spitzenstellung unter den spanischen Verlagen großer enzyklopädischer Werke gebührt Plaza y Janés in Barcelona, der auf diesem Sektor in den 1940er Jahren mit der »*Enciclopedia Pulga*« startete. Zu den jüngsten Werken gehört u.v.a. der 1978 bereits in 7. Auflage erschienene »*Diccionario Enciclopédico*« in 8/12 Bänden und die »*P 45*«, eine 1980 gestartete Adaption des »*Großen Larousse*« in 45 Bänden.
Seit 1985 erscheint die »*Enciclopedia alfabética*« in 10 Bänden, die auf der »*Großen Bertelsmann → Lexikothek*« basiert.

Pléiade-Enzyklopädie
Von R. Queneau herausgegeben, begann 1956 im Pariser Verlag Gallimard die thematisch angelegte »*Encyclopédie de la Pléiade*« zu erscheinen, von der 1978/80 42 Bände vorlagen.

Polnische Lexika
Die ersten Versuche, in Polen ein Lexikon zu erstellen, wurden im 18. Jahrhundert unternommen. Das erste bedeutende polnische Lexikon erschien in den Jahren 1859–1868; es war die vom Buchhändler Samuel Orgelbrand in Warschau verlegte 28bändige »*Encyklopedia Powszechna*« (»Allgemeine Enzyklopädie«). 1872–1876 erschien eine 12bändige (1879 noch zwei Ergänzungsbände), 1898–1904 eine 16bändige Ausgabe dieses Werkes, der 1911/12 noch zwei Ergänzungsbände folgten.
Eines der bedeutendsten polnischen lexikalischen Werke war die »*Wielka Powszechna Encyklopedia Ilustrowana*« (»Große Allgemeine Illustrierte Enzyklopädie«), deren Herausgeber Saturnin Sikorski war. Dieses Lexikon konnte nicht zu Ende geführt werden; von 1892 bis 1914 erschienen 55 Bände (bis »Pa«). Als Autoren und Redakteure wirkten die bedeutendsten Gelehrten und Persönlichkeiten des öffentlichen Lebens mit.
In der Zeit zwischen den beiden Weltkriegen war die »*Ilustrowana Encyklopedia*«

der Verleger Trzaska, Evert und Michalski (6 Bände, 1925–1938) das bekannteste und populärste Lexikon in Polen.
Die *»Encyklopedia Powszechna Ultima Thulae«*, herausgegeben von S. F. Michalski (10 Bände, 1925–1939), konnte wegen des Ausbruchs des 2. Weltkrieges nicht beendet werden.
Ein beachtenswertes Werk ist die 1962–1970 erschienene *»Wielka Encyklopedia Powszechna PWN«* (PWN = Abkürzung des Namens des Staatlichen Wissenschaftlichen Verlages in Warschau); es umfaßt 12 Bände und einen 13. Supplementband. Die gesellschaftswissenschaftlichen Artikel entsprechen zwar der marxistischen Ideologie, im großen und ganzen jedoch unterscheidet sich dieses Lexikon positiv von vielen anderen des Ostblocks. Hinsichtlich seiner Sachlichkeit und Objektivität und der thematischen Struktur entsprach das Werk dem damals aktuellen Stand von Wissenschaft und Technik. Dies ist nicht verwunderlich, da bei der redaktionellen Bearbeitung mehr als 70 Fach- und Allgemeinredakteure über 10 Jahre beschäftigt waren.
Die *»Wielka Encyklopedia Powszechna«* erschien in einer Auflage von 180 000 Exemplaren und war nur per Subskription erhältlich. Sogar diese hohe Auflage konnte den bestehenden Bedarf nicht decken; eine größere konnte aber aus Papiermangel nicht gedruckt werden.
Die polnischen Lexikon-Redakteure waren wohl die einzigen im Ostblock, die es wagten, Biographien der in der Stalin-Ära hingerichteten Kommunisten zu bringen und sogar darauf hinzuweisen, daß sie als Opfer der Terror-Herrschaft ums Leben kamen. Das Lexikon wurde 1968 im Machtkampf innerhalb der kommunistischen Partei als gewichtiges Argument ausgenutzt. Die »Partisanen«-Gruppe Moczars warf den Parteiideologen Gomulkas vor, sie hätten zugelassen, daß in einem polnischen Lexikon der Befreiungskampf des polnischen Volkes ungenügend zur Geltung kam, dafür aber das Martyrium der

Juden übertrieben hervorgehoben wurde. Ein bedeutender Teil der Redakteure wurde 1968 entlassen, die letzten zwei danach erschienenen Bände entsprechend »korrigiert«.

Auf der Grundlage der PWN erschien danach ein einbändiges Lexikon »*Mala Encyklopedia Powszechna*« (1968–1974) und in den Jahren 1973–1980 ein vierbändiges Werk, die »*Encyklopedia Powszechna*«, das eine Auflage von 800 000 Exemplaren erreichte; 1983–1989 in aktualisierter und erweiterter Auflage.

1981 erschien die »*Encyklopedia popularna PWN*«, ein einbändiges Lexikon im Großformat, von dem zwischen 1982 und 1988 1,2 Millionen Exemplare verkauft wurden.

Seit 1986 arbeitet der Verlag an einer neuen großen Enzyklopädie »*Wielka Encyklopedia Powszechna*«, die in 16–18 Bänden 1995 erschienen sein soll.

Portugiesische Lexika

Schon im vorigen Jahrhundert entstanden auch in Portugal lexikalische Werke nationaler Eigenart. So erschien 1876 bis 1890 in Lissabon das von Manuel Pinheiro Chagas (*1842, †1895) herausgegebene »*Diccionário popular, histórico, geográphico, mythológico, biográphico, artístico, bibliográphico e litterário*« in 17 Bänden. In Porto erschien 1910 die von M. Lemos herausgegebene »*Encyclopédia portugueza illustrada. Diccionario universal*« in 11 Bänden. 20 Bände umfaßte die 1919 in Lissabon herausgekommene »*Encyclopedia e diccionario internacional*«.

In den Jahren 1936–1960 erschien in Lissabon und Rio de Janeiro die »*Grande enciclopédia portuguesa e brasileira*« in 40 Bänden, die Enzyklopädie und Wörterbuch in einem Werk vereinte. In São Paulo und Rio de Janeiro kamen 1958–1964 die 20 Bände. der »*Enciclopedia Brasileira Merito*« auf den Markt.

Zwischen 1963 und 1976 erschienen im Verlag Verbo die 21 Bände der »*Enciclopédia Luso-Brasileira de Cultura*«.

1964 startete die »*Encyclopaedia Britannica*« bei Melhoramentos in São Paulo eine portugiesische Ausgabe der → »*Barsa-Enzyklopädie*« in 16 Bänden. Zahlreiche enzyklopädische Werke, vor allem (seit 1965) auch in Form bzw. auf der Basis von Partworks, bietet das 1950 gegründete Verlagshaus Abril in São Paulo an, so die »*Enciclopedia ABRIL*« in 15 Bänden. Im Angebot des 1973 gegründeten »Circulo de Leitores« erschien ab 1985 in 18 Bänden die »*Lexicoteca / Moderna Enciclopédia Universal*«, die auf der Substanz der »GROSSEN BERTELSMANN → *LEXIKOTHEK*« basiert.

Pöschl

Den Namen seines Herausgebers W. Pöschl trägt »*Der kleine Pöschl*«, ein »Sprach- und Wissenslexikon« in 2 Bänden, das 1952/53 in Kassel erschien und den um diese Zeit noch spärlich versorgten deutschen Lexikonmarkt bereicherte. Es entstand aus einer Redaktionsarbeit der »Hessischen Nachrichten« und wollte zugleich Lexikon und Sprachführer sein.

Purnell

Der zur B.P.C. Publishing Ltd. als Holding-Gesellschaft gehörende Londoner Verlag Purnell ist Namensträger von »*Purnell's New English Encyclopedia*». Dabei handelt es sich um eines der zahlreichen lexikalischen Partworks, das in Zusammenarbeit mit dem Istituto Geografico de Agostini entwickelt wurde. Die erste der auf 12 Bände im Großformat angelegten 216 »weekly parts« erschien im Januar 1966. Dieselbe Substanz erschien übrigens auch als → *Caxton Encyclopedia*. Ferner erschien beim Purnell Library Service/New York die »*Harver Junior World Encyclopedia*« in 16 Bänden.

Q

Quid

Mit diesem Namen verbinden sich lexikalische Werke des französischen Verlegers Robert Laffont. Schon 1963 erschien die mehrfach aktualisierte 1bändige Enzyklopädie »*Quid*«; Ende 1979 startete das auf 19 Bände angelegte Werk »*Grand Quid illustré*«.

Quillet

Neben →Larousse ist der Name Quillet mit umfangreichen französischen Nachschlagewerken verbunden. Der Verleger Aristide Ambroise Quillet (*1880, †1955) gründete 1898 einen Verlag für Nachschlagewerke. Heute gehört dieser Verlag zu dem großen Medienkonzern →Hachette.

Zuerst 1934 in 6 Bänden erschien in Paris das »*Dictionnaire encyclopédique Quillet*«, 1949 zum 50jährigen Bestehen des Hauses eine Ausgabe in 5 Bänden sowie eine Dünndruckausgabe in 3 Bänden. Die Neuausgaben von 1953 und 1962 zählten wieder 6 Bände.

In den Jahren 1968–70 erschien eine Neuausgabe in 10 Bänden, denen zwei Ergänzungsbände folgten. 1974 folgte in 4 Bänden »*Dictionnaire pratique Quillet*«. 1977 gab es wiederum eine Neuausgabe des »*Dictionnaire encyclopédique Quillet*« in 10 Bänden, 1979 eine 2. Auflage davon, und die nächste Neuausgabe folgte 1986, wieder mit 10 Bänden, denen 1989 zwei Ergänzungsbände hinzugefügt wurden. Der Name Quillet begegnet uns auch unter → Kanadischen Lexika.

DICTIONNAIRE
ENCYCLOPÉDIQUE
QUILLET

PUBLIÉ SOUS LA DIRECTION DE
RAOUL MORTIER
AVEC LA COLLABORATION ET LE CONCOURS
DE PROFESSEURS, D'INSTITUTEURS, DE TECHNICIENS
ET DES PERSONNALITÉS LES PLUS ÉMINENTES
DU MONDE ENTIER

A-CHAS

AQ
BIEN MOUDRE ET POUR TOUS

LIBRAIRIE ARISTIDE QUILLET
278, BOULEVARD SAINT-GERMAIN, 278
PARIS (VIIe)
MCMLV

R

Rencontre-Lexikon
Mit einer Erscheinungsweise von zwei Bänden monatlich startete der 1950 gegründete Verlag Editions Rencontre in Lausanne im November 1969 das *»Rencontre-Lexikon«* in 20 Bänden und bereicherte das Angebot an kleinformatigen Nachschlagewerken auf dem Markt der deutschsprachigen Lexika.
Dabei handelt es sich weder um eine Fortsetzung der mit dem → Schweizer Lexikon begründeten nationalen Eigenentwicklung von Nachschlagewerken noch um eine Neuschöpfung, sondern um eine lediglich stärker bebilderte Variante des → dtv-Lexikons von 1966 in 20 Bänden, die es neben den → Taschenbuchlexika und preiswerten Buchgemeinschaftslexika nicht leicht hatte, sich einen Marktanteil zu sichern.
Erwähnt sei auch der ebenfalls von Rencontre unternommene Versuch, eine »aktuelle Enzyklopädie auf Lochkarten« zu publizieren. Unter dem Titel *»Faktum«* erschienen seit 1968 Karteikarten, die nach dem Prinzip der Lochkarten geordnet eine Informationskartei ergaben, ein Experiment nicht ohne vertriebliche Probleme, doch wurde 1978 von einem guten Absatz der »Kartei-Enzyklopädien« berichtet, die aber jetzt nicht mehr erscheinen.

Rizzoli
→ Italienische Lexika

Rombaldi

Dieses 1920 gegründete Pariser Verlagshaus gab nach dem 2. Weltkrieg auch lexikalische Werke heraus, so in den Jahren 1968–71 die »*Encyclopédie 360*« in 12 Bänden.

rororo

Die sechs Buchstaben sind längst zu einer Art Markenzeichen für die im Sommer 1950 kreierten »Rowohlts Rotations-Romane« geworden und würden hier nicht stehen, wenn das Taschenbuch nicht auch unter diesem Begriff den Lexikonmarkt betreten hätte.

Noch vor den → Fischer-Lexika kam 1955 der 1. Band der thematisch angelegten »*Rowohlts deutsche Enzyklopädie*« heraus, die sich bis heute zu einem gewaltigen Unternehmen entwickelt hat.

Ein Lexikon im echten Sinne ist das 1966 erschienene »*rororo-Taschenbuch-Lexikon*« in 9 Bänden, bei dem es sich um eine Taschenbuchausgabe des 3bändigen »*Duden-Lexikons*« handelt. → auch Taschenbuch-Lexika

Eine Neuausgabe dieses »*rororo-Duden-Lexikons*« erschien 1973 in 6 Bänden, weitere Ausgaben sind seitdem nicht mehr erschienen.

Routledge's Cyclopaedia

→ Everyman

Rumänische Lexika

Auch dieses Land kann eine ganze Reihe lexikalischer Nachschlagewerke vorweisen.

Als erstes Werk dieser Art erschien 1898–1904 die von Cornelius Diaconovich in Sibiu (Hermannstadt) herausgegebene »*Enciclopedia Româna*« in 3 Bänden. Lexikon und Sprachwörterbuch in einem Werk vereint »*Dictionarul enciclopedic ilustrat*« in 2 Bänden (Bukarest 1932). Ebenfalls in Bukarest erschien 1938–1943 die nun systematisch angelegte »*Enciclopedia României*« in 4 Bänden.

In der Zeit der Volksdemokratie entstand das 1962–1966 in Bukarest erschienene »*Dictionar Enciclopedic Românâ*« in 4 Bänden, später kamen heraus die »*Enciclopedia Românâ*« (5 Bände) und die »*Marea Enciclopedie a Rom-*

âniei« (in 10 Bänden). 1972 erschien in einer Auflage von 60 000 Exemplaren das einbändige »*Mic dictionar enciclopedic*«. 1975 wurde der Rumänische Enzyklopädische Verlag mit dem Wissenschaftlichen Verlag zur Firma »Editura ştiinţifică şi enciclopedică« vereint.

S

Salmonsen
→ Dänische Lexika

Salvat
Zu den großen und besonders aktiven spanischen Lexikonverlagen gehört das 1869 gegründete Haus Salvat Editores S.A. in Barcelona. Die lexikalische Arbeit begann in den Jahren 1906–1920 mit der 1. Ausgabe des späteren Werkes »*Diccionario Enciclopédico Salvat*« in 9 Bänden (zunächst unter dem Titel »Inventario del Saber Humano«). Nach einer gewissen Unterbrechung erlebte dieses Lexikon – nun auf 12 Bände erweitert – eine stetige Folge weiterer Ausgaben. Es erschienen die 2. Aufl. 1934, die 3. Aufl. 1942, die 4. Aufl. 1950, die 5. Aufl. 1952, die 6. Aufl. 1954, die 7. Aufl. 1955, die 8. Aufl. 1957, die 9. Aufl. 1960, die 10. Aufl. 1962, die 11. Aufl. 1964, die 12. Aufl. 1967 und die 13. Aufl. 1968.
Nebenher erschienen 1944–1946 die »*Universitas*«-Enzyklopädie in 20 Bänden sowie in jeweils 4 Bänden 1958–1959 »*Resumen Enciclopédico Salvat*« und 1968 »*Diccionario Enciclopédico Salvat 4*«.
Als größtes Objekt wurde seit

1969 »*Gran Diccionario Enciclopédico Salvat Universal*« in 20 Bänden herausgegeben, das 1974 abgeschlossen vorlag (Neuauflage 1981) und neben »*Salvat Alfa*« (10 Bände) als »*Salvat Universal*« auch in Form von Partworks erscheint (1965 hatte Salvat schon mit »*Monitore*« auf diesem Vertriebsfeld experimentiert).
Neben diesen und anderen Nachschlagewerken in spanischer Sprache hat Salvat auch Lexika in katalanischer Sprache herausgegeben, so zuerst 1904 »*Diccionari Catala*« in 2 Bänden und 1968–1970 »*Diccionari Enciclopédic Catala Salvat*« in 4 Bänden (Neuausgabe seit 1974 in 8 Bänden).
Seit 1988 gehört Salvat zu der französischen Verlagsgruppe → Hachette.

Sansoni
Auch der 1875 gegründete Verlag G. C. Sansoni in Florenz gehört zu dem großen Kreis der Verleger →italienischer Lexika und Nachschlagewerke. In den Jahren 1952–1955 erschien das »*Dizionario Enciclopedico Sansoni*«, ein Sprach- und Sachwörterbuch in 4 Bänden. In den 60er Jahren folgte eine Ausgabe dieses Werkes in 6 Bänden sowie als »*Enciclopedia Sansoni Illustrata*« in 4 Bänden.

Schwedische Lexika
Schon früh entstand auch in Schweden eine nationale Lexikonarbeit. Nur historische Bedeutung kommt den nicht zum Abschluß gekommenen ersten Versuchen von C. C. Gjörwell zu, der 1777 und 1781 zwei lexikalisch-enzyklopädische Werke startete, aber nicht vollenden konnte.
Stark von Brockhaus beeinflußt kamen dann 1821–1826 ein »Conversations-Lexicon« in 4 Bänden und 1845–1852 – ebenfalls in 4 Bänden – das »*Svensk Conversations-Lexicon*« von P. G. Berg heraus. 1856–1866 betrat → Bonnier den Lexikonmarkt. 1875 erschien der 1. Band des noch heute äußerst populären → *Nordisk Familjebok,* 1929–1937 die 1. Auflage der großen National-Enzyklopädie → *Svensk Uppslagsbok.* 1955 kam »*Kunskapens bok*« in 9

Bänden heraus. Internationale Beachtung fand auch die nach dem 2. Weltkrieg begründete Lexikonarbeit unter dem Begriff →Focus. 1983 erschien die 1972 begonnene Enzyklopädie »*Media*« (15 Bände), die 1986 zum »*Bonniers Familjeleksikon*« in 20 Bänden erweitert wurde.

Schweizer Lexika

Wie in Österreich sind auch in der Schweiz einige national begründete Lexika entstanden. Am Anfang stand ein von dem damaligen Zürcher Bürgermeister *Johann Jacob Leu* (*1689, †1768) herausgegebenes »*Allgemeines, helvetisches, eydgenössisches oder schweitzerisches Lexikon*«, dessen 20 Bände 1747 bis 1765 in Zürich erschienen. In den Jahren 1786 ff. folgten noch 6 Ergänzungsbände. Erwähnt sei auch das »Dictionnaire historique, politique et géographique de la Suisse«, dessen 3 Bände 1788 in Genf erschienen.

Genannt werden muß sodann ein »*Historisch-biographisches Lexikon der Schweiz*« in 7 Bänden, das 1921–1934 in Neuenburg erschien und unter dem Titel »*Dictionnaire historique et critique de la Suisse*« auch eine französische Parallelausgabe erfuhr.

Von diesem zuletzt genannten Titel einmal abgesehen, sind in der Schweiz seit dem 18. Jahrhundert keine eigenen Lexika mehr herausgebracht worden, bis zu der Zeit gegen Ende des 2. Weltkrieges, als aus bekannten Gründen die Versorgung des Marktes mit deutschen Nachschlagewerken unterbrochen war. Das Verdienst, die Gunst dieser Stunde schon im Herbst 1940 erkannt und dann auch genutzt zu haben, gebührt dem schweizerischen Verleger und Schriftsteller Gustav Keckeis (*1884, †1967). Sein Handwerkszeug hatte sich Keckeis 1931–1934 als Chefredakteur und Herausgeber des »Großen Herder« in Freiburg i. Br. erworben. Zusammen mit vier anderen Verlegern schuf er im gemeinsamen Encyclios-Verlag die finanzielle Basis und übernahm selbst die Leitung der Redaktion. Er war es, der 1944–1948 in Zürich das

»Schweizer Lexikon in 7 Bänden« schuf, dem dann 1948–1950 das *»Schweizer Lexikon in 2 Bänden«* folgte. Bedenkt man die schwierigen Zeitumstände, so hat Keckeis mit diesen Werken nicht nur der kulturellen Leistungsfähigkeit der Schweiz ein von Universalismus und christlichem Humanismus getragenes einmaliges Denkmal gesetzt, sondern auch ein qualitativ hochstehendes Lexikon von internationalem Rang geschaffen.

Unter dem Titel *»Die kleine Enzyklopädie«* erlebte der 2-Bänder 1952 in Zürich noch einen Neudruck.

Auf dieselbe Substanz zurückzuführen ist auch das 1958 vom Benzinger Verlag in Einsiedeln herausgegebene *»Universal-Lexikon in zwei Bänden«*. Davon abgeleitet wiederum wurden das 1959 erschienene *»Quelle Lexikon«* in 3 Bänden, das 1962 beim Südwest-Verlag erschienene *»Das neue Universal-Lexikon«* in 2 Bänden und das 1963 vom Europäischen Buchklub herausgegebene *»Klub Universal-Lexikon«* in 3 Bänden.

Segui
→ Spanische Lexika

SEI
Hinter diesen drei Buchstaben verbirgt sich die »Società Editrice Internazionale« mit Sitz in Turin. Sie ist der Herausgeber der *»Enciclopedia SEI«* in 4 Bänden, deren 1. Band 1968 erschien.

Sopena
→ Spanische Lexika

Sowjetische Lexika
»Das Lexikon gehört in die Hand jeder Magd«, lautet ein Ausspruch Lenins, so zu lesen im russischen Pavillon der internationalen Kölner Presse-Ausstellung im Jahre 1928. An den uns vertrauten Typ des »bürgerlichen« Lexikons hat er allerdings dabei nicht gedacht, sondern an ein betont als »proletarische Enzyklopädie« geplantes Werk, die *»Große Sowjetische Enzyklopädie«* (»Bolschaja Sowjetskaja Enziklopedija«), deren auf 65 Bände angelegte 1. Ausgabe im Jahre 1926 zu erscheinen begann und erst 1947 nach 22 Jahren abge-

schlossen vorlag. Schon am 1. Oktober 1926 gab es rund 26 000 Subskribenten, davon rund 19 000 Einzelpersonen, rund 5 000 Institute u. ä. sowie etwa 1 500 Kollektivbestellungen. Die Auflagen der einzelnen Bände betrugen 50 000 bis 80 000 Exemplare.

Eine auf Weisung des Ministerrats der UdSSR im Februar 1949 veranlaßte 2. Ausgabe war auf 50 Bände angelegt und wurde in den Jahren 1950–1958 herausgegeben. Gedruckt und im wesentlichen auch verkauft wurden je Band 250 000 bis 300 000 Exemplare.

Den Auskünften dieses gewissermaßen amtlichen sowjetischen Standard-Nachschlagewerkes, an dem rund 16 000 Wissenschaftler u. a. Spezialisten mitarbeiteten, ist fast Gesetzeskraft zuzuschreiben, unterstanden doch die Bearbeiter direkt dem Ministerrat. Die damit verbundene Problematik wurde deutlich am Beispiel des Stichwortes »Berija«. Nachdem dieser einst allmächtige Geheimpolizeichef 1953 liquidiert worden war, ging den Subskribenten die schriftliche Aufforderung zu, die betreffenden Seiten herauszuschneiden und stattdessen die gleich mitgeschickten Artikel über die »Beringstraße« und »Bertholtz«, einen ziemlich unbedeutenden Staatsmann des 18. Jahrhunderts, einzufügen. Immerhin ein gewaltiger Fortschritt gegenüber Stalins Zeiten, als die betroffenen Bände der Enzyklopädie nach jeder Schwenkung der Parteilinie beim örtlichen Parteisekretär abzuliefern waren. 1958 erschien noch ein 51. Band als Ergänzungsband, 1960 folgten zwei Bände mit einem Stichwortverzeichnis.

Eine 3. Ausgabe dieses marxistisch-leninistischen Mammut-Lexikons wurde auf dem XXIII. Parteitag der KPdSU im Frühjahr 1966 beschlossen und erschien in einer Auflage von 63 000 Exemplaren in den Jahren 1970–1978 in 30 Bänden.

Die Redaktion des im Auftrag des Zentralkomitees entstehenden Werkes, an dem rund 15 000 Wissenschaftler mitarbeiteten, wurde dem Lenin-

und Nobelpreisträger (1964 für Physik) A. M. Prokorow übertragen. Den Verfassern ist zu bescheinigen, daß sie sich um bisher oft vermißte Sachlichkeit und Objektivität bemühten. Zur Stalin-Zeit totgeschwiegene, da unliebsame oder verfolgte »Unpersonen« werden ebenso behandelt wie US-amerikanische Astronauten und die Apollo-Mondlandung. Stalin wurde entmythologisiert, und sogar von Sexologie ist die Rede. Es sollen »hauptsächlich Tatsachen berichtet werden, die ein realistisches Bild von Menschen und Ereignissen vermitteln«, wie die TASS-Agentur es formulierte.

Neben dieser »Großen« gibt es auch eine *»Kleine Sowjet-Enzyklopädie«* (»Malaja Sowjetskaja Enziklopedija«) in bisher drei Ausgaben. Die erste erschien 1928 bis 1931 in 10 Bänden, die zweite 1933 bis 1947 in 11 Bänden, die dritte ebenfalls in 11 Bänden 1958 bis 1960 in einer Auflagenhöhe von 300 000 Exemplaren; 1961 folgte noch ein Sachwortregister.

Auch für einzelne Republiken der UdSSR gibt es spezielle Lexika. So erschien 1959 bis 1965 eine *»Ukrainische Sowjetische Enzyklopädie«* (17 Bände) und seit 1975 eine *»Litauische Sowjetische Enzyklopädie«* (12 Bände).

Ein deutscher Auszug aus der Großen Sowjetischen Enzyklopädie erschien 1950 in der DDR in 2 Bänden unter dem Titel *»Enzyklopädie der UdSSR«*. Eine 10bändige Ausgabe gibt es in Griechenland.

Von großer Bedeutung ist die Tatsache, daß es von der 3. Ausgabe der Großen Sowjetischen Enzyklopädie seit 1982 auch eine 32bändige Ausgabe in englischer Sprache gibt. Sie erschien seit 1973 als Gemeinschaftsunternehmen von Macmillan (New York) und Collier-Macmillan (London).

Spanische Lexika

Symbol des Lexikonschaffens in spanischer Sprache ist wohl unbestritten das seit 1905 erschienene Mammutwerk der → *Espasa*. Schon im Jahre 1906 begann → Salvat seine lexikalischen Aktivitäten, in den 40er Jahren star-

tete → Plaza und 1956 → Planeta.
In den Jahren 1907–1928 erschienen die 12 Bände der »*Enciclopedia ilustrada Segui*«, 1935 schon die 6. Auflage der »*Enciclopedia Sopena*« in 2 Bänden. Sopena gab ferner 1946 eine »*Enciclopedia ilustrada*« in 3 Bänden, 1953/54 eine »*Nueva Enciclopedia Sopena*« in 5 Bänden und in den 1960er Jahren die »*Enciclopedia Universal Sopena*« in 9 Bänden heraus. 1979 bot Sopena an: »*Enciclopedia Universal Ilustrada*« in 10 Bänden, »*Diccionario Enciclopédico Ilustrado*« in 5 Bänden, »*Enciclopedia Concisa*« in 4 Bänden und »*Manual Sopena*« in 3 Bänden.
Editorial Labor brachte zunächst die thematisch angelegte »*Enciclopedia Labor*« in 10 Bänden heraus; 1965–1968 folgte das alphabetisch angelegte »*Diccionario enciclopédico Labor*« in 8 Bänden (9. Band 1979).
Neben mehreren weiteren einheimischen Verlagen (so u. a. → Danae, → Durvan) betraten auch ausländische Verleger den spanischen Lexikonmarkt. Herder gründete 1925 eine Niederlassung in Barcelona und gab erstmals 1953 eine spanische Version seines einbändigen Volkslexikons heraus; 1963 erschien diese »*Enciclopedia universal ilustrada Herder*« schon in der 5. Auflage.
Seit den 1950er Jahren wurden auch mehrere Werke des französischen Verlages Larousse für den spanisch-südamerikanischen Markt adaptiert. Dort erschienen die »*Enciclopedia Metódica Larousse*« in 3 Bänden, der einbändige »*Pequeño Larousse Ilustrado*« als spanische Ausgabe des »*Petit Larousse*«, der »*Larousse Universal Ilustrado*« (6 Bände) und 1967–1971 die »*Gran Enciclopedia Larousse*« (20 Bände).
Ebenfalls auf der Grundlage der aktualisierten »Grande Encyclopédie…« erschien bei → Plaza 1978 in 45 Bänden die »*Nueva Larousse P 45*«, die als »*P 45*« zu einem Standardwerk wurde. Im gleichen Verlag erschien ab 1984 eine spanische Bearbeitung der »*Großen Bertelsmann → LEXIKOTHEK*«.

1957 erschienen – vom Verlag der »Britannica« herausgegeben – die → »*Barsa-Enzyklopädie*« sowie die von → Compton abgeleitete »*Enciclopedia Cultural*«. Auch das in Schweden kreierte Lexikon von → Focus fand (beim Verlag Argos) eine spanische Adaption, und bei → Danae erschien die spanische Version von »*Combi Visuell*«.

Denkt man auch an die Spanisch sprechenden Länder in Südamerika, so muß das für breitere Kreise gedachte »*Diccionario enciclopédico U.T.E.H.A.*« (oft kurz als »*UTEHA*« zitiert) genannt werden, dessen 10 Bände 1950–1955 erschienen (1965 folgten noch 2 Ergänzungsbände), 1964 auch in einer Parallelausgabe für Mexiko.

Im September 1989 erschien in 1. Auflage die »*Enciclopedia Hispánica*« in 18 Bänden aus dem Traditionsverlag »Encyclopaedia Britannica«.

Stauffacher-Lexika

Zu den lexikalischen Neulingen im deutschen Sprachraum nach dem 2. Weltkrieg gehört auch das erstmals 1955 in Zürich erschienene »*Stauffacher Hauslexikon*« in einem rund 50 000 Stichworte enthaltenden Band.

Von diesem Einbänder wurden bis 1973 über 470 000 Exemplare verkauft. Er ist auch unter anderen Titeln wiederholt in Erscheinung getreten. Schon 1956 erschien eine Lizenzausgabe als »*Lexikon der Deutschen Hausbücherei*«. In 2 Bänden erschien es 1963 als »*Hansens Universal-Lexikon*« beim Deutschen Bücherbund, als »*Lexikon A-Z*« in Kaufhäusern. Auch eine Ausgabe als »*Universum Lexikon*« in 3 Bänden ist bekannt; 1974 erschien eine einbändige Neuausgabe.

Svensk Uppslagsbok

Schon heute kann dieses auch international bekannte Werk wohl als die schwedische National-Enzyklopädie angesehen werden, wenn nicht sogar als das bedeutendste Werk dieser Art im skandinavischen Raum. Mit seinen 32 Bänden ist es auf jeden Fall das größte aller schwedischen Nachschlagewerke.

Die 1. Auflage erschien in

den Jahren 1929–1937 in Baltiska Förlaget, der späteren AB Svensk Uppslagsbok (beides Vorgänger des heutigen Verlagshauses Norden AB in Malmö), und umfaßte 30 Bände sowie einen Ergänzungsband. Ursprünglich wollten die Herausgeber die Textsubstanz von *»Meyers Konversationslexikon«* zugrunde legen; ein entsprechender Vertrag über dieses Recht war abgeschlossen, doch wurde der schwedische Text schließlich ganz neu geschrieben – eines von vielen Beispielen für die Problematik internationaler Kooperation auf dem lexikalischen Sektor des Buchmarktes. Tatsache ist, daß dieses noch rechtzeitig vor dem 2. Weltkrieg abgeschlossene Werk von Anfang an ein großer Erfolg war, nicht zuletzt durch Verkauf per Mail-Order.

Sofort nach dem 2. Weltkrieg wurde eine völlig neu bearbeitete 2. Auflage in Angriff genommen, erschien 1947 bis 1955 in nun 32 Bänden im Förlagshuset Norden in Malmö und festigte den Ruf dieses Objekts als führendes Nachschlagewerk Schwedens. Über 1 000 Spezialisten zeichnen verantwortlich für die signierten und mit 26 000 Abbildungen reich illustrierten 190 000 Stichwortartikel. Zu den Mitarbeitern beider Auflagen zählen viele prominente Persönlichkeiten des schwedischen Geistes- und Kulturlebens, vor allem aus der nahen Universitätsstadt Lund.

In den Jahren 1956–1965 erfolgte ein Neudruck, von dem weit über 150 000 komplette Werke verkauft wurden. Die auf 10 Bände angelegte Ausgabe hat den Namen *»Lilla Uppslagsboken«* erhalten. Sie steht in über 180 000 schwedischen Haushalten.

T

Taschenbuch-Lexika
Im Jahre 1955 erschien der 1. Band von *»Rowohlts deutscher Enzyklopädie«*, 1957 kamen die ersten Bände der → Fischer-Lexika auf den Markt, und so war es nur eine Frage nach dem richtigen Zeitpunkt, wann das aus der Welt des Buches nicht mehr fortzudenkende Taschenbuch auch nach dem allgemeinen Lexikon greifen würde.
Nachdem schon 1965 *»Das Herder-Bücherei-Lexikon«*, ein von der Textsubstanz des Herder-Volkslexikons abgeleitetes, nicht bebildertes Taschenbuch-Lexikon in 2 Bänden, erschienen war, sollte 1966 das »Jahr der Taschenbuch-Lexika« werden.
Droemer gab am 10. September 1966 eine Taschenbuchausgabe von → *»Knaurs Lexikon«* für DM 6,80 heraus. Rowohlt kündigte im Sommer 1966 das bis Ende des Jahres komplett in 9 Bänden lieferbare → *»rororo-Lexikon«* an, eine Taschenbuchausgabe des 3bändigen Duden-Lexikons (1973 Neuausgabe in 6 Bänden).
Im November 1966 erschienen sodann »für alle, die sich teure Lexika nicht leisten können« die ersten 5 Bände des auf 20 Bände angelegten, nach lexikalischen Unterlagen von F. A. Brockhaus erarbeiteten → »dtv-Lexikons«, das 1968 komplett vorlag. Seither erschienen davon mehrere Neuausgaben, 1982 erstmals unter dem Titel

»dtv-Brockhaus«, dessen 2. Auflage 1989 herausgebracht wurde.

1969 startete das verwandte → *»Rencontre-Lexikon«*, 1976 das neue → *»Fischer-Lexikon«*.

Im → Bibliographischen Institut erschien 1981 *»Meyers Großes Taschenlexikon in 24 Bänden«*, die 2. Auflage folgte 1987. Aus der Textsubstanz von *»Meyers Standardlexikon«* in 3 Bänden entstand 1985 noch *»Meyers Taschenlexikon«* in 10 Bänden.

Tschechoslowakische Lexika

Die Wurzeln der traditionsreichen tschechischen Lexikon-Geschichte reichen weit in das Mittelalter zurück. Die wirtschaftliche und kulturelle Förderung des Landes durch Karl IV. brachte auch auf dem Gebiet der Künste und Wissenschaften reiche Früchte. Durch die Gründung der Prager Universität im Jahre 1348 wurde die Hauptstadt Böhmens zum damals einzigen Mittelpunkt des internationalen Studienbetriebs in Mitteleuropa, woraus sich auch das Bedürfnis ergab, die Zeiterkenntnisse und den gesamten Stand des Wissens in einer übersichtlichen Zusammenfassung festzuhalten. Ausdruck dieser Bestrebungen sind die ersten enzyklopädischen Nachschlagewerke, die Meister Bartolomäus von Chlumec (Claretus), der bedeutende tschechische Gelehrte und Pädagoge, in den Jahren 1360–1366 verfaßte.

Die ersten Bemühungen um die Herausgabe eines universellen enzyklopädischen Werkes, das eine allseitige Information im Sinne allgemeiner Publizität bringen und sich nicht mehr nur an studierte Kreise, sondern in erster Linie an die breiten Schichten des Laienpublikums wenden sollte, fallen in die 30er Jahre des vorigen Jahrhunderts. Um diese Versuche machte sich der Kulturpolitiker und Historiker František Palacký verdient, als enzyklopädische Bestrebungen geradezu in der Luft lagen. Leider blieb Palackýs Vorschlag, eine 6bändige Enzyklopädie vom Typ des

Brockhaus-Lexikons herauszugeben, wegen des Mangels an finanziellen Mitteln unverwirklicht.

Erst 30 Jahre später gelang es der unermüdlichen Sorgfalt des bedeutenden Publizisten und Politikers Fr. Ladislav Rieger, Palackýs Plan in die Tat umzusetzen. Sein oft auch nach dem Verlag als »*Kober*« zitiertes Konversationslexikon »*Slovník naučný*« erschien in Prag 1860–1874 in 10 Bänden und 1 Ergänzungsband und hatte großen Erfolg (2. Auflage 1877).

Das grundlegende Denkmal der tschechischen Lexikonarbeit des 19. Jahrhunderts aber wurde und blieb »*Ottův slovník naučný* « (»Ottos Konversationslexikon«), eine Enzyklopädie des allgemeinen Wissens, die in den Jahren 1888–1909 in 28 Bänden in Prag herauskam. Zur Bearbeitung dieser ersten großen modernen Enzyklopädie gelang es dem leitenden Redakteur Prof. F. Studnička, fast die ganze Prager Universität und viele Fachleute außerhalb der Hochschule zu gewinnen. Der Zeitablauf und die Fülle von neuem Wissens- und Informationsmaterial erzwang nach dem 1. Weltkrieg das Erscheinen eines ergänzenden Werkes unter der Redaktion von Prof. Bohumil Nemec. »*Ottos neuzeitliches Konversationslexikon*« (»Ottův slovník naučný nové doby«) erschien in den Jahren 1930–1943 in 12 Bänden (I.-VI. Teil).

Vor und neben diesem Werk erschienen 1923–1929 die von V. Brdlik herausgegebene »*Encyclopédie tchécoslovaque*« in 3 Bänden, 1925–1933 das vor allem seiner biographischen Artikel wegen geschätzte »*Masarykův slovník naučný*« (»Masaryks Konversationslexikon«) in 7 Bänden, 1931–1934 das 20bändige »*Nový illustrovaný slovník naučný*« (»Neues großes illustriertes Konversationslexikon«), 1932 in Bratislava (Preßburg) als slowakische Enzyklopädie das von Pavol Bujnak herausgegebene »*Slovenský naučný slovník*« und in den Jahren 1937/38 das 10bändige »*Comenius-Lexikon*« (»Komenského slovník naučný«).

Nach dem 2. Weltkrieg erkannte die Tschechoslowakische Akademie der Wissenschaften rechtzeitig die Notwendigkeit, die heraufziehende Informationsexplosion meistern zu müssen. Ihr Enzyklopädisches Institut unter Leitung des Akademiemitglieds Vladmír Procházka brachte in den Jahren 1962–1967 unter Mitwirkung des Enzyklopädischen Kabinetts der Slowakischen Akademie der Wissenschaften das vierbändige *»Příruční slovník naučný«* (Handlexikon) heraus. Die gesamte Auflage in der Höhe von 93 000 Exemplaren war schon nach dem Erscheinen des letzten Bandes vergriffen. Selbstverständlich war das Werk im Geiste des damals allein maßgebenden Marxismus-Leninismus abgefaßt. In den Jahren 1984–1987 erschien, herausgegeben vom Enzyklopädischen Institut der Akademie, die *»Malá Československá encyklopedie«* in 6 Bänden.
Die Zeitspanne zwischen der Herausgabe dieser beiden Enzyklopädien der Akademie nutzte das Enzyklopädische Institut der Akademie der Wissenschaften mit der Herausgabe einer ausführlichen *»Kleinen Enzyklopädie A-Z«* in einer Taschenbuchausgabe von 1200 Seiten Umfang in 1 Band. Das Werk erschien 1972 unter dem Titel *»Malý encyklopedický slovník«*, und die ganze Auflage, die nachträglich auf 150 000 Exemplare erhöht wurde, war durch Vorbestellungen bereits vergriffen.

Tumminelli
Dieser Name trat nach dem 2. Weltkrieg neu in den großen Kreis der → italienischen Lexika. Schon 1947 erschien die *»Enciclopedia Tumminelli«* in 2 Bänden (1953 in 4. Auflage). 1948 folgte die 16 Bände umfassende *»Enciclopedia Tumminelli«*.

Türkische Lexika
Nach dem schon 1932 ff. erschienenen Lexikon *»Hayat Ansiklopedisi«* kam in den Jahren 1940 ff. in Istanbul eine *»Islam Ansiklopedisi«* heraus. 1946 begann die Herausgabe einer weiteren türkischen En-

zyklopädie unter dem Titel »*Inönü Ansiklopedisi*«. Die ersten 8 der in 15 Jahren erschienenen 10 Bände erreichten erst das Ende des Buchstaben B. Während des Erscheinens wurde der Titel in »*Türk Ansiklopedisi*« geändert. Heute gibt es auf der Basis der Substanz von Larousse verschiedene Lexika in der Türkei.

U

Ullstein-Lexika

Um die Mitte der 20er Jahre unseres Jahrhunderts plante der Berliner Ullstein-Verlag nach dem Vorbild der »*Encyclopaedia Britannica*« die Herausgabe einer mehr als 20 Bände umfassenden, im Vierfarbendruck hergestellten »Deutschen Enzyklopädie«, die um 1928 verwirklicht werden sollte. Die Weltwirtschaftskrise des Herbstes 1929 setzte diesem Plan ein jähes Ende.

Aus der erarbeiteten Substanz wurde 1934 »*Das kluge* → *Alphabet*« in 10 Bdn. abgeleitet, das 1957 in 3 Bdn. unter dem gleichen Titel eine Neuausgabe erfuhr und die Lexikonarbeit nach dem 2. Weltkrieg wieder aufnahm. 1964 folgte das einbändige »*Ullstein-Handlexikon*« (zugleich in einer Lizenzausgabe bei der Deutschen Buchgemeinschaft als »*DBG-Handlexikon*«), das in rascher Folge mehrere Nachauflagen erlebte (1965 im 6. Tsd., 1968 im 352. Tsd., 1969 im 396. Tsd., 1970 im 416. Tsd.).

Seit 1965 taucht auch bei Ullstein der vorher schon von → Bertelsmann benutzte Begriff der Lexikon-Bibliothek als Oberbegriff für eine Reihe von thematischen Nachschlagewerken (Musiklexikon, Tierlexikon u. ä.) auf, und zwar mit dem »*Handlexikon*« als Grundwerk, von dem 1973 und 1975/76 noch weitere Neuausgaben erschienen. Heute ist aus dieser Reihe nur noch das Musiklexikon auf dem Markt.

Ungarische Lexika

Schon früh erschien 1831–1834 mit dem 12bändigen »*Közhasznu Ismeretek Tára*« auch in Ungarn ein vom Brockhaus beeinflußtes lexikalisches Werk.

Vom 19. zum 20. Jahrhundert führten die 16 Bände des »*A Pallas Nagy Lexikona*« im Zeitraum der Jahre 1893–1904.

Den Namen des Verlages Franklin tragen die 1911/12 erschienenen 3 Bände des »*A Franklin Kézi Lexikona*«. Ebenfalls noch vor dem 1. Weltkrieg startete 1911 das »*Révai Nagy Lexikon*«, dessen letzter und 20. Band 1927 vorlag (1935 folgte noch ein Ergänzungsband).

In den 30er Jahren erschienen ab 1931 »*Gutenberg Nagy Lexikona*«, 1936 das »*Uj Lexikon*« in 6 Bänden und 1936–1942 das »*Uj Idők lexikona*« in 12 und 24 Bänden.

Nach dem 2. Weltkrieg kam zuerst 1947/48 »*Révai Kétkötetes Lexikona*« in 2 Bänden heraus.

Die 1959–1962 erschienenen 6 Bände des »*Uj Magyar Lexikon*« stehen auf dem Boden des Marxismus-Leninismus. Als Ableitungen erschienen 1968 und 1974 noch zwei erfolgreiche Einbänder.

Universal-Lexikon

→ Schweizer Lexika, → Stauffacher-Lexika

Universum-Lexikon

→ Lux

USA-Lexika

Zu den augenfälligsten Kennzeichen des nordamerikanischen Buchmarktes gehört die große Bedeutung der enzyklopädischen Verlage, die sogenannte »subscription reference books« (= Nachschlagewerke auf Subskriptionsbasis) verkaufen.

Für 1962 wurden dieser Gruppe von Verlagen 23,5 % des gesamten Verlagsumsatzes in den USA zugeschrieben, und man schätzt, daß in einer von vier Wohnungen ein solches lexikalisches Werk zu finden war. Inzwischen ist die Bedeutung dieser Verlagsgruppe noch gestiegen. In

den Jahren 1963–1969 stieg der Umsatz dieser Verlage von rund 381 auf 603,5 Mill. Dollar, in 1972 auf 605,6 Mill. Dollar und stand damit an der Spitze aller Buchgruppen sogar noch vor den Schulbüchern für allgemeine und höhere Schulen. In 1979 wurden allein auf dem Wege door-to-door für 358 Mill. Dollar Lexika verkauft.
Zu dieser Gruppe gehören etwa 30 Verlage, von denen jedoch z. B. im Jahre 1963 auf allein 4 Großverlage etwa 90% des Umsatzes dieser Gruppe entfielen, nämlich rund 125 Mill. Dollar auf die Encyclopaedia → Britannica, rund 115 Mill. Dollar auf → Grolier, rund 100 Mill. Dollar auf → Field Enterprises und rund 60 Mill. Dollar auf → Crowell-Collier.

UTEHA
→ Spanische Lexika

UTET
Diese vier Buchstaben stehen für die in Turin ansässige »Unione Tipografico-Editrice Torinese«, die 1948–1950 die »*Enciclopedia Pomba per le famiglie*« in 2 Bänden herausgab.
Sie ist auch der Herausgeber des »*Grande Dizionario Enciclopedico*« (GDE), dessen 20 großformatige Bände 300 000 Stichwörter in 18 Textbänden, einem Registerband und einem Atlas anbieten. Vorher erschien dieses Werk schon 1954–1962 in einer 12 Bände umfassenden Ausgabe. 1967–1973 erfolgte eine 3. Auflage des »*Grande Dizionario Enciclopedico*« in 20 Bänden; 1979 erschien dazu noch ein Ergänzungsband. Seit 1984 erscheint die 4. Auflage, wiederum auf 20 Bände geplant. Sie soll durch einen Indexband sowie einen Atlas ergänzt werden.

V

VEB Bibliographisches Institut/VEB Verlag Enzyklopädie
»Unser Lexikon steht eindeutig auf dem Boden der in der Deutschen Demokratischen Republik vertretenen gesellschaftlichen und politischen Überzeugungen und bemüht sich, die Erkenntnisses des dialektischen und historischen Materialismus auf alle Bereiche der Wirklichkeit anzuwenden«, heißt es in dem Vorwort des 1953 im Leipziger volkseigenen (seit 1946) Verlag Enzyklopädie, dem früheren Bibliographischen Institut, erschienenen *»Lexikon A-Z in einem Band«*. In den Jahren 1956/57 folgte eine auf 2 Bände erweiterte und überarbeitete Ausgabe unter dem Titel *»Lexikon A-Z in zwei Bänden«*, das bis 1958 in 3 Auflagen 300 000 Exemplare erreichte. Ihm folgte 1959 *»Kleines Lexikon A-Z«* (ab 4. Auflage 1963 als *»Meyers Taschenlexikon A-Z«*). Als weitere Kleinlexika erschienen 1971 *»Meyers Neues Handlexikon A-Z«* und 1974/75 *»Meyers Lexikon A-Z«*.
1958 begann der VEB Verlag Enzyklopädie mit den Vorarbeiten zur Herausgabe eines Lexikons in 8 Bänden. Um an die Tradition der altbekannten Meyer-Lexika anzuknüpfen, erschien dieses Werk dann aber 1961–1964 unter dem Titel *»Meyers Neues Lexikon«*. Dieses »erste große deutsche Lexikon auf marxi-

stischer Grundlage«, das genau 125 Jahre nach Erscheinen des ersten Meyer-Lexikons (1839) abgeschlossen vorlag, firmierte dann auch unter dem Verlagsnamen VEB Bibliographisches Institut, das also identisch mit dem VEB Verlag Enzyklopädie ist.

Eine auf 18 Bände erweiterte 2. Auflage von *»Meyers Neuem Lexikon«* startete Mitte 1971 und lag 1976 abgeschlossen vor.

Im Frühjahr 1980 einigte sich der VEB Bibliographisches Institut/Leipzig mit dem Bibliographischen Institut/Mannheim nach langem Streit über die Verwendung der Namen »Duden« und »Meyer« in der Form, künftig Werke mit den Namen »Duden« oder »Meyer« nicht mehr in deutschsprachige Länder zu liefern. Aber dieser Vertrag wurde nichtig, als Anfang des Jahres 1990, im Zuge der Wiedervereinigung Deutschlands, über die Möglichkeiten redaktioneller und vertriebstechnischer Zusammenarbeit in Leipzig und Mannheim Vereinbarungen getroffen wurden.

VNU

Diese drei Buchstaben stehen für »Verenigde Nederlandse Uitgeversbedrijven«, ein Joint Venture zwischen Roto Smeets und Spectrum Publishing. Schon 1965 war hier die *»Standard Encyclopedie«* in 15 Bänden erschienen; 1974 startete die *»Grote Spectrum Encyclopedie«* in 24 Bänden mit dem Artwork von → Mitchell Beazley, die heute nicht mehr im Handel ist; vgl. auch → *»American Encyclopedia«*.

W

Wageners Conversations-Lexikon
Zu den einflußreichsten lexikalischen Werken auf dem Gebiet der politischen Meinungsbildung in der zweiten Hälfte des 19. Jahrhunderts gehört ein Werk mit dem Titel »*Neues Conversations-Lexikon. Staats- und Gesellschaftslexikon*«, dessen 23 Bände in den Jahren 1859–1867 bei F. Heinicke in Berlin erschienen. Als Herausgeber zeichnete der preußische Publizist und Politiker Hermann Wagener (*1815, †1889), der als Chefredakteur der konservativen »Kreuzzeitung« und später als enger Mitarbeiter Bismarcks eine Rolle spielte. So ist auch die Entstehung dieses Lexikons, das die Eigenschaften eines allgemeinen Nachschlagewerkes mit denen einer Fachenzyklopädie zu vereinigen versuchte, nur aus der politischen Situation seiner Entwicklungszeit heraus zu verstehen.

Winkler Prins
Zu den in aller Welt angesehensten Groß-Lexika gehört das im Verlag → Elsevier erschienene Werk, das unter dem Kurztitel »*Winkler Prins*« (oft als W.P. abgekürzt zitiert) bekannt wurde.
Der Name geht zurück auf *Anthony Winkler Prins*, einen niederländischen Pfarrer und Schriftsteller, der von 1817 bis 1908 lebte. Er schuf auf der Grundlage von Brock-

haus-Material die erste große niederländische Enzyklopädie, die unter dem Titel »*Winkler Prins Geïllustreerde Encyclopaedie*« erstmals 1870–1882 in 16 Bänden erschien und als das niederländische Standardlexikon bezeichnet werden kann. Schon 1884–1888 folgte eine 2. Auflage, die 3. Auflage 1905–1912 und die 4. Auflage 1914–1922. Ebenfalls 16 Bände umfaßte auch die 1932 bis 1938 erschienene 5. Auflage, nun mit dem Titel »*Winkler Prins Algemeene Encyclopaedie*». Die nach dem 2. Weltkrieg erfolgte 6. Auflage erschien 1947 bis 1954 in 18 Bänden (1955 noch ein 19. Band als Supplement) unter dem Titel »*Winkler Prins Encyclopedie*«. 1956–1960 erschien die »*Algemeene Winkler Prins Encyclopedie*» in 10 Bänden (Neuausgabe in 14 Bänden). Auf 20 Bände erweitert startete die »*Grote Winkler Prins Encyclopedie*« 1966 in 7. Auflage, und 1979 »*De Grote Winkler Prins 80*« mit der 8. Auflage in völlig neu konzipierten 25 Bänden.

Neben dem »*Großen W.P.*« entstand nach dem 2. Weltkrieg ein kleinerer Ableger. Der »*Kleine Winkler Prins*« erschien 1949 in 1 Band in 1. Auflage, wurde dann auf 3 Bände erweitert, die 1964 in 8. Auflage, 1970 in 10. Auflage erschienen.

An weiteren kleinen und mittleren Lexika gab Elsevier heraus: 1960 die »*Kleine alfabetische Elsevier Encyclopedie*« in 6 Bänden, 1961 »*Elseviers Pocket Encyclopedie A-Z*« in 1 Band, 1961–1963 den »*Nieuwe Winkler Prins*« in 5 Bänden, 1962 »*Elseviers Encyclopedie*« in 2 Bänden, 1967 den 1bändigen »*Moderne Winkler Prins in kleuren*« und 1970 »*Elseviers A-Z Encyclopedie*« in 1 Band. Auf der Grundlage dieser Elsevier-Substanz hat der Hamburger Verlag Olde Hansen 1970 das einbändige »*Lexikon in Farbe*« herausgebracht (1973 in 3. Auflage).

Die Redaktion der Winkler-Prins-Lexika zeichnete auch verantwortlich für die Zusammenstellung von »*Elseviers Moderne Gezins-Encyclopedie VISUM*« in 8farbig angelegten Bänden, die 1964 bis 1967 erschienen und die traditionell reiche Bebilderung der W.P.-Werke der neueren internationalen Entwicklung hin zum farbigen Lexikon anpaßten.

World Book Encyclopedia
Der unbestritten größte Lexikonverlag der USA ist »World Book – Childcraft International« (= WBCI) in Chicago, die jedes dritte in der Welt verkaufte Nachschlagewerk produziert. Dieser Verlag ging hervor aus der → »Field Enterprises Educational Corp.«, die 1978 von der Scott & Fetzer Comp. aufgekauft wurde.

Das Hauptwerk ist das erstmals 1917/18 in 8 Bänden herausgegebene Werk *»The World Book Encyclopedia«* in heute 22 Bänden mit 29 000 Abbildungen in 19 000 Artikeln auf mehr als 13 000 Seiten. Heute gilt dieses Lexikon als »The largest-selling of all encyclopedias«. Wer will dies bezweifeln, wenn er hört, daß allein in Nordamerika mehr als 85 000 Vertreter im Direktverkauf für die WBCI tätig sind, weitere 9 000 von den USA aus betrachtet »overseas«, im Einsatz nach der stolzen Devise »tell an honest story about an honest product«. Der Stolz dieser Verkaufsorganisation ist berechtigt, denn es gibt keinen US-Staat und keine kanadische Provinz, deren zuständige Behörden den Schulen und Bibliotheken *»World Book«* nicht zur Anschaffung empfehlen. Mehr als 3 000 Fachleute und Experten, darunter viele Träger des Nobelpreises, zeichnen für dieses Werk als Mitarbeiter verantwortlich, über 200 Redakteure, Grafiker u. a. Mitarbeiter wirken in der Chicagoer Verlagszentrale, die sich nicht scheut, alljährlich rund 3 Mill. Dollar für die Aktualisierung zu investieren. Allein in der 1980er Auflage wurden mehr als 4 500 der 13 000 Seiten in irgendeiner Weise revidiert oder aktualisiert. Dieses ständige Revisionsprogramm betrifft alljährlich 35–45 % des Inhalts.

Schon 1961 erschien *»World Book«* auch als erstes der → »Blinden-Lexika«; 1964 erfolgte eine 30 Bände umfassende »large type edition« in einem größeren Schriftgrad für lesebehinderte Benutzer; seit 1980 gibt es »World Book« auch auf einer Kassette für Blinde und Sehbehinderte.

Ergänzt um je zwei Bände über die Britischen Inseln und die australasiatische Inselwelt wird »*World Book*« in einer sog. »International Edition« in 24 Bänden auch außerhalb von Nordamerika angeboten; seit einiger Zeit auch in einer portugiesischen Ausgabe.

»Nevertheless, it is the leading company in encyclopedia sales«, meint eine Werbeschrift. Isn't it? Der jährliche Verkauf wird vom Verlag mit 20 Millionen Bänden oder rund 260 Millionen Dollar angegeben.

Z

Zedlers »Universal-Lexikon«
Wenn einem Lexikon in der Ruhmeshalle historischer Nachschlagewerke ein Sonderplatz gebührt, dann dem einen Werk, dessen barocker Titel mit *»Großes vollständiges Universal-Lexikon aller Wissenschaften und Künste,........«* beginnt und so untrennbar mit dem Namen seines Verlegers Zedler verbunden ist, daß es oft nur als »der Zedler« zitiert wird.
Johann Heinrich Zedler (*1706 in Breslau, †1751) war der verdienstvolle Leipziger Buchhändler und Verleger, der die gewichtigen 64 Foliobände in den Jahren 1731–1750 herausgab. Der 1. Band trägt zwar das Datum 1732, erschien aber tatsächlich bereits zu Michaelis 1731! Zusammen mit den 1751–1754 erschienenen vier Supplementen und damit auf insgesamt 68 Bände mit rund 750 000 Artikeln auf 62 571 Seiten angewachsen, kann Zedlers Universal-Lexikon für sich in Anspruch nehmen, neben der spanischen → *Espasa* als bisher größtes im Druck erschienenes allgemeines Lexikon des Abendlandes gelten zu dürfen.
Wie wichtig »der Zedler« noch heute als Quelle vor allem für Biographien längst vergessener oder weniger bekannter Persönlichkeiten ist, zeigt die Tatsache, daß dieses Monumentalwerk der Lexikographie 230 Jahre nach sei-

nem Erscheinen noch einen unveränderten fotomechanischen Nachdruck aller 68 Bände erfuhr, zu dem sich die Akademische Druck- und Verlagsanstalt in Graz/Österreich entschloß. Der Nachdruck in etwas verkleinertem Format erschien in den Jahren 1961 bis 1964.

Grosses vollständiges

UNIVERSAL LEXICON

Aller Wissenschafften und Künste,

Welche bißhero durch menschlichen Verstand und Witz erfunden und verbessert worden,

Darinnen so wohl die Geographisch-Politische

Beschreibung des Erd-Creyses, nach allen Monarchien, Käyserthümern, Königreichen, Fürstenthümern, Republiquen, freyen Herrschafften, Ländern, Städten, See-Häfen, Vestungen, Schlössern, Flecken, Aemtern, Klöstern, Gebürgen, Pässen, Wäldern, Meeren, Seen, Inseln, Flüssen, und Canälen; samt der natürlichen Abhandlung von dem Reich der Natur, nach allen himmlischen, lufftigen, feurigen, wässerigen und irrdischen Cörpern, und allen hierinnen befindlichen Gestirnen, Planeten, Thieren, Pflantzen, Metallen, Mineralien, Saltzen und Steinen rc.

Als auch eine ausführliche Historisch-Genealogische Nachricht von den Durchlauchten und berühmtesten Geschlechtern in der Welt,

Dem Leben und Thaten der Käyser, Könige, Churfürsten und Fürsten, grosser Helden, Staats-Minister, Kriegs-Obersten zu Wasser und zu Lande, den vornehmsten geist- und weltlichen Ritter-Orden rc.

Ingleichen von allen Staats- Kriegs- Rechts- Policey und Haußhaltungs-Geschäfften des Adelichen und bürgerlichen Standes, der Kauffmannschafft, Handthierungen, Künste und Gewerbe, ihren Innungen, Zünfften und Gebräuchen, Schiffahrten, Jagden, Fischereyen, Berg- Wein- Acker-Bau und Viehzucht rc.

Wie nicht weniger die völlige Vorstellung aller in den Kirchen-Geschichten berühmten Alt-Väter, Propheten, Apostel, Päbste, Cardinäle, Bischöffe, Prälaten und Gottes-Gelehrten, wei auch Concilien, Synoden, Orden, Wallfahrten, Verfolgungen der Kirchen, Märtyrer, Heiligen, Sectirer und Ketzer aller Zeiten und Länder,

Endlich auch ein vollkommener Inbegriff der allergelehrtesten Männer, berühmter Universitäten Academien, Societäten und der von ihnen gemachten Entdeckungen, ferner der Mythologie, Alterthümer, Müntz-Wissenschafft, Philosophie, Mathematic, Theologie, Jurisprudentz und Medicin, wie auch aller freyen und mechanischen Künste, samt der Erklärung aller darinnen vorkommenden Kunst-Wörter u. s. f. enthalten ist.

Nebst einer Vorrede, von der Einrichtung dieses mühsamen und grossen Wercks

Joh. Pet. von Ludewig, JCti,

Königl. Preußischen geheimden und Magdeburg. Regierungs- und Consistorial Raths, Cantzlers bey der Universität, und der Juristen-Facultät Præsidis Ordinarii, Erb- und Gerichts-Herrn auf Bendorff, Pretz und Gatterstädt.

Mit Hoher Potentaten allergnädigsten Privilegiis.

Erster Band. A. — Am

Halle und Leipzig,

Verlegts Johann Heinrich Zedler,

Anno 1732.

300 Jahre Lexikographie in Daten

1674	erschien in Lyon als erstes großes Lexikon Europas in einer lebenden Sprache das von dem katholischen Geistlichen *Moréri* verfaßte Werk »Le Grand Dictionnaire Historique«.
1677	erschien in Basel die zwei starke Foliobände umfassende Enzyklopädie »Lexicon Universale« des Historikers Jacob *Hoffmann,* der in alphabetischer Anordnung den gesamten Stoff des historischen Wissens zusammenfassen wollte.
1695–1697	erschien in 2 Bänden das »Dictionnaire historique et critique« des Philosophen Pierre *Bayle,* der als Vertreter der Aufklärung zu den Problemen seiner Zeit Stellung nahm.
1701–1706	entstand *Coronellis* leider unvollendete »Biblioteca universale«.
1704	kam in Leipzig erstmalig als wichtigstes und erfolgreichstes Zeitungslexikon Johann *Hübners* »Reales Staats- und Zeitungs-Lexicon«

(1709 schon in 4. Auflage) heraus. Das Werk entwickelte sich zu einem der erfolgreichsten Bücher des deutschen Schrifttums und erschien zu Beginn des 19. Jahrhunderts in 31. Auflage.

1712 erschien als 2. Teil des »Hübner« und veranlaßt durch dessen Erfolg »Curieuses und Reales Natur-, Kunst-, Berg-, Gewerck- und Handlungs-Lexicon«, dessen Hauptverfasser Paul Jacob *Marperger* war.

1721 kam in Leipzig neben dem Hübner als zweites größeres und populäres Lexikon Deutschlands »Allgemeines Lexicon der Künste und Wissenschaften« von Johann Theodor *Jablonski* heraus. Jablonskis Werk kann als erste volkstümliche Enzyklopädie mit Bildern bezeichnet werden.

1726 wurde in Peking eine zweite große chinesische Enzyklopädie gedruckt. Der Titel lautete »Gujin tushu jicheng«. Das Werk umfaßte 5020 Bände und wurde unter Leitung von Ziang Tingsi mit beweglichen, aus Bronze gegossenen Typen gedruckt, und zwar in einer 1. Auflage von 100 Exemplaren. – In der Schweiz erschien zu dieser Zeit das »Basler Lexikon«.

1728 erschien in 2 Bänden als erste große englische Enzyklopädie die »Cyclopaedia« des Schriftstellers Ephraim *Chambers*. Sie arbeitete bereits mit einem Verweisungssystem im modernen Sinne, fand auch im Ausland Beach-

	tung und beeinflußte maßgeblich das Erscheinen der großen Enzyklopädie Diderots und d'Alemberts.
1732–1750	erschien das »Große vollständige Universal-Lexicon aller Wissenschaften und Künste«, verlegt von dem Leipziger Buchhändler Johann Heinrich *Zedler*, mit 64 schweren Foliobänden das größte bis dahin gedruckte Universallexikon des Abendlandes (»Zedlersche Enzyklopädie«), ein großartiges Denkmal deutschen Gelehrtenfleißes.
1751–1772	erschien die berühmte »Encyclopédie, ou Dictionnaire Raisonné des Sciences, des Arts et des Métiers«, die an Stelle der geplanten französischen Übersetzung der Chambers-Cyclopaedia von *Diderot* und *d'Alembert* neu geschaffen wurde und auf Jahrzehnte das geistige Leben beherrschte.
1768–1771	erschien erstmals die »Encylopaedia Britannica«; sie umfaßte nur 3 Bände.
1773–1858	gab *Krünitz* seine Enzyklopädie heraus.
1778–1804	erschien die »Frankfurter Enzyklopädie«.
1796	erschien der 1. Band eines neuen populären Nachschlagewerkes unter dem Titel »Conversationslexikon mit vorzüglicher Rücksicht auf die gegenwärtigen Zeiten«, herausgegeben von dem Leipziger Gelehrten R. *Löbel* und dem Advokaten C. W. *Franke.*

1808	erklärte sich Friedrich Arnold *Brockhaus* bereit, die Bestände des letztgenannten Lexikons zu kaufen. Er schloß mit Franke einen Vertrag, noch zwei Nachtragsbände zu liefern, die 1809 und 1811 erschienen.
1818	erschien Band 1 der »Allgemeine Encylopädie der Wissenschaften und Künste«, deren Herausgabe J. S. *Ersch* in Halle leitete. Das Werk wurde bis 1889 fortgeführt, blieb aber trotz der 167 erschienenen Bände ein unvollkommenes Werk.
1824–1836	erschien in Altenburg die 1. Auflage von Heinrich August *Pierers* »Encyklopädischem Wörterbuch der Wissenschaften, Künste und Gewerbe«, das in späteren Auflagen den Titel »Universal-Lexikon« führte. Es sollte eine Synthese zwischen dem Brockhaus-Lexikon und der Ersch-Enzyklopädie sein.
1824–1833	gab der Buchhändler Spitz ein in Köln/Bonn erschienenes »Rheinisches Konversationslexikon« in 12 Bänden heraus, das er fast ausschließlich aus Artikeln des Brockhaus-Lexikons zusammengesetzt hatte.
1829–1833	gab F. Lieber die 1. Auflage der »Encyclopedia Americana« heraus.
1839–1852	erschien unter Leitung von Joseph *Meyer* in bewußter Anlehnung an das Brockhaussche Werk »Das große Conversations-Lexicon für die gebildeten Stände« in 46 Bänden.

1846–1850	erschien in Freiburg die 1. Auflage von »Herders Conversations-Lexikon« in 5 Bänden.
seit 1854	schuf der französische Buchhändler P.A. *Larousse* verschiedene allgemeinverständliche Lexika, die noch heute ständig verbesserte Auflagen erleben.
1857–1861	gab das Bibliographische Institut Meyers »Neues Conversations-Lexikon für alle Stände« in 15 Bänden heraus.
1859–1867	erschien in 23 Bänden das von Hermann *Wagener* herausgegebene »Staats- und Gesellschafts-Lexikon«, das sich im Obertitel als »Neues Conversations-Lexikon« bezeichnete und den Versuch einseitig konservativer Publizistik darstellte.
1860–1865	erschien bei Brockhaus in 7 Bänden ein »Illustriertes Haus- und Familien-Lexikon«, das mit seinen vielen praktischen Tips (für Krankheiten u. ä.) sehr populär wurde. Es war das Lexikon für die Zeit der 1853 gegründeten »Gartenlaube«, die damals eine Auflage von 400 000 (!) Exemplaren hatte.
1864–1868	erschien »Der Große Brockhaus« in seiner 11. Auflage mit 15 Bänden.
1866–1876	gab Larousse das »Grand Dictionnaire universel du XIXème siècle« heraus.

1869–1874	entstand in New York das von dem Deutschen A. *Schem* geschaffene »Deutsch-amerikanische Conversations-Lexicon«.
1870–1882	erschien bei Elsevier die 1. Auflage des unter dem Namen »Winkler Prins« berühmt gewordenen Lexikons.
1875	erschien der 1. Band des »Nordisk Familjebok«.
1882–1887	erschien die 13. Auflage des nun 16bändigen Brockhaus-Lexikons, das nicht mehr durchgehende Zeilen, sondern bereits Spaltensatz brachte.
1885–1902	erschien in Frankreich »La Grande Encyclopédie« in Fortsetzung der Tradition der großen Enzyklopädie Diderots und d'Alemberts. – Bei Grunow erschien seit 1885 die »Deutsche Encyklopädie«.
1890–1904	erschien im damaligen St. Petersburg der »russische Brockhaus«.
1893–1911	kam in Dänemark »Salmonsens Konversations-Leksikon« heraus.
1898–1904	erschien der »Nouveau Larousse illustré«.
1905	begann in Spanien die bis heute auf über 80 Bände angewachsene »Espasa«-Enzyklopädie ihr Erscheinen.

1906	gab C. *Augé* den bis heute erfolgreichen »Petit Larousse« erstmals heraus, Aschehoug das erste größere Lexikon von bleibender Bedeutung, und in Spanien begann Salvat seine lexikalische Arbeit.
1908	startete Otava das erste größere finnische Lexikon.
1910–1911	erschien die berühmte »Cambridge issue« der »Encyclopaedia Britannica«.
1911–1927	erschien in Budapest »Révai Nagy Lexikona« in 20 Bänden.
1912–1918	kam »Habbel's Lexikon« als zeitgeschichtlich interessantes Werk auf den deutschen Markt.
1916	begann Oosthoek seine Aktivität auf dem holländischen Lexikonmarkt.
1917	startete Field Enterprises die 1. Auflage der »World Book Encyclopedia«.
1918	begann die »Americana« in 30 Bänden zu erscheinen.
1920	machte Nelson den Versuch eines Loseblatt-Lexikons.
1922	erschienen »Bonniers Konversations-Lexikon« und »Compton's Encyclopedia« in ihren ersten Ausgaben.

1925	kam die 1. Auflage des »Kleinen Herder« auf den Markt.
1926	begann die »Große Sowjet-Enzyklopädie« in 65 Bänden zu erscheinen.
1927	kam der »Der kleine Beckmann« auf den deutschen Markt, und in Griechenland erschien die »Megale Hellenike Enkyklopaideia«.
1928–1933	brachte Larousse den 6bändigen »Larousse du XXème siècle« heraus.
1928–1937	kam der »Große Brockhaus« in seiner 20 Bände umfassenden 15. Auflage heraus.
1929	im Jahr der Weltwirtschaftskrise starteten in mehreren Ländern neue Großlexika, so in Schweden »Svensk Uppslagsbok« in 30 Bänden und in Italien die »Enciclopedia Italiana«. Im gleichen Jahr kam die »E.B.« in der 14. Auflage heraus.
1931	kamen gleich zwei bis heute erfolgreiche Kleinlexika auf den deutschen Buchmarkt: »Knaurs Lexikon« und der »Volks-Brockhaus«. »Der Große Herder« startete seine 4. Auflage in 12 Bänden und Gyldendal in Kopenhagen sein 4bändiges Lexikon.
1934	brachte Ullstein »Das kluge Alphabet« in 10 Bänden auf den Markt; in Frankreich betrat Quillet den Lexikonmarkt.

1935	kam die 1. Auflage der unbebilderten »Columbia Encyclopedia« heraus.
1936–1938	erschien bei Brockhaus das sehr populär gewordene »Allbúch« in 4 Bänden. Ebenfalls 1936 begann beim Bibliographischen Institut die auf 12 Bände geplante, durch die Kriegsumstände aber unvollendet gebliebene 8. Auflage von »Meyers Lexikon« zu erscheinen und zugleich in Lissabon und Rio de Janeiro die »Grande enciclopédia portuguesa e brasileira« in 40 Bänden.
1944	noch im 2. Weltkrieg startete in Kopenhagen das »Nordisk Konversations-Lexikon« in 14 Bänden. Im gleichen Jahr betrat Grolier mit der 1. Auflage seiner Enzyklopädie den amerikanischen Lexikonmarkt. 1944 schlug auch die Geburtsstunde des »Schweizer Lexikons« in 7 Bänden.
1946	folgte das ebenfalls in Zürich erscheinende »Neue Lexikon« in 3 Bänden. Im gleichen Jahr wurde das durch Meyers Lexika berühmt gewordene Bibliographische Institut in Leipzig zum Volkseigenen Betrieb erklärt.
1947	kam in Wien das 1bändige »Universum Taschenlexikon« auf den Markt. In Holland begann die 6. Auflage des »Winkler Prins« zu erscheinen und das Förlagshuset Norden in Schweden brachte die 2. Auflage des »Svensk Uppslagsbok« heraus.

1948	trat »Der Neue Herder« in 3 Bänden als erstes deutsches Lexikon nach dem 2. Weltkrieg wieder in Erscheinung.
1949	folgte »Der kleine Brockhaus« in 2 Bänden, während das »Schweizer Lexikon« in einer 2bändigen Ausgabe nochmals aufgelegt wurde. Auf dem angloamerikanischen Markt erschienen gleich mehrere Großlexika: in England die »Chambers Encyclopedia« mit einer 15bändigen Neuausgabe, in den USA »Colliers Encyclopedia« und die »World Book Encyclopedia« in je 20 Bänden sowie die »Americana« in einer 30 Bände umfassenden Neuausgabe.
1950	bereicherte »Herders Volkslexikon« den deutschen Markt, während in den USA eine Neuausgabe der »Encyclopaedia Britannica« startete und in der UdSSR die 2. Ausgabe der Großen Sowjetenzyklopädie.
1952	konnten auch in Deutschland wieder die traditionsreichen Großlexika mit neuen Ausgaben ihr Erscheinen beginnen: »Der Große Brockhaus« startete seine 16. Auflage in 12 Bänden, »Der Große Herder« seine 5. Auflage in 10 Bänden. In Gütersloh begann zur gleichen Zeit der Aufbau der Lexikonarbeit des Hauses Bertelsmann. In den USA erschien die »American People's Encyclopedia« und die einbändige »Columbia Encyclopedia«.

1953	erschien der 1. Band des »Bertelsmann Lexikons«. Während das Bibliographische Institut seinen Sitz nach Mannheim verlegte, gab der VEB Bibliographisches Institut ein »Lexikon A-Z in 1 Band« heraus und damit der ideologischen Spaltung Deutschlands einen auch nachschlagbaren Ausdruck.
1955	erweiterte Brockhaus sein Angebot um den »Kleinen Brockhaus« in 2 Bänden und die 12. Auflage des »Volks-Brockhaus«. Aus der Schweiz kam das »Stauffacher Hauslexikon« auf den Markt, und Bertelsmann schloß seinen Vierbänder mit der Einrichtung eines Lexikon-Auskunftsdienstes ab. Im Ausland starteten die italienische »Enciclopedia Hoepli« und die »Enciklopedija Jugoslavije«.
1956	machte das einbändige »Bertelsmann Volkslexikon« mit einer Erstauflage von 550 000 Exemplaren Schlagzeilen, und in Leipzig erschien als »erstes deutsches marxistisches Lexikon« ein 2bändiges »Lexikon A-Z«.
1957	erweckte Ullstein »Das kluge Alphabet« in einer 3bändigen Ausgabe zu neuem Leben.
1958	bereicherten »Der Neue Brockhaus« in 5 Bänden sowie die zweibändigen Werke »Kiepen-Lexikon« und »Universal-Lexikon« den deutschen Lexikonmarkt. In Schweden startete das »Focus«-Lexikon seine 1. Ausgabe.

1959	kreierte Bertelsmann mit »Das Wissen des 20. Jahrhunderts« in 6 Bänden einen für den deutschen Markt bisher noch neuen Lexikontyp, und »Herders Standard Lexikon farbig« in 3 Bänden ging neue Wege in der Ausstattung.
1960	erschien in Deutschland das »Ullstein-Lexikon« in 3 Bänden, in Frankreich startete der »Grand Larousse Encyclopédique« in 10 Bänden.
1961	brachte das Bibliographische Institut das »Duden-Lexikon« in 3 Bänden heraus.
1963	kam »Herders Volkslexikon farbig« heraus, und in der DDR begann »Meyers Neues Lexikon« in 8 Bänden zu erscheinen.
1964	startete das Bibliographische Institut das »Duden-Lexikon« in 8 Bänden. Das Angebot einbändiger deutscher Lexika wurde durch das »Ullstein Handlexikon« und das »Nymphenburger Volkslexikon« vermehrt. In Holland kam »Der kleine Oosthoek« in 2 Bänden auf den Markt.
1965	begann der »Der Neue Herder« in 6 Bänden zu erscheinen, Larousse kam mit seinem vielgerühmten »L 3« auf den Markt, und in Spanien startete Salvat die »Monitor«-Enzyklopädie in Form von »Partworks«.
1966	ist als Jahr der »Lexikon-Schwemme« in die Geschichte des deutschen Buchhandels ein-

	gegangen. Am 1.6. kam auf einen Schlag »Das Bertelsmann Lexikon« in 7 Bänden auf den Markt, bei Brockhaus startete die »Enzyklopädie in 20 Bänden« (17. Auflage des Großen Brockhaus), bei Droemer »Der Große Knaur« in 4 Bänden und »Knaurs Lexikon« als Taschenbuchausgabe. Das Taschenbuch hatte das Lexikon entdeckt, denn nebeneinander suchten das »rororo-Lexikon« in 9 Bänden und das »dtv-Lexikon« in 20 Bänden ihre Käufer.
1967	wurde der schwedische Lexikonmarkt durch »Combi Visuell« in 5 Bänden bereichert, während in England mit »Purnell's New English Encyclopedia« ein weiteres Lexikon in Lieferungen erschien.
1968	stand der internationale Lexikonmarkt ganz im Zeichen der Neuausgabe der »Encyclopaedia Britannica« zum 200. Jahrestag ihres Erscheinens. Mit der »Alpha«-Enzyklopädie erschien ein weiteres lexikalisches »Partwork«.
1969	kam mit der »Enzyklopädie 2000« auch in Deutschand ein lexikalisches »Partwork« auf den Markt. Als »S. Fischer Lexikon« gewann »Der Große Knaur« eine neue Form, und aus der Schweiz kam das »Rencontre-Lexikon« auf den deutschen Markt. Als erstes durchgehend farbiges Lexikon im Großformat gab Mondadori die »Colorama-Enciclopedia« heraus.

1970	nahm die »Enzyklopädie 2000« in gebundener Form den Titel »Lexikon 2000« an. Bertelsmann startete als erstes überwiegend farbig illustriertes Werk »Das moderne Lexikon« in 20 Bänden. In der UdSSR wurde die 3. Ausgabe der »Großen Sowjetenzyklopädie« gestartet.
1971	trat das westdeutsche Bibliographische Institut auch wieder mit dem altbewährten Namen Meyer in die Arena der Lexikon-Giganten und stellte »Meyers Enzyklopädisches Lexikon« in 25 Bänden der Öffentlichkeit vor. Larousse startete die »Grande Encyclopédie alphabétique« in 20 Bänden.
1972	präsentierte der Bertelsmann Lexikon Verlag die LEXIKOTHEK als neuartiges Informations- und Bildungssystem (10 Lexikon- und 15 Themenbände, Atlas) dem deutschen Buchmarkt. In Israel erfuhr die »Encyclopaedia Judaica« ihre Vollendung.
1973	erlebte »Der Neue Brockhaus« in 5 Bänden seine nunmehr farbig ausgestattete 5. Auflage. Auch das aus dem »Duden-Lexikon« hervorgegangene »rororo-Taschenbuch-Lexikon« erfuhr eine Neuausgabe, und zwar in 6 Bänden. Das »Rencontre-Lexikon« kam in zwei Variationen neu auf den Markt, und zwar als »Lingen-Lexikon« in 20 Bänden und als »Fackel-Lexikon« in 10 Bänden.
1974	gab es auf dem ausländischen Lexikonmarkt zwei beachtenswerte Neuerscheinungen: Die

	ehrwürdige »Britannica« erschien als »Britannica 3« in 30 Bänden, und der niederländische Verlagskonzern V.N.U. startete die »Grote Spectrum Encyclopedie« in 24 Bänden. Das LEXIKOTHEK-Lexikon von Bertelsmann lag mit allen 10 Bänden vor.
1975	entstand in Oslo durch Vereinigung von Aschehoug und Gyldendal Norsk der Kunnskapsforlaget, Mitchell Beazley verkündete sein »Joy of Knowledge«-Konzept, und Hachette startete seine »Encyclopédie générale« in 12 Bänden. Als bislang stichwortreichster (80 000) Einbänder erschien das »Bertelsmann Handlexikon«, beim Bibliographischen Institut ging »Meyers Handlexikon« in die 12. Auflage; der »Volks-Brockhaus« erlebte bereits seine 15. Auflage, »Knaurs Lexikon« eine 20bändige Ausgabe und das »dtv-Lexikon« eine Neuausgabe. Im Herbst sorgte das einbändige »Große Universallexikon« (Herder/Corvus/Lingen) für Schlagzeilen.
1976	erlebte »Knaurs Lexikon« als »Das Große Fischer-Lexikon« eine Wiedergeburt in 20 Bänden, »Das farbige Duden-Lexikon« in 3 Bänden seine 6. Auflage, und in Gütersloh erschien das »Bertelsmann Universal-Lexikon in Farbe« in 2 Bänden. Garzanti startete seine »Enciclopedia Europea«, Kluwer »De grote Oosthoek« in 20 Bänden, bei Grolier erschien die »Encyclopedia International«, und die »Americana« erlebte eine Neuausgabe in 29 Bänden.

1977 begann als 18. Auflage »Der Große Brockhaus« in 12 Bänden zu erscheinen; daneben kam – überarbeitet – »Der Brockhaus in 2 Bänden« heraus, und Meyers »Großes Handlexikon« in 2 Bänden tauchte im Angebot des Quelle-Versandhauses auf. In den USA erschien die »Random House Encyclopedia«, in Israel die »Standard Jewish Encyclopedia« und in Dänemark eine Neuausgabe von »Gyldendals Leksikon«.

1978 bescherte das Bibliographische Institut dem Buchhandel »Meyers Neues Lexikon« in 8 Bänden. »Der Neue Brockhaus« in 5 Bänden ging bereits in die 6. Auflage. Der Kunnskapsforlaget startete ein neues norwegisches Nationallexikon, und in Moskau kam die »Große Sowjetenzyklopädie« in 30 Bänden zum Abschluß.

1979 lag »Meyers Enzyklopädisches Lexikon« in 25 Bänden komplett vor. Auf dem Taschenbuchmarkt erschien »Das Neue Fischer-Lexikon in Farbe« und bei Bertelsmann ein »Großes Handlexikon in Farbe« als neuer Einbänder. Für Unruhe auf dem deutschen Markt der Großlexika sorgte der Pawlak Verlag mit einer Neuausgabe der als »Lexikon 2000« aus den Jahren 1977 ff. bekannten Partwork-Substanz in mehreren Varianten. Die VR China meldete ihr erstes neues Lexikon-Wörterbuch, bei Laffont startete »Grand Quid illustré«, bei Elsevier »De Grote WP 80«.

1980	feierte Brockhaus sein 175jähriges Bestehen mit Jubiläumsausgaben, das BI machte Schlagzeilen mit seinem »Bildschirmtext-Lexikon«, VNU in den USA mit der »Academic American Encyclopedia«, Hachette mit seinem »Dictionnaire encyclopédique«, und in Spanien startete bei Plaza als Larousse-Adaption die »P 45«.
1981	lag in Norwegen das »Aschehoug og Gyldendals store norske leksikon« mit 12 Bänden vollständig vor und in Holland bei Kluwer »De Grote Oosthoek« in immerhin schon 20 Bänden.
1982	begann in Frankreich bei Larousse das »Grand Dictionnaire Encyclopédique« zu erscheinen.
1983	wurde Bonniers Enzyklopädie »Media« in 15 Bänden abgeschlossen.
1984	wurde die »Große Bertelsmann LEXIKOTHEK« in 36 Bänden der Öffentlichkeit vorgestellt. Die Fusion zwischen dem Bibliographischen Institut und dem Verlag F.A. Brockhaus wurde bekanntgegeben. Beim Deutschen Bücherbund lag »Der Große Knaur« in 20 Bänden vollständig vor. Im japanischen Verlag Skogatukan begann die »Encyclopedia Nipponica 2001« zu erscheinen.
1985	startete Plaza in Spanien die »Enciclopedia alfabética« in 10 Bänden und der portugiesi-

sche Circolo de Leitores die »Lexicoteca – Moderna Enciclopédia Universal« in 18 Bänden; beide Lexika beruhen auf der Substanz der »Großen Bertelsmann LEXIKOTHEK«. Der Sitz von F.A. Brockhaus wurde von Wiesbaden nach Mannheim zum Bibliographischen Institut verlegt. Bei Larousse lag das »Grand Dictionnaire Encyclopédique« mit 10 Bänden komplett vor.

1986 kann man als das Jahr der europäischen Großlexika bezeichnen, denn es begann die 19. Auflage der »Brockhaus Enzyklopädie«, jetzt in 24 Bänden, zu erscheinen, außerdem lagen »Meyers Großes Universallexikon« in 15 Bänden, die »Nouvelle Encyclopédie Bordas« in 12 Bänden, die »Enciclopedia Bompiani« in 28 Bänden, die »Nuova Enciclopedia Universale Fabbri« in 12 Bänden, bei Garzanti die »Enciclopedia Europea« in 12 Bänden und »Bonniers Familjeleksikon« in 20 Bänden komplett vor.

1987 fusionierten die niederländischen Verlagsunternehmen Kluwer und Wolters. Das Enzyklopädische Institut der Tschechoslowakischen Akademie schloß die Herausgabe der »Malá Československá Encyklopedie« in 6 Bänden ab.

1988 erschien die »Encyclopédie générale Hachette« in 18 Bänden, und der Verlagskonzern Hachette erwarb den amerikanischen Verlag Grolier sowie den spanischen Verlag Salvat. In Frankreich wurde außerdem die

	Verlagsgruppe »Groupe de la Cité« konstituiert. Zum Unternehmen gehören u. a. die Verlage Larousse, Nathan, Bordas und Presses de la Cité sowie der von letzterem gemeinsam mit Bertelsmann betriebene Buchclub France Loisirs. Die Langenscheidt KG erwarb die Aktienmehrheit bei der Bibliographisches Institut & F.A. Brockhaus AG.
1989	Die Groupe de la Cité übernahm den englischen Lexikon-Verlag Chambers. Das Lexikon der »Großen Bertelsmann LEXIKOTHEK« wurde der Öffentlichkeit auf CD-ROM vorgestellt. Eine spanische Ausgabe der *»Encyclopedia Britannica«* erschien in 18 Bänden als *»Hispánica«*.
1990	Der Bertelsmann Lexikon Verlag startet mit dem »Bertelsmann Universal Lexikon« eine neue Reihe einbändiger Lexika. Mit *»Compton's Multimedia Encyclopedia«* erscheint das Lexikon von Compton auf CD ROM.

Literatur über Lexika und Lexikographie

G. Albrecht: Die Enzyklopädie der UdSSR (in: Arbeit und Sozialfürsorge, Jg.6, S. 501/502; Berlin 1951)

A.J. Andreas: Ein sicheres Präzisions-Instrument. Von der Enzyklopädie zum »Großen Duden-Lexikon« (in: Die Welt der Literatur v. 26.5.1966)

A.J. Andreas: Duden-Lexikon getestet (in: Die Welt der Literatur v. 1.8.1968)

H. Arntz: Die Enzyklopädie. Befriedigung von Benutzerbedürfnissen ohne Spezialdienste? (in: Information und Dokumentation im behördl. Bereich. Kurt G. Wernicke zum 65. Geburtstag; S. 1–21, Karlsruhe 1974)

H. Baier: Nachschlagewerke, modern gestaltet, in hohen Auflagen. Verlagsportrait VEB Bibliogr. Institut (in: Börsenblatt für den Dt. Buchhandel, H. 10 v. 11.3.1969; Leipzig)

H. Becker: Arbeitsprobleme bei der Herausgabe von Enzyklopädien und Wörterbüchern (in: Börsenblatt für den Dt. Buchhandel, Jg. 121, Nr. 35, S. 725–726, Leipzig 1954)

Ph.A. Becker: Gottsched, Bayle und die Enzyklopädie (in: Mitt. der Dt. Ges. zur Erforschung vaterländ. Sprache und Altertümer; Leipzig 1927)

H. Bender: Der Lexikonredakteur (in: Der Junge Buchhandel, Beilage zum Börsenblatt Nr. 13 v. 1.3.1963)

H. Bender: Mehr nicht erschienen. Über Ersch-Grubers »Enzyklopädie» (in: Börsenblatt für den Dt. Buchhandel, Nr. 102 v. 28.12.73; Beilage: Aus dem Antiquariat, S. A 518–520)

W. Benton: The great Soviet encyclopedia (in: Yale Review, Vo. 47, Nr. 4, S. 552–568; New Haven/ Conn. 1958)

E.W. Bork: Probleme mehrbändiger Lexika im Sortiment (in: Frankfurter Börsenblatt, Sonderausgabe vom 3.10.79, S. 15/16)

U. Bosco: Enzyklopädien und die Enciclopedia Italiana (in: Leipziger romanistische Studien, Reihe 3, Bd. I, S. 233–239; Leipzig 1934)

U. Bosco: Enzyklopädien und die Enciclopedia Italiana (in: Italienische Kulturberichte, Jg. I, S. 232–239; Leipzig 1934)

U. Bosco: Grundsätze und Organisation der »Enciclopedia Italiana« (in: Italien-Jahrbuch, Bd. I, S. 299–306; Essen 1938)

H. M. Braem: Neuer Begriff der Enzyklopädie, Meyers großes Lexikon wurde in Mannheim vorgestellt (in: »Die Welt« v. 24.3.1971)

A. Brauer: Friedrich Arnold Brockhaus (in: Börsenblatt für den Dt. Buchhandel, Nr. 69 v. 31.8.1973)

H. Brockhaus: Aus der Werkstatt eines großen Lexikons (gedruckter Vortrag; Wiesbaden 1958)

H. Brockhaus: Vollständiges Verzeichnis der von der Firma F. A. Brockhaus 1805–72 verlegten Werke (Leipzig 1872/75)

H. E. Brockhaus: Die Firma F. A. Brockhaus von der Begründung bis zum 100jährigen Jubiläum 1805–1905 (Leipzig 1905)

H.E. Brockhaus: Friedrich Arnold Brockhaus, sein Leben und Wirken (3 Bde., Leipzig 1972–1882)

R. Brockhaus Aus den Tagebüchern von Heinrich Brockhaus (5 Teile, Leipzig 1884–1887)

C. Brogile: Wie ein Großlexikon entsteht (in: Frankfurter Zeitung und Handelsblatt, 77. Jg., Nr. 525–526 v. 18.7.1933)

C. Brogile: Ein moderner »Orbis pictus«. Ein Beitrag zur »Lexikon-Pädagogik« (in: Archiv für Volksschullehrer, 38. Jg., H.4, S. 225–232; Goslar 1934)

W.J. Burghardt: The Vatican encyclopedia (in: Theological Studies, Vol. 16, S. 109–119, Baltimore 1955)

R. Collison: Encyclopaedias, their history throughout the ages (New York/London 1964)

J.A. Colvin: World's Greatest Know-it-all (über 182 Jahre Britannica; in: American Heritage, Summer-Issue 195o)

W. K. Cordt: Von Enzyklopädien und Konversationslexika (in: Pädagogische Rundschau, 12.Jg., S.55-62; Ratingen 1957/58

U. Dierse: Enzyklopädie. Zur Geschichte eines philosophischen und wissenschaftstheoretischen Begriffs (Archiv für Begriffsgeschichte, Supplementheft 2; Bonn 1977)

H.J. Diesner u. G. Gurst: Lexika gestern und heute (VEB Bibliogr. Institut, Leipzig 1976)

M. Domenig: Entwurf eines dedizierten Datenbanksystems für Lexika (Niemeyer Verlag, Hameln 1987)

A. Dove: Brockhaus und Meyer (Beilage zur Allg. Zeitung, München 1896)

J. Dresner: Ein jüdisches Kunstwerk, die »Encyclopaedia Judaica« (in Allg. jüdische Wochenzeitung, 27.Jg., Nr. 10 v. 10.3.1972; Düsseldorf)

W. Dultz: Die Herstellung von Lexika mit Hilfe von

Composer und Schuppenkartei (Ms. eines Referats vom 18.6.1969 in Kiel)

W. Dultz: Der Satz von Fachwörterbüchern mit Composer und Schuppenkärtchen (in: Der Druckspiegel, H. 4/1970)

H. Dürr: Salamitaktik am Kiosk. Die Kunst, Bücher in Raten zu verkaufen (in: »Die Zeit« v. 6.8.1971)

H. Eckardt: Analysen der Abhängigkeit des sozialen Aufstiegs vom Lexikon- und Buchbesitz der Eltern (In: Bertelsmann Briefe Nr. 54; Gütersloh 1967)

G. Ehrhart: Enzyklopädie und Lexikon (in: Der Junge Buchhandel, Nr. 4/70 v. 3.4.1970)

H. Einbinder: The Myth of the Britannica (Grove Press, New York 1964)

W.Th. Elwert: Enciclopedia Italiana (in: Archiv für das Studium der neueren Sprachen und Literaturen, Bd. 173, S. 212–216; Berlin 1938)

W. Ensslin: Lexika in der Schaufensterwerbung (in: Börsenblatt Nr. 38 v. 12.5.1970, S. 1007–1010)

P. Fechter: Segen und Fluch des Lexikons (in: Das Fünfminuten-Lexikon, Hannover 1950)

F. Fenner: Schlag nach in der EB (in: Frankfurter Börsenblatt, Sondernummer v. 3.10.79, S. 17)

F. Flaskamp: Alexander Schem. Ein westfälischer Anwalt des Deutschtums in den USA (in: Forschungen und Fortschritte, 37. Jg. H. 4, S. 116–118; Berlin 1963)

H. Francke: Das Conversationslexikon und seine Gründer (in: Die Gartenlaube, Jg. 1872, Nr. 43, S. 706–708)

H. Freyberger: Part Publications – Riskantes Geschäft (in: Buchmarkt, 6. Jg., H. 8, S. 30–32, Düsseldorf 1971)

H. Freyer: Die Bedeutung der großen Nachschlagewerke in Geschichte und Gegenwart (Manuskript eines Vortrages im Nov. 1963)

R. Friedenthal: Was ist falsch an der Encyclopaedia Britannica (in: »Die Welt« v. 2.5.1964)

E. Fueter: Encyclopaedia Britannica (in: Schweizerische Hochschulzeitung, Jg. 23, H. 4, S. 164–167; Zürich 1950)

E. Fueter: Encyclopaedia Britannica (in: Universitas, Jg. 6, S. 235–236; Stuttgart 1951)

E. Fueter: Die Bedeutung des Schweizer Lexikons (in: Briefe, Erinnerungen und Beiträge zum 70. Geburtstag von Gustav Keckeis; Zürich 1954)

H. Gerstorf: Datenvampire im Einsatz. Report über die Tricks der Lexikon-Verkäufer (in: »Konkret« Nr. 25 v. 3.12.1970, S. 25–27)

H. Gieselbusch: Zur Fehlerprophylaxe bei der Bearbeitung von Nachschlagewerken (in: Die wiss. Redaktion, H. 1, S. 35–40; Mannheim 1965)

L. Giles: An Alphabetical Index to the Chinese Encyclopaedia (London 1911)

W. Goetz: Die Enzyklopädien des 13. Jahrhunderts (in: Zeitschrift für deutsche Geistesgeschichte, Jg. 2, S. 227–250; Salzburg/Leipzig 1936)

D. Göetz/T. Herbst: Theoretische und praktische Probleme der Lexikographie (Hueber Verlag, Ismaning bei München, 1984)

N. Goldmann: Encyclopaedia Judaica (in: Staatsmann ohne Staat, S. 116–127); Köln 1970)

A. Goldschmidt: Frühmittelalterliche illustrierte Enzyklopädien (in: Vorträge der Bibliothek Warburg, Jg. 1923/24, S. 215–226; Leipzig/Berlin 1926)

A. Grade: Karl Jäger – Paladin des Hauses Brockhaus. Zum 80. Geburtstag (in: Börsenblatt Nr. 94, S. 3047/48, Frankfurt a.M. 1968)

U. Greiner: Der Große Meyer ist da. Was fangen wir heute mit Enzyklopädien an? (in: FAZ v. 22.3.1971)

G. Gurst: Die Lexikographen der DDR berieten die neuen Aufgaben (in: Börsenblatt für den Dt. Buchhandel, 139. Jg., H. 4, S. 57 v. 25.1.1972; Leipzig)

G. Hadding: Aus der Praxis moderner Lexikographie (in: Welt der Information, Sonderdruck, J.B. Metzlersche Verlagsbuchhandlung, Stuttgart 1990)

G. Haensch: Lexikographie – gestern und heute (in: Festschrift, 30 Jahre Lexikonarbeit bei Bertelsmann, S. 31–51; Gütersloh 1984)

G. Hahn: Lexika. Datenbank kann »Eselsbrücken« nicht ersetzen (in: Kölnische Rundschau v. 9.8.1975)

W.D. Halsey: The Reference Service as a Marketing Instrument (Ms. eines Vortrages, gehalten im Sept. 1964 auf Internat. Verlegertreffen in Frankfurt a.M.)

W.D. Halsey: Treatment in an Encyclopedia (in: Walsh, Anglo-American General Encyclopedias, S. 259–261; New York 1968)

W. Hansske: Die Welt in 250 000 Stichwörtern. Zum 1. Band von Meyers Enzyklopädischem Lexikon (in: Der Tagesspiegel v. 9.5.1971)

E. Harden: Aus der Arbeit eines Lexikon-Redakteurs (in: Frankfurter Börsenblatt, Sondernummer vom 3.10.79, S. 5/6)

H. Hartwich: Lexika im Reise- und Versandbuchhandel (in: Frankfurter Börsenblatt, Sondernummer v. 3.10.1979, S. 11/12)

E. Heinold: Im Eldorado der Nachschlagewerke (in: Die Neue Barke, H. 3/75, S. 17–29)

R. Held: Dem Nachbarn ins Lexikon schauen: Erfahrungen mit dem neuen Larousse L 3 (in: Frankfurter Allg. Zeitung v. 11.2.1967)

R. Held: Der Große Meyer kommt (in: Frankfurter Allg. Zeitung v. 17.7.1970)

H.P. Hempel u. H. Kirsch: Über Lexika (in: Das Schaufenster, Hauszeitschrift der Buchhandlung Elwert & Meurer, Berlin 1968)

J. Henningsen: H.G. Wells und das Wissen der Welt. Enzyklopädie und Popularisierung (in: Berliner Arbeitsblätter für die deutsche Volkshochschule, Heft XVI/1961, S. 38–59; Berlin)

J. Henningsen: Das Konversationslexikon – pädagogisch gesehen (In: Berliner Arbeitsblätter für die deutsche Volkshochschule, Heft XVIII/1962, S. 18–71, H. XIX/1962, S. 57–81; Berlin)

J. Henningsen: Das Lexikon als Taschenbuch (in: Arbeit mit dem Buch, Beilage 3 zu »Volkshochschule im Westen«, 16. Jg., S. 16/17; Marl 1964)

J. Henningsen: Enzyklopädie. Zur Sprach- und Bedeutungsgeschichte eines pädagogischen Begriffs (in: Archiv für Begriffsgeschichte, Bausteine zu einem historischen Wörterbuch der Philosophie, Bd. 10, S. 271–362; Bonn 1966)

W. Heuer: Das große Duden-Lexikon (in: Neue Zürcher Zeitung v. 30.9.1965 und 29.10.1966)

K. Hiller: Die Verantwortung, Lexika zu machen (in: die Welt der Literatur v. 14.4.1966)

F. Hirschelmann: Bildschirmtext als neues lexikalisches Medium (in: Buchreport, Nr. 39 v. 7.9.1979, S. 62–64)

F. Hirth: Ein chinesisches Konversations-Lexikon (in: Zeitschrift für Bücherfreunde I/1. Jg. 1897, S. 276–279)

K. Hjort: Lexikon, Wörterbuch, Enzyklopädie, Konversationslexikon. Versuch einer Begriffserklärung (in: Muttersprache, 77. Jg., S. 353–365; Mannheim 1967)

M. Hochgesang: Über den Aufbau eines Konversationslexikons (in: Zeitschrift f. Dokumentation, Fachbibliothek, Werksbücherei, Jg. 4, H. 3/4, S. 34–38, Febr. 1956)

F. Hofmann: Meyers Konv.-Lexikon. Die Geschichte eines Buches (in: Gartenlaube, Jg. 1887, S. 705 ff.)

J. Hohlfeld: Das Bibliographische Institut. Festschrift zu seiner Jahrhundertfeier (Leipzig 1926)

J. Hohlfeld: Zur Jahrhundertfeier des Bibliogr. Instituts (in: Leipziger Neueste Nachrichten v. 31.7.1926)

F.A. Hoyer: Ein Lexikon als Zeitschrift? (in: Dt. Allg. Sonntagsblatt v. 6.7.1969)

A. Hübscher: 150 Jahre F.A. Brockhaus 1805–1955 (Wiesbaden 1955)

A. Hübscher: Der Verleger und die Zeit. 150 Jahre F.A. Brockhaus (in: Den Freunden des Verlages F.A. Brockhaus, Jahresgabe 1955/56)

A. Human: C.J. Meyer und das Bibliogr. Inst. von Hildburghausen-Leipzig. Eine kulturhistor. Skizze (in: Schriften des Vereins für Sachsen-Meiningische Geschichte und Landeskunde, H. 23 v. 1.10.1896; Hildburghausen)

H. Jaesrich: Alle Welt im Regal – Lexika im Vergleich (in: »Die Welt« v. 24.4.1975)

B.J. Janda: Enzyklopädisches Schaffen in der Tschechoslowakei (in: »Bertelsmann Briefe«, H. 67 v. April 1970)

B.J. Janda: Budoucnost Encyklopedii (in: Veda a Zivot, Heft 5/1972; Prag)

B.J. Janda: Encyklopedie zitrka (in: Vesmir, Heft 3/1976; Prag)

B.J. Janda: Lexikotéka (in: Typografia, Heft 8/1977 Prag)

F. Juntke: Johann Heinrich Zedlers Universallexikon, ein Beitrag zur Geschichte des Nachdrucks in Mitteldeutschland (in: Schriften zum Bibliotheks- und Büchereiwesen in Sachsen-Anhalt, Heft 16; Halle/Saale 1956)

K.-H. Kalhöfer: 125 Jahre Meyers Lexikon (Leipzig 1964)

D. de Kay: The Story of the First Edition of America's First Encyclopedia: Americana (in: The Journal of Library History, Vol. III, No. 3, Juli 1968)

N.R. Kleinfield: Encyclopedia with new twist (in: New York Times v. 30.5.1980)

C. Graf von Klinckowstroem: Enzyklopädien. Bibliographie der ersten deutschsprachigen enzyklopädischen Werke (in: Philobiblion, Jg. I, S. 323–327; Hamburg 1957)

H. Kogan: The Great E.B.: The Story of the Encyclopaedia Britannica (The Unversity of Chicago Press 1958)

O. Köhler: Die große Zeit der Lexika? (in: Herder Festschrift 1801–1961, S. 14–16; Freiburg i.Br. 1961)

O. Köhler: Muß das Lexikon neutral sein? (in: »Die Welt« v. 12.11.1966)

B. Kossmann: Deutsche Universallexika des 18. Jh. (in: Börsenblatt Nr. 89 v. 5.11.1968, S. 2947 ff.)

R. Krämer-Badoni: Frankreich, deine Lexikographen (in: »Die Welt« v. 11.1.1973)

J. Kunsemüller: Dauer und Wandel – Das Lexikon und seine Stichwörter gestern und heute (in: Die wissenschaftliche Redaktion, H. I, S. 53–76; Mannheim 1965)

J. Kunsemüller:	Vom richtigen Lexikon (in: Die wissenschaftliche Redaktion, H. 3, S. 91–96; Mannheim 1966)
H. Lang:	Dr. G. Keckeis und das Schweizer Lexikon (in: Atlantis, H. 7/1954, S. XII-XIV)
F. Langen:	Der Wert unserer Konversationslexika in kultureller Beziehung (Stuttgart 1903)
E.H. Lehmann:	Geschichte des Konversationslexikons (Leipzig 1934)
W. Lenz:	Die jüngste Lexikonstadt ist Gütersloh (in: Neue Zeitung v. 17.10.1953)
W. Lenz:	Vor 250 Jahren (zum Gedenken an den »Hübner« von 1704; in: Bertelsmann Illustrierte v. März 1955)
W. Lenz:	Wenn man wüßte, wie ein Lexikon gemacht wird (in: »Wir«, Zeitschrift für die Verlagsgemeinschaft Buch und Wissen, Rheda 1957)
W. Lenz:	Wie entsteht ein modernes Lexikon? (in: »Wir«, Zeitschrift für die Verlagsgemeinschaft Buch und Wissen, Rheda 1958)
W. Lenz:	Das Lexikon als Informations-Medium (in: Bertelsmann Briefe, H. 77, S. 12.15; Gütersloh 1972)
W. Lenz:	Wie ein modernes Großlexikon entsteht (in: Buchhändler heute, Heft 5/S. 390–392, 1974)
W. Lenz:	Lob des Einbänders (in: Buchreport, Nr. 39 v. 7.9.1979, S. 61)
W. Lenz:	300 Jahre Lexikographie in Daten (in: Buchreport Nr. 39 v. 7.9.1979, S. 84–88)
W. Lenz:	Der Hübner – Vorläufer unserer Volkslexika (in: Frankfurter Börsenblatt, Sondernummer v. 3.10.1979, S. 18/19)
E. Lewalter:	Das Konversationslexikon und seine Vorfahren (in: Atlantis, Jahrgang 12, S. 298, Berlin 1940)

S. Lidmann u. A.-M. Lund: Lexivision – ett nytt Kunskapsmedium (in: Utbildningstidningen, H. 3/77, S. 24–26; Stockholm)

S. Lietzmann: Encyclopaedia Britannica 3. Ein großes Lexikon in neuer Gestalt (in: Frankfurter Allg. Zeitung v. 24.1.1974)

M. Limmroth: Die Kunst, Wissen zu vermitteln (F.A. Brockhaus, Wiesbaden 1978)

W. Ludewig: Aus der Arbeit einer Lexikon-Redaktion: Das A-jour-Halten beginnt mit der Zeitungslektüre (in: Buchreport, Nr. 39 v. 7.9.1979, S. 76–78)

A. Lyall: The Encyclopedia Americana (in: Time and Tide, Vol. 32 S. 726–728; London 1951)

D. Maryles: New 21-Volume Encyclopedia seeks market via retail outlets only (in: Publishers Weekly, Vol 218, No. 5 v. 1.8.80)

H.C. Matei: Vom Konversationslexikon zur Lexikon-Explosion. Tendenzen und Entwicklungen in der enzyklopädischen Literatur, dargestellt am Beispiel in der BRD (in: »Neuer Weg«, Polit. Tageszeitung in der Sozialistischen Republik Rumänien v. 3.8.1973, Bukarest)

H. Meier: Lexika und Wörterbuch im Spiegel der Statistik (in: Bertelsmann Briefe, H. 35, Gütersloh 1965)

A. Meiner: 150 Jahre F.A. Brockhaus (in: Börsenblatt Nr. 84 84, S. 665/666; Frankfurt a.M. 1955)

G. Menz: Hundert Jahre Meyers Lexikon (Leipzig 1939)

G. Meyer: Das Konversations-Lexikon, eine Sonderform der Enzyklopädie. Ein Beitrag zur Geschichte der Bildungsverbreitung in Deutschland (Diss. Göttingen 1965)

H. Meyer: Enzyklopädien 1732–1971 (Katalog einer

	Ausstellung zum Erscheinen von »Meyers Enz. Lex.« im Mannheimer Schloß 1971)
P. Meyer-Dohm:	Die Bedeutung moderner Lexika für die industrielle Bildungsgesellschaft (in: Aus der Arbeit eines Lexikon-Instituts, Gütersloh) 1966)
J. Mittelstrass:	Bildung und Wissenschaft. Enzyklopädien in historischer und wissenssoziologischer Betrachtung (in: Die wissenschaftliche Redaktion, H. 4, S. 81–104; Mannheim 1967)
J. Mittelstrass:	Vom Nutzen der Enzyklopädie (in: Meyers Enzyklopädisches Lexikon in 25 Bdn., Bd. I, S. IX-XIX; Mannheim 1971)
J. Mittelstrass:	Die Hochzeit Merkurs mit der Philologie. Aus der Geschichte der Enzyklopädien (in: Neue Zürcher Zeitung v. 23.9.1977)
J. Mittelstrass:	Bücher, die niemand liest und jeder hat. Enzyklopädien und Lexika. (in: Neue Züricher Zeitung v. 18.6.1976)
K. Mühno:	Die Ahnen des Konversationslexikons (in: Archiv für Bibliographie, Jg. 3, S. 135–138, Linz 1930)
K. Müller-Müno:	Werkstattarbeit an einem Lexikon (in: Der Türmer, Jg. 43, S. 137–142, Berlin 1940/41)
R.W. Murphey:	How and Where to Look It Up. A Guide to Standard Sources of Information (New York 1958)
W. Murray:	Adventures in the people business. The story of World Book (Chicago 1966)
L. Muth:	Erziehung zum Buch im Rahmen der Informationskunde (in: Archiv für Soziologie und Wirtschaftsfragen des Buchhandels, Beilage zum Frankfurter »Börsenblatt« Nr. 101 v. 22.12.1971)
L. Muth:	Vom Buchhändler zum Informationshändler

(in: Frankfurter »Börsenblatt« Nr. 78 v. 29.9.1972)

L. Muth: Wann wird Lesen lexikonwürdig (in: Frankfurter »Börsenblatt« Nr. 59 v. 27.7.1973)

M. Nänny: Britannica 3. Zur 15. Ausgabe der Enyclopaedia Britannica (in: Neuer Zürcher Zeitung vom 13.2.1976)

W.H. Nault: Evaluating the Format of an Encyclopedia (in: Walsh, Anglo-American General Encyclopedias, S. 261–266; New York 1968)

J. Nolte: Summieren heißt immer auch Vereinfachen. Das neue Bertelsmann Lexikon in 7 Bdn. (in: Die Welt der Literatur v. 18.8.1966)

J. Nolte: Ein Lob der Enzyklopädie. Nachschlagewerke heute und gestern (in: »Die Welt« v. 12.11.1966)

J. Nolte: Von der Wirkung des Alphabets (in: Die Welt der Literatur v. 2.4.1970)

V. Novak: Eine beachtenswerte wissenschaftliche Aktion. Zu den enzyklopädischen Veröffentlichungen des Lexikographischen Instituts Jugoslawiens (in: Internationale Politik, Jg. 6, Nr. 146, S. 15–16; Belgrad/Bonn 1955/56)

J. Nyssen: Lexikonmarkt Herbst '66 (in: Buchmarkt Nr. 2/1966, S. 55–68)

U. Paulsen u. G. Grünewald: Allg. Enzyklopädien und Konversationslexika aus 4 Jahrhunderten (Bielefeld 1967)

A. Peter: Aus der geistigen Werkstatt eines Lexikonverlages (in: Der getreue Eckart, Jg. 19, H. 2, S. 43–46; Wien 1941)

K. Pfannkuch: Die 16. Auflage des »Großen Brockhaus« (in: Den Freunden des Verlages F.A. Brockhaus 1953/54)

K. Pfannkuch: Das »Conv.-Lexikon« im Spiegel des 19. Jahrhunderts (in: Den Freunden des Verlages

F.A. Brockhaus, Jahresausgabe 1955/56, S. 23–34)

K. Pfannkuch: Welt und Mensch der Jahrhundertmitte. Enzyklopädischer Leitfaden durch das Bildungsgut der 16. Aufl. des Großen Brockhaus (in: Der Gr. Br., I. Ergänzungsband, Wiesbaden 1958)

E. Pfeiffer: Der sozialistische »Meyer« (in: »Die Zeit« v. 24.4.1964)

G. Picht: Enzyklopädie und Bildung (Referat 3 der Vortragsfolge »Die Enzyklopädie am Ausgang des 20. Jahrhunderts« zum Erscheinen von Meyers Enz. Lexikon 1971)

O. Piltz: Zur Geschichte und Bibliographie der encyklopädischen Literatur insbesondere des Conversations-Lexikon (in: FAB in Leipzig, Vollst. Verz.; Leipzig 1872)

U. Porak: Telegrammstil und mehr Bild reduzieren die Bandzahl (in: Buchreport, Nr. 39 v. 7.9.1979, S. 57)

U. Porak: Brockhaus und die neuen Medien (in: Frankfurter Börsenblatt, Sondernummer v. 3.10.1979, S. 8–10)

H. Pörzgen: Die Sowjet-Enzyklopädie, 3. Auflage entstalinisiert (in: FAZ vom 3.3.1975)

A. Pottag: Schulgemäßer Gebrauch eines Lexikons (in: Pädagogische Rundschau, Jg. 6, S. 219–226, Berlin 1929/39)

W.E. Preece: The Organization of Knowledge and the Planning of Encyclopaedias: The Case of the Enc. Brit. (in: Journal of World History, Bd. IX/1966)

G. Quedenbaum: Der Verleger und Buchhändler J.H. Zedler 1706–1751 (G. Olms Verlag, Hildesheim 1977)

R. Qeneau: Eine neue französische Enzyklopädie (in: Antares, Jg. 4, Nr. 6, S. 35–37; Hamburg 1956)

G. Ramseger: Lexikographisches Institut Störig in München (in: Frankfurter Börsenblatt, Sondernummer v. 3.10.1979, S. 12–14)

Th. von Randow: Für alle Wissensgebiete. Ein Warentest der 5 mittelgroßen allg. Lexika (in: »Die Zeit« Nr. 48 v. 29.11.1968)

M.J. Révay: Das Konversationslexikon in Ungarn (in: Börsenblatt Nr. 12 v. 15.1.1921, S. 48–50)

H. Riedel u. M. Wille: Über die Erarbeitung von Lexika. Grundsätze und Kriterien (Beiheft 91 zum Zentralblatt für Bibliothekswesen, VEB Bibliographisches Institut, Leipzig 1979)

W. Rosengarten: Enzyklopädie – gestern und heute (in: Antares, Jg. 3, Nr. 8, S. 33–40; Baden-Baden 1955)

K. Rudzinski: Unter der Informationslawine. Herder, ein Lexikon nach Lochkarten (in: »Frankfurter Allg. Zeitung« v. 8.12.1965)

W. Rukwid: Exkursion zum Lexikon (in: Epoca, H. 11/Nov. 1968, S. 84–86)

H. Sacher: Die Lexika (in: Herder-Korrespondenz, Jg. 5, S. 87–99; Freiburg i.Br. 1951)

H. Sacher: Die Lexikographie des Humanismus am Oberrhein (in: Briefe, Erinnerungen und Beiträge zum 70. Geburtstag von Gustav Kekkeis; Zürich 1954)

H. Sacher: Freiburg, einst die Wiege, heute ein Mittelpunkt deutscher Lexikographie (in: Der Verlag Herder und die Universität Freiburg im Breisgau, Freiburg i.Br. 1957)

F. Schalk: Die Wirkung der Diderotschen Enzyklopädie in Deutschland (in: Germanisch-romanische Monatsschrift, N.F. 3, S. 50–57; Heidelberg 1953)

H. Schelsky: Das Lexikon – ein Instrument des modernen Bewußtseins (in: Bertelsmann Briefe, Nr. 47, Gütersloh 1966)

A. Schirokauer: Studien zur frühhochdeutschen Lexikologie und zur Lexikographie des 16. Jahrhunderts (C. Winter Verlag, 1987)

W. Schmiele: Meditationen über das Lexikon (in: Neue Literarische Welt, Nr. 14 v. 25.7.1953)

J. Schmuskis: Die große Familie der sowjetischen Enzyklopädien (in: Leipziger »Börsenblatt für den Dt. Buchhandel«, Nr. 41 v. 13.10.1970, S. 815/816)

H. Schneider: Auskunft über Caesars Liebesleben. Zur neuen Ausgabe der Encyclopaedia Britannica (in: Stuttgarter Zeitung v. 17.1.1975)

H.-J. Schoeps: Der Wandel der Zeit im Spiegel eines Konversationslexikons (in: Das Sonntagsblatt v. 3.7.1955)

G. Scholz: Datenbank für den Hausgebrauch (in: »Deutsche Zeitung v. 5.4.1974)

F. Schonauer: C.J. Meyer und das Schicksal eines Konversationslexikons (in: Die Weltwoche v. 18.9.1964)

E. Schult: Lexikon, Enzyklopädie, Wörterbuch in Buchtiteln der Gegenwart (in: Die wissenschaftliche Redaktion, H. 2, S. 7–12; Mannheim 1966)

F. Schultheiss: Bibliographische Anmerkungen zu einer Enzyklopädie und vier Lexika des 19. und 20. Jahrunderts (in: Die wissenschaftliche Redaktion, H. 6, S. 33–48; Mannheim 1971)

U. Schultz: Auf dem Weg zur informierten Gesellschaft. Der neue »Große Meyer« – Ziele und Grenzen des enzyklopädischen Lexikons heute (in: Süddt. Zeitung vom 20.3.1971)

E. Schulz: Wissen und Farbe. »Lexikon 2000« (in: Frankfurter Allg. Zeitung v. 30.4.1971)

H.L. Schütz: Das Lexikon, das aus dem Computer kommt (in: »Welt am Sonntag« v. 4.4.1971)

H.L. Schütz: Lexika – der Deutschen allerliebste Kinder (Lexikon-Report in »Welt am Sonntag« v. 16.1.1972)

H.L. Schütz: Lexika sind der Deutschen liebste Kinder (in: LIT, Nr. 3/1979)

Schwarze/Wunderlich: Handbuch der Lexikologie (Athenäum Verlag, Frankfurt/M. 1985)

D. Segebrecht: Du möchtest Dir ein Stichwort borgen – allein bei wem? Bericht und Kritik über neue Lexika (in: FAZ v. 6.12.1966)

D. Segebrecht: Lexikonmacher im Wettlauf mit der Zeit (in: FAZ v. 10.12.1968)

I. Shenker: Britannica ends 100 year era (in: The Times v. 12.1.1974)

L. Shores: Our good encyclopedias (in: Walsh, Anglo-American General Encyclopedias, S. 253–256, New York 1968)

C. Soschka: Das kluge Alphabet ist wieder da! (in: Ullstein-Hauszeitung, 5. Jg., Nr. 3)

H.-J. Störig: Der Lexikon-Verlag (in: Handbuch des Buchhandels, Bd. II: Verlagsbuchhandel, S. 93–96, Hamburg 1975)

G. Stötzel: Das Abbild des Wortschatzes. Zur lexikographischen Methode in Deutschland von 1617–1967 (in: Poetica, Ztschr. f. Sprach- u. Literaturwissenschaft, 3. Bd., H 1–2, S. 1–23; München 1970)

J. Streisand: Unser neues Lexikon. Ein Werk für die Bedürfnisse der gebildeten Nation (in: Neues Deutschland, Jg. 17, Nr. 233 v. 25.8.1962, Ost-Berlin)

S. Taubert: Herstellender und verbreitender Buchhandel in den USA (in: Berichte des Instituts für Buchmarkt-Forschung, Sondernummer März 1966, Hamburg)

J. Tebbel: Encyclopaedia Britannica – Two Hundred Years of Progress (in: Saturday Review v. 10.2.1968)

H. Teichmann: Großlexika und Datenbank (Referat 2 der Vortragsfolge »Die Enzyklopädie am Ausgang des 20. Jahrhunderts« zum Erscheinen von Meyers Enz. Lexikon 1971)

F. de Tollenaere: Alfabetische of ideologische lexicografie? (in: Bijdragen tot de nederlandse taal-en letterkunde I; Leiden 1960)

M. Ujevic: Jugoslawien im Spiegel seiner neuen enzyklopädischen Werke (in: Internationale Politik, Jg. 5, Nr. 108, S. 21–22; Belgrad/Bonn 1954)

M. Vogt: Harmonia Turicensis. Ein Lebensbild des Lexikographen J.J. Leu (in: Neue Zürcher Zeitung v. 29.7.1973)

C. Volpe: Enciclopedia italiana (in: Nuova Antologia, Vol. 394, S. 5–18; Rom)

G. Wahrig: Dokumentation in der Lexikonredaktion (in: Dokumentation, Jg. 3/1956, H. 5, S. 102–105; Ost-Berlin)

G. Wahrig: Wie entstanden unsere Lexika? (in: Urania-Universum, Bd. 2, S. 152–158, Leipzig und Jena 1956)

G. Wahrig: Lexikonsatz: übersichtlich und doch raumsparend (in: Der Polygraph, 16. Jg., H. 1/1963, S. 8–10)

G. Wahrig: Aus der Arbeit eines Lexikon-Instituts (Gütersloh 1966)

G. Wahrig: Das Bertelsmann Lexikon. Wissenswertes

	über die Planung, Redaktion, Druckvorbereitung und technische Herstellung dieser 7bändigen Neuerscheinung (in: Der Druckspiegel, 21. Jg., Nr. 9 v. Sept. 1966, S. 598–602)
G. Wahrig:	Gesammelte Schriften (Narr Verlag, Tübingen 1983)
S.P. Walsh:	Anglo-American General Encyclopedias 1703–1967 (New York/London 1968)
S.P. Walsh:	General Encyclopedias in Print (New York/London 1966, 1967, 1968, 1969, 1971–72)
M. Wegner:	Der »Große Meyer« komplett (in: Frankfurter »Börsenblatt«, Sondernummer v. 3.10.1979, S. 7/8)
M. Wegner:	Bildschirmtext – Dämmerung für das Lexikon? (in: Frankfurter »Börsenblatt« Nr. 52 v. 20.6.80)
F.X. Weigl:	Das Nachschlagewerk in der Jugend- und Volksbildung (Freiburg i.Br. 1927)
A.M. Weiss:	Benjamin Herder. 50 Jahre eines geistigen Befreiungskampfes (Feiburg i.Br. 1889)
R. Wendorff:	Verlegerische Grundsätze und Arbeitsmethoden bei der Herausgabe eines modernen Lexikons (in: Bertelsmann Briefe, Nr. 47; Gütersloh 1966)
B. Wendt:	Idee und Entwicklungsgeschichte der enzyklopädischen Literatur. Eine literaturhistorisch-bibliogr. Studie (Das Buch im Kulturleben der Völker, Bd. 2, Würzburg 1941)
J. Weston:	The Organization of Knowledge in the Encyclopedias of the Past (London 1975)
G. Wigoder:	Die neue Encyclopaedia Judaica (in: »Ariel«, Berichte zur Kunst und Bildung in Israel, Nr. 15, S. 103–107; Jerusalem 1972)
J. Wilke:	Der neue Meyer. Das schwierige Handwerk

der Lexikonmacher (in: »Wochenend« Nr. 11 v. 17.3.1962, Ost-Berlin)

E. Winkler: Die Länder der Erde im Lichte der Großen Sowjetenzyklopädie (in: Geographica Helvetica, H. 3/1955, S. 172)

C.M. Winchell: Guide to Reference Books (7. Aufl. Chicago 1951; 1. Suppl 1959/1952, 1954; 2. Suppl. 1953–1955, 1956)

K.W. Wippermann: »Brockhaus« oder »Meyer« – eine schwierige Wahl (in: »Das Parlament« v. 11.9.1976)

K. Zimmer: Lexika sind heute anders (in: »Welt am Sonntag« v. 21.8.1955)

G.A. Zischka: Index Lexicorum. Bibliographie der lexikalischen Nachschlagewerke (Wien 1959)

G.A. Zischka: Lexika und Wörterbücher bei Goethe (in: Börsenblatt für den Dt. Buchhandel, 15. Jg., Nr. 45 v. 5.6.1959, S. 689–690)

G.A. Zischka: Alte und neue Lexika (in: Librarium, Zeitschr. der schweiz. Bibliophilen, 3. Jg., H. 1, S. 2–7; 1960

G.A. Zischka: Ärzte in der Geschichte der enzyklopädischen Literatur (in: Sudhoffs Archiv für Geschichte der Medizin und der Naturwissenschaften, Bd. 44, H. 3, S. 259–266; Wiesbaden 1960)

Ausbildungsnachweis

Bertelsmann Lexikon Verlag, Gütersloh (14); Encyclopaedia Britannica, Chicago (1); Verlag F.A. Brockhaus und Bibliographisches Institut AG, Mannheim (3); Verlag Herder, Freiburg (1); Librairie Larousse, Paris (2).